魅丽文化

心晴坊
女性新阅读

他的中意人

凉粥词
著

江苏凤凰文艺出版社
JIANGSU PHOENIX LITERATURE AND ART PUBLISHING

图书在版编目（CIP）数据

他的意中人 / 凉粥词著. -- 南京：江苏凤凰文艺出版社，2023.9
ISBN 978-7-5594-7959-4

Ⅰ. ①他… Ⅱ. ①凉… Ⅲ. ①长篇小说 - 中国 - 当代
Ⅳ. ① I247.5

中国国家版本馆 CIP 数据核字 (2023) 第 159165 号

他的意中人

凉粥词 著

责任编辑　张　倩
出版统筹　曾英姿
选题策划　石　颖
特约编辑　张昊楠
封面设计　悠　悠
插画绘制　柠檬漫游
出版发行　江苏凤凰文艺出版社
　　　　　南京市中央路 165 号，邮编：210009
网　　址　http://www.jswenyi.com
印　　刷　湖南天闻新华印务有限公司
开　　本　880mm × 1230mm　1/32
印　　张　9
字　　数　228 千字
版　　次　2023 年 9 月第 1 版
印　　次　2023 年 9 月第 1 次印刷
书　　号　ISBN 978-7-5594-7959-4
定　　价　46.80 元

目录

CONTENTS

第一章

“宋学长你好，我是……我是你的粉丝。”

阳光被云彩揉散成了细碎的金箔，好似贴了江越白一身，平日里吐气比牛还要磅礴的她，心里生出了一种陌生的娇羞感。

江越白闭了闭眼，给自己鼓了鼓劲，又抬起头，一脸真挚地继续说：“去年你在《大脑》中的表现实在太优秀了，虽然只是一名助阵嘉宾，但是实力丝毫不输任何一名选手，让我对魔方产生了浓厚的兴趣。”

接下来的这句话好像是个硕大的馒头堵住了她的喉咙，哽得难受：“我是大一数学系的新生，我来是……是……”江越白背在身后的双手扒拉着自己的魔方礼物，怎么也说不出来。

寄风好笑地看着面前身高只到自己肩膀的小姑娘，他这是……被拦路表白了？

“所以你是来……”

“我是来……我是来……”那两个字真是憋死她都说不出口，江越白吭哧了半晌，最后无奈地向自己妥协，“我是来追星的。”

空气停滞了两秒。

寄风："哦，我还以为你是来告白的。"

江越白的心猛地一跳，又激动又忐忑，仿佛他接下来的话是要宣判她人生的走向。

哪里知道寄风说了一句："不好意思，你认错人了。"

啊？！

江越白立马讶异地抬起脸，原本娇羞得像涂了一层胭红的脸蛋上红晕消散，只剩下茫然："啊？"

她生了一张娃娃脸，此时汗湿的刘海凌乱地贴在她的脑门上，显得有几分滑稽，杏仁眼瞪得滚圆，难以置信的样子。

寄风板着脸一本正经地点了点头："嗯！"

"怎么会？"江越白立刻急了，"你是我们学校数学科学学院大四的学长，住在男生宿舍18号楼，导师是陆衍教授，去年还去澳大利亚做交换生了，去之前参加了魔方比赛，作为助阵嘉宾帮助选手突破了瓶颈！

"还有！你这件衣服上节目时就穿过，我还特意去网上搜了，胸前就是这个图案，背后还带签名，一定是私人订制！

"还有，你鬓角是不是有两颗并排的痣……去年参加节目的时候额头还冒了个痘……"

江越白声音越来越小，心里头也越来越悲凉：完了，自己怕是要被偶像扣上跟踪狂的帽子了！初印象已经毁了！

"没去过澳大利亚，衣服是社服，衣服上的花样是我下铺兄弟的妹妹绣的。"寄风摸了摸下巴，看了面前目瞪口呆的人儿一眼，继续说道，"还有，我不姓宋。

"我姓寄。寄心予风月，我叫寄风。"

在上个月结束的全国三阶魔方大赛中，来自青少年组的黑马江越白一路过关斩将，以十六秒的成绩成为本次赛事"速拧"组的冠军，也是历年来同级赛事中夺得金牌的第一位女生。据悉，江越白刚刚参加完高考，已被城市大学数学科学学院录取。三日前，小编找到江越白，进行了简单的采访。

小编：江同学，首先恭喜你获得这次魔方大赛“速拧”赛事的冠军，也恭喜你被城大数学科学学院录取。不知道你是从什么时候开始对魔方产生兴趣的呢？

白：谢谢。应该是高二的暑假吧，那个时候《大脑》节目很火爆，我一期不落地追完了。

小编：原来如此。不过，仅仅一年的时间你就从入门到精通，私下一定付出了不少努力吧？

白：练到我妈追着我喂饭吃呢。不过，我主要还是在准备高考。

小编：哈哈，江同学原来是天赋型选手。

小编：那对这次比赛的结果满意吗？我们知道三阶魔方速拧的记录是 4.22 秒，不知道你有没有信心打破这个记录呢？

白：我对结果满意，对过程不是很满意。

白：因为我追星失败了。

白：我听说 Allen 会来参赛，但是我不知道大学组和青少年组竟然不在一个比赛场地，毕竟他是我学习魔方的偶像，我很失落。

小编：Allen？

白：对，就是作为 A 组特邀嘉宾的那个魔方大神！

白：有机会的话，我希望在大学组的比赛中遇见他。

——《Booming》2019 年暑期增刊 •B 版 •P68《新秀访谈》（节选）

江越白把杂志卷成一卷，塞进书柜深处，掏出手机神情忧郁地发朋友圈。

江小白日做梦：追星认错偶像有多尴尬？十只热气球装不下！

她叹了一口气，刚想关退出朋友圈消化一下情绪，界面上方迅速冒出了一个红色的“1”来。

诸一龙和于二凤的甜美时光：“你去表白了？？？”

江越白歪着脑袋把这三个问号来回看了三遍，顿时觉得气血上涌，头昏眼花。

表白什么啊！她上辈子到底造了什么孽，这辈子才要摊上这样的闺密！

程夕用吸管搅动了一下面前的饮料，强忍着笑意道：“不错啊，江小白，好白菜知道自己出去找人拱了，为娘很是欣慰啊！不过，你说的这个寄风，他帅吗？”

静谧的咖啡厅里弥漫着咖啡豆的醇香，墙上的时钟指针又走过一格，发出丁当的脆响。

江越白恼羞成怒：“程二夕！拿命来！”她从包里掏出几张打印纸，啪的一声拍在桌上，“你找的资料都不准！”

说是资料，其实是一份学生会干部简历。上面明明写着：宋子归，男，22岁，曾获得第二届大学生魔方比赛全能组金奖，现任校魔方社社长……只可惜照片栏是空的。

程夕连忙把自己的饮料推远，安抚着江越白，让她坐稳，一本正经地替她分析：“我用我‘枫城粉丝后援会会长’的身份向你保证，这份资料千真万确，此人和你偶像绝对是同一个人。

“莫非是你偶像不想自己的生活被打扰，所以随便编了一个人名告诉你？你看，他上节目又是戴口罩又是用化名的，就差使用变声器了，肯定是不想被人发现。”

程夕说得有理有据，把自己都说服了。

江越白捧着脸仰起头来，目光如炬：“程二夕，我已经不相信你了。”她懊恼得直挠头，“追个星怎么还把脸皮给搭进去了呢……”

她的目标是成为“校园一煞”啊——是“煞气”的“煞”，不是“傻瓜”的“傻”！

程夕不是当事人，也就觉得这件事其实没那么复杂。她说：“江小白，你知道我们学校有多少个系，多少幢楼，在读的学生一共有多少人吗？

“假设学校一共有一万名学生，你一天能注意到一百个，能记住十个人的名字，请问你要花多长时间才能记完全校所有学生的名字？”

江越白翻了个白眼：“程夕，作为数学与应用数学系一颗冉冉升起的新星，我必须给你指出你的命题中的几个很大的逻辑漏洞——”

“行，那就说彩票，买彩票的中奖概率你懂吧？哎呀，别在这儿羞耻了！真要是他，你们都在一个系里，以后有的是机会见面；要不是他，姐姐请你去吃隔壁万达四百二十八元一位的海鲜自助餐，算是道歉好吧？一回生，二回熟，下次表白就绝对不会出错了！”

江越白瞪大了双眼：“表什么白啊！”说着便动手捏程夕的脸。

两个人打闹的时候，放在桌上的资料里滑出来一张照片。

这是一张男生合影。

据程夕说，是她抛弃自己的老脸和清誉，找数学与应用数学系的学弟要的。

“不过，你到底喜欢他啥啊？”程夕猛嘬了一口饮料，盯着照片直摇头。啧啧，满身都是汗臭味的愣头青有什么好看的？

江越白语气疲惫道：“腿长，手好看，技术好。”

“喀喀喀……”程夕一口饮料差点儿喷出来，她蹙眉往后退了退，“江小白，你这话题可超纲了啊！”

江越白哪里禁得起程夕这般打趣，抓着照片就要往她身上招呼。

“哎？江小白，没想到你这么肤浅。”程夕顺势抓住江越白的手，目光聚焦在照片上。

这是四个穿着篮球服的男生站在篮球架下的合照。因为是用打印纸打印的照片，画质没有手机里那么清晰。由于拍摄角度的原因，只能看到正对着照相机方向的两名高个子男生的脸。

“虽然这两人剪着一样的寸头，但是显然左边这位更斯文清冷啊，比你偶像帅多了好吧。”程夕伸手指着照片中男生道。

江越白将视线转过去：“你指着我偶像说什么呢？”

程夕：“……我问你，这俩哪个是你偶像？”

看到程夕严肃的表情，江越白犹豫了。

“江小白，我原本以为把照片摆到你面前，你应该不会认错了，但是我发现，你这间歇性脸盲的毛病，还真就没救了。”

江越白后槽牙隐隐一疼，觉得自己的人生突然失去了目标，她和程夕这十二年的友情应该是到头了。

见她一脸心虚的样子，程夕大呼小叫：“不是吧？我带着你又是去自习室蹲人，又是去篮球场偶遇，都在他们教室门口的饮料机里买了十八瓶脉动了，合着你把人给我认错了？！

“你还有脸说我颜控？明明你自己都已经被人家一张脸迷得七荤八素了好吗！

“哇，江小白，到底是谁给你的勇气质疑我的业务能力？”

程夕说到最后狂笑出声，只能用两个字形容江越白——厉害！

“小白你是鸵鸟吗？这都两天了，你连宿舍门都不愿意出？”思凡从宿舍外头进来，把江越白点的外卖放在电脑桌上，顺手薅了一把她的小卷毛。

三食堂 2 号窗口的小哥哥做得一手正宗的台式“古早味”奶茶，在程夕的倾情推荐之下，小哥哥几乎承包了 107 宿舍近一个月的下午茶。

“这杯是你的。黑糖琥珀奶茶，特意用奶粉冲的。”

“感恩！”

江越白深深地嘬了一口奶茶，黑糖的甜腻混合着红茶的香气从舌尖滑到左侧的后槽牙上，酸麻尖锐的疼痛突然袭来，她忍不住哀号出声：“痛！”

这个月奶茶得喝太多，蛀牙又犯了！

思凡和江越白睡对床，开学以来两人同出同进，关系甚好。

在宿舍的第一次夜聊中，江越白就坦白了自己来城大的原因和学年目标。但这次追星失败的惨痛经历，除了程夕，就只有思凡知道。

“昨儿晚上不是都已经想通了吗？今天咋还搁这郁闷呢？”思凡老家在辽宁，虽然在高中就拿到了普通话一级乙等的证书，私下里却总爱用方言待人接物，意图扩大自己的方言影响力。

江越白连连否认：“我不是，我没有，你不要误会我。我只是在用最科学的方式合理规避风险，确保下次的‘见面’零意外。”她严肃地从书柜里抽出一张素描纸来，“要相信数学。”

颗粒分明的素描纸上用黑笔写满了数学公式，中间夹杂着几个浓重的墨团，最上方是一行飘逸又自信的艺术体。

“关干，哦，关于……增……增的？见面成……成力的……土成大大，啥啥啥概木？”思凡眉心皱成了一个“川”字，“你写外星文呢？”

江越白“嗞”了一声：“关于增加见面成功的城大大数据概率研究。”

思凡心道：好优美的中国字，好硬核的粉丝。你说多好看，多乖巧的小姑娘啊，怎么就写了这么一手人神共愤的字呢！

江越白满意地又看了一眼最下方演算出的100%的数据，把素描纸卷起来，僵硬地转移话题：“刚才班长来收水费的时候，说操场设施更新好了，军训提前到下周了。”

如果你问思凡进入城大以来有何感受，她能用神奇的地方词汇给你造上十七八句复句还不带重字儿的。

问到江越白，就只有两个字——头疼。

认错偶像的事情暂且不论，迫在眉睫的事情是——迎新晚会要到了。

虽然说迎新晚会没大一学生什么事，可江越白是天选之人——她是以特长生的身份考进城大的。

准确来说，她是以特长生的身份拿到了进入美术专业的资格，却在填志愿的时候毅然决然地选择了她钟爱的数学专业，为此还和江妈妈产生了不小的矛盾——前者是江妈妈的夙愿，后者才是她的梦想。

但是既然这个特长被她的辅导员知道了，那秉持着“人尽其才”的理念，江越白就被安排了一个节目。

“这个节目的主题是‘音画之美’，主要就是由桃夭乐团演奏一组民乐串烧，在演奏的时候，江越白和李想一人负责画，一人负责写，把大致的意境描绘出来就行。”辅导员把节目单交到二人手上。

辅导员姓丁，叫丁厦，是一个年轻的男老师，据说是本校传媒系留校的研究生。

丁厦说话的时候，江越白礼貌地盯着他的眼睛，但是到头来也只记住了他那一头时尚的中分锡纸烫。

明明开学那天，开班会的时候还不是这个发型啊。

李想：“丁老师，准备时间可能不太够啊。”

李想是大三的学长，也是学校书画社的社长，写得一手漂亮的行楷。

丁厦眯了眯眼睛，稍稍俯下身子，语重心长地说道：“也没有让你们画完嘛，半成品的魅力懂不懂？”

江越白迅速会意：“所以，丁老师，我让半成品的魅力提前发挥，然后晚会的时候展示成品魅力是不是也可以？”

“孺子可教也。”丁厦满意地点点头。他的目光下移，落在江越白的一头羊毛卷上，忍不住轻轻拍了拍她的头。

这小丫头长得还真是让人父爱泛滥啊。

彩排安排在美术学院边上的文远报告厅里，江越白揣着程夕给她送来的画板和纸笔，跟着李想一起来到了总控台的后面。

宽敞的休息室被刻着校训的竹制屏风隔开，靠墙的两张沙发上堆满了各式各样的演出服，一边还放着两把二胡和一架古筝，想来是桃夭乐团的行头。

李想翻出一块工作牌给她：“学妹，明天就要开始社团宣讲了，你有什么心仪的社团吗？”

“魔方吧。”江越白下意识地开口。

毕竟追星尚未成功，同志仍需努力！

李想摇了摇头：“魔方社的社长可抠门了，每次团建的经费都要社员们卖艺集资。不像我们兰亭书社，是学校重点扶持的社团，资金特别充裕，尤其适合你这样有能力又有颜值的人。”

江越白：“每次团建？这么说来，魔方社平时的活动肯定特别多啦？”

“唉，确实是多啦，但是那里面的社员都是豺狼虎豹似的大老爷们啊，男人这种又臭又丑的生物，你这一去岂不是羊入虎口？”李想语重心长道。

江越白揉了揉脸颊，心道：学长，明明你也是个男人啊。

“而且社团可以同时参加好几个的嘛。”李想露出一副愁容，“唉，现在像你这样喜欢书画的人越来越少了，兰亭书社的人数越来越少，都快要濒临解散了。”

“可是我——”

“李想，你是江湖大忽悠吗？”屏风后走来一个戴眼镜的男生，他的语气轻慢，满是调侃意味。伸手一把搂住了李想的脖子，“我大魔方社资金充裕，场地充足，男神众多，女神如云，在学妹面前你说实话行不行？

“再说了，寄风那个社团现在算上他自己才五个人，你兰亭书社总不至于比他那边还惨淡吧？他都不急，你急什么？”

宋子归一手叉腰，教训完李想后，这才转过身来打量江越白。

这一眼，就把他给看愣了。

忽略掉这四舍五入最多一米六的身高，这小丫头长得也太符合他的审美了吧！

粉白色的衬衫搭配上水蓝色的七分背带裤，小白鞋上露出卷着粉边的袜子。在一头快要爆炸的“羊毛卷”的衬托下，她的脸蛋显得格外的娇小，黑白分明的眼睛此刻正盯着自己，像夜晚湖中心的月亮。特别是左边微鼓的脸颊，让她现在的表情更是过分可爱！

宋子归打量江越白的时候，她也在观察他。

她怎么觉得，这个学长有点儿眼熟……

“别听他瞎说，来魔方社，必须来！”宋子归笑了出来，露出整齐的大白牙，“他就是嫉妒我长得比他帅。我可认得你了，到时候要是收不到你的报名表，我就直接去你班级门口蹲点。”

正当宋子归说得神采飞扬的时候，屏风后探出半个脑袋来：“宋学长，风哥来给你送东西了，在门口。”

宋子归：“啧，让他等着。”

“半个脑袋”声音洪亮：“寄学长说了，让他多等一秒钟，你饭卡上的钱就少五十。”

“过分！”宋子归抹了一把下巴，低咒道。

“噗——”江越白终于忍不住笑出声来，她对上宋子归的目光，连忙解释道，“对不起，对不起，学长，我保证我一定会去魔方社的！”

得到明确的答复，宋子归这才心满意足。

“学妹，你叫什么名字啊？回头我让他们收报名表的人关注一下。”宋子归打得一手好算盘。

“江越白。”

念叨着名字的宋某人，终于在李想哀怨又嫉妒的目光注视下离开了。

江越白低头抚摸着画笔前断的狼毫，忽然意识到了什么问题。

宋？宋学长？不会吧……

“这位学长是谁啊？”

“他啊？魔方社社长，‘城大桃花树’——A 神宋子归。”

虽然已经是九月了，枫城作为南方城市，尤其是临近中午的时候，阳光依旧辣得人脸上发麻。

寄风倚在文远报告厅的侧门口，拎起领子对着空调出风口散热。

“难得啊，能请得动寄少的尊驾来给我送道具。”宋子归朝着寄风走过来，顺带把架在鼻梁上的眼镜摘了下来挂在领口。

寄风懒得理会他的阴阳怪气，把手中的一个黑色手提袋递过去：“你今天打了几升鸡血？这么亢奋？”

“有这么明显吗？”

寄风眯了眯眼睛，不置可否：“肾上腺素分泌得太过旺盛容易出现回光返照现象。”

“寄风！我今年二十二了！”宋子归大叫道，看得出内心十分躁动。

寄风凉凉地扫了他一眼。

他和宋子归是同宿舍的好兄弟，虽然宋子归每周，甚至每天都要例行犯病，但是根据寄风这三年来的经验，宋子归这次犯的是相思病。

“寄风！你背后这间报告厅里，有个超级超级可爱的小姑娘！”宋子归夸张地做出少女捧心状，“我说我对她一见钟情了你信不信？”

“上次食堂阿姨多给你盛了半块大排，你跟我说你迎来了人生的春天……”

宋子归的朋友圈子极广，又生了一双桃花眼，桃花运从不间断。万花丛中过，片叶不沾身。他若说上十句话，按照惯例，寄风可能只会信四个标点符号，还不包括感叹号和问号。

“哎，这次不一样！看到她的一瞬间，我都听到了樱花盛开的声音！关键是，她也喜欢魔方啊！”宋子归兴奋地说着，但是寄风压根儿没认真听，甚至掏出手机看了看时间。

懒得和他废话，也不知道校医院今天开不开门。

寄风刚给导师发邮件请假，下一秒就被宋子归猝不及防地拖进了报告厅，顺带还撞掉了挂在门把手上的泡沫指示牌。

为了方便日常活动以及演出，学生会斥巨资在报告厅的正后方，用玻璃板隔出了一个高出报告厅半米的仪器控制间。舞台的追光，音像、话筒的控制，甚至干冰和泡泡机，都是在这里调度的。

寄风揉着自己被撞到的右手手腕，语气凉飕飕的：“宋子归，你知不知道冠军的手都是上了保险的。”

“小风风，”宋子归正兴致勃勃地四处找人，闻言收回目光，露出两排雪白的牙齿，“大家都是冠军，要互相谦让。你是靠脑子吃饭的，怎么能和我抢饭碗呢？”

寄风若有所思地点点头，看向宋子归的眼神中多了几分怜悯：“宋子归，你知道一个词吗？”

“自杀式反击。”他补充道。

沉浸在找到了梦中情人的喜悦中的魔方冠军宋子归同学，丝毫没有察觉出寄风话中隐藏的意思，也就默认了自己没脑子的事实。

由于还没有到彩排时间，报告厅里的人三五成群聚集在一起，想要找人倒不是什么难事。

“看看看，就是那个。”宋子归头也不回，手不停拍着寄风的肩膀，兴奋得就差拿着话筒冲场内大喊了。

导师的批复邮件已经发过来了，寄风把手机塞回裤兜里，嫌弃地拍开宋子归的手，脑子里盘算着晚上吃些什么，漫不经心地回了一个字："嗯？"

他都一年没吃过学校的食堂了，也不知道三食堂阿姨的糖醋小排套餐还送不送西红柿蛋汤。

宋子归笑弯了眼睛："从后往前数第五排，站在左边的，穿背带裤的那个，看到没？"

寄风双手环胸，背靠着墙壁站着，目光移过去辨认着，脑子里却是挥之不去的糖醋排骨的影子。

第五排的左边……

智齿又开始疼了，看起来糖醋排骨套餐要改日才能吃了。

"快看，她站起来了。"宋子归的声音突然一软，"是不是很可爱？"

糖醋排骨和甲硝唑还在脑子里打架，寄风抬起眼帘望过去，刚好看到从折叠椅上站起来的江越白。

寄风其实有轻度近视，他眯起眼睛，花了三秒钟的时间仔细辨认，认出这个宋子归口中的"新好"，和两天前在教学楼前面逮着他表白的小姑娘是同一个人。

哦，不是表白，是追星。

原来这小丫头口中的偶像竟然就是宋子归？

竟然还会有这么巧合的事情？寄风暗道有趣。

这样一来，好像就说得通了。

"你去年参加过《大脑》？"寄风收回目光。

"嗯，阿乐也去了。去年你去做交换生，校学生会财政大权易主，我们社团经费太紧张了，就去做了一下场外援助赚点儿外快。"宋子归轻描淡写道，"呀，你看到江越白没有啊？"

听到这个熟悉的名字，寄风的心底微微一颤。

"她叫江越白？哪个'越'？哪个'白'？"

"唯见江心秋月白，应该就是这个'月白'吧，我也不清楚。都怪你，要是你晚来几分钟，我连微信号都要到了。"宋子归突然转过脑袋，警惕地看着有些失神的寄风，“你问这个干什么？”

月……白吗？

“我之前……”想到小姑娘上次得知自己找错了人时羞愤又震惊的表情，寄风默默叹了一口气，“既然你们有共同爱好，那她一定会很崇拜你，说不定还会视你为偶像。”

小姑娘的面子都比金子值钱，寄风觉得她一定不想让别人知道这件糗事。

“哎哟，总算你说对了一句话。”宋子归凑过来，眯着眼睛道，“喂，寄风，一直盯着人家看，你不会也春心萌动了吧？”

寄风退开一步，伸手点了点桌子：“宋子归，你还知道不要脸这三个字怎么写吗？”

宋子归这个人最吃激将法这一套，马上就开了口，可惜还没等他辩驳两句，手机铃声突兀地响起，他不得不转过身去接电话，随后回头向寄风问道：“你的手机是不是静音了？老徐找你，让你去一趟办公室。”

报告厅外，路的两侧整齐地种着高大的法国梧桐，有风吹过，零零星星吹下几片梧桐叶来。

江越白。

寄风默念着这三个字，回忆翻涌上来，他眯了眯眼睛。

刺目的阳光下，寄风缓缓吐出一口气来，然后掏出手机，从微信里找到一个许久没有联系的人。

寄风：“江总，有时间在朋友圈转发鸡汤，不如先把上次的账结了？”

江越白单手点击着手机屏幕，一边往校医院走，一边游刃有余地和江上寒斗嘴。

江上寒给她转账6.66元过来。

大魔王：“出来打架。”

江小白日做梦：“？”

江越白转了八块钱回去。

江小白日做梦：“神经科门诊挂号费我出了，别客气。”

江上寒发了一段二十八秒的语音，随后发了语音通话邀请过来，被江越白拒绝。

江小白日做梦：“手癌？打不了字？”

作为她的堂兄，江上寒在生活中恐怕从来没给江越白起到什么正面带头作用。不管是翻墙、掏鸟窝，还是过家家扮父女，在江上寒的世界里，江越白的地位始终低他一级。

甚至连“大魔王”这个备注，都是他用六百块压岁钱的高价向她买来的。

两人相差五岁，却没什么代沟。尤其在微信上互呛时，更是棋逢对手，不相上下。

至于为什么不发语音？

江越白颇为哀怨地捂着左脸——她的顽固蛀牙，已经发作到让她说话漏风的地步了。

大魔王：“手头的项目这阵子在收尾，所以没送你去学校。6块钱好好收着，给自己买俩柚子补补。”

江小白日做梦：“蛀牙，不吃。”

大魔王：“又蛀牙？”

大魔王：“让你喝奶茶！体重是不是又一百五了？哈哈哈……”

江上寒又发了语音通话邀请过来，江越白再次拒绝了

江小白日做梦：“国庆催婚警告。”

大魔王：“不接电话也行，那你赶紧去药店配点儿甲硝唑。甲硝唑会读吧？”

大魔王：“不认识路就找宿舍阿姨问问，管住嘴，迈开腿，别

让我担心你，懂？”

大魔王：“正好我高中学弟也在你们学校，你有事情尽管找他，毕竟他身长六尺，体重两百二，浑身都是肌肉，壮得跟牛似的，熊猫眼，仓鼠鼻，长得特别有安全感，带着你横穿马路都不怕车撞的！你放心去找他，绝对靠谱！”

大魔王：“而且我记得他好像也在什么模拟社团里头，你不是喜欢魔方吗，你也可以找他问问。”

接着，一张微信名片推了过来，然后是一条六百元的转账消息。

大魔王：“拿去花，好好学习，过阵子来看你。”

熊猫眼，仓鼠鼻……江越白思考了足足有二十秒，还是没能把这两个说不清道不明的五官结合起来。

她流畅地收了钱，也按照江上寒说的，添加了那位壮如牛的学长，然后上下滑动对话框。

江上寒语气虽然是欠揍了点儿，不过，话里关心的成分肯定是只多不少的。看在这六百块的面子上，要不国庆节回家的时候，遇见爷爷给他催婚，帮他打个马虎眼？

江越白捉摸了一会儿，眼神不自觉地就瞟到了“启明”的名片上。

好友申请还没有得到回应，不过这位“壮如牛”，头像倒是清新又神秘。

他的头像是一个带着昏黄色光圈的半圆，背景是广袤而静谧的黑色。

“启明星？”江越白喃喃自语。

城大的校医院建在山上，走上两百米的陡坡之后，还有一小段台阶。

江越白全心全意地研究着头像，没有注意到最后一级台阶，脚被绊了一下，重心不稳，朝前倒去。

手臂被稳稳地扶住，头顶传来的声音温润又深沉：“小心看路。”

扶她的手已经松开，江越白只觉得被攥过的皮肤有些疼，还有点儿烫。她下意识地回头看着身后的楼梯，后怕地松了一口气。

她低下头来，视线里是一双黑色的匡威帆布鞋。

“谢谢。”江越白连忙说道。

她的身材本来就娇小，现在又低一级台阶站着，不得不仰起头来，才能看清说话之人的长相。

许是刚才弯腰扶她的缘故，男生的T恤有些褶皱。江越白目光上移，扫过他胸口做着鬼脸的马里奥图案，再往上就看到他轮廓分明的下颌线和挺拔的鼻梁，还有微微蹙着的眉头。

这人……这人不是前两天被她拦路表白的寄姓学长吗？！

脸盲症启动失败的江越白自闭又懊恼地捏了捏衣角。

她明明精心计算过，在一个月内再次遇见寄风的概率不可能高于0.0026的，怎么应用起来无限接近1呢？难道她哪个公式套用错了？

两个人一高一低站在台阶上，相顾无言。

此时明明应该尴尬的江越白却显得格外镇定，高阶的数学公式悉数飞进大脑，她恨不得随手扯张草稿纸出来重新演算。

就在此时，寄风几不可闻地松了口气。他稍显严肃的眉头终于舒展开来，眼中透出几分惊喜与释然来，笑容宛如三月的春风拂过道旁抽芽的杨柳，和煦又温柔。

江越白。

等到你了。

第二章

1号诊室的门半开着，江越白双脚并拢，端端正正地坐在椅子上，简直比额头上贴印着小红花的幼儿园小朋友还要乖巧。

她把双手压在膝盖上，眼皮微阖，脑子里胡思乱想着。博大精深又源远流长的中国汉字在她的脑子里缠来绕去，迅速把伟大的数学罗马字符给吞并了去。

所以，他应该没认出她来吧……

毕竟她今天顶着一头已经坨了两天的“方便面”，素面朝天，左颊高肿，还趿拉着一双皮卡丘塑料人字拖，和表白那天神采飞扬的江越白简直判若两人。

呸呸呸，才不是表白。

但是，这位寄学长和偶像是室友……所以，如果能和他混个脸熟，自己四舍五入就是和偶像吃过同一包薯片了呀！

江越白的余光偷偷扫过去，轻轻咬住嘴皮，没想到牵扯到了发炎的部位，顿时疼得龇牙咧嘴。

“姓名。”

“……江越白。”

"院系。"

"数学科学学院。"

江越白的手在毛茸茸的达菲小挎包里摸了半天，掏出一张学生证来。

哎哟，要不然一会儿还是跟人家道个歉吧，起码能图个心安啊。

她的眼神又悄悄地移过去了一点儿。

校医戴上手套，拿起工具，朝江越白抬了抬下巴："来，张嘴。"他的语气温柔得像是在哄孩子，"头转过来一点儿。别看他了，帅哥也不止疼。"

看他？看谁？

看寄学长吗？

才没有要看他！

江越白对着光源长大嘴巴，杏眼眨了两下，余光情不自禁地又瞟向那人，她默默地感叹：果然，只要身材够好，脸够好看，几十块钱一件的衣服也能穿出限量版的潮流和魅力啊！

虽然她脸盲，但是她有品位，有审美啊！

江越白吸了一下口水，暗自挺直了身板。

"上次补的部分已经掉得差不多了，而且你这个已经伤到牙神经了。"校医把工具放进茶缸里，低头写病历，"我这里只能先给你开消炎药消肿，等过段时间你还是要去市里的医院查一查，可能要做根管治疗。"

根管治疗！

就是传说中那种要用锉刀把坏死的神经剔掉，然后再用药塞满牙洞，最后再用一根长管子在牙齿里、嘴里这样那样……的治疗吗？

回忆起之前补牙时，隔壁诊疗椅传来的电钻声，江越白可怜巴巴地皱起了眉头。

"怕疼啊？"校医笑了笑，拿起江越白的学生卡在册子上做了登记，"那就注意做好牙齿清洁工作。行了，去隔壁刷卡拿药吧。"

“谢谢老师。”刘海有些扎眼睛，江越白伸手扒拉了两下。

看着她懵懵懂懂偏又眼神明亮的样子，校医顿了顿，莫名想起了自己小时候养的比熊犬，于是忍不住关照道：“少吃点儿糖。”

“好的老师！谢谢老师！老师再见！”

娇俏的身影消失在门后，校医重新戴上口罩，视线转向刚刚就在墙边站着充当绿植的寄风。

谁年轻的时候还不是棵迎风摇摆的英俊凤尾竹呢？校医心想。

“院系？”

“……数学科学学院。”

哟，这年头数学系的高才生们一个个牙口都不太好啊。

“你也爱吃糖？”

寄风有些无奈地说：“老师，我发炎的是智齿。”

糖醋排骨当然不算糖！

“哦，那欢迎你来到大人的世界。”校医笑道，“你也配点儿消炎药？”

寄风接过处方单站起身，右手拍了拍膝盖，抚平褶皱。

和外向热情的宋子归比起来，寄风的性格更加温润沉静，有时候还自律得近乎自虐。他总是礼貌又温雅，鲜少显露出有过大的情绪波动。

不过此时，他眼中透出的笑意迅速地攀上眉梢，让他的面容霎时生动起来，倒是和他平时温和严谨的样子大不一样。

后面也没有等待的学生，校医松了松白大褂的扣子，朝寄风挑了挑眉：“我看你俩一起进来的，认识？”

大家都是过来人，刚才那小姑娘的眼神，啧啧，简直收都收不住啊。

“是学妹。”

顾左右而言他，那就是有戏！

校医屈起手指满意地敲了敲茶缸。

“老师，我先走了。”

墨绿色的门前，穿着白T恤、黑裤子的男生嘴角微弯，勾起若隐若现的单侧酒窝。他的眼中藏着情绪，看起来深沉又有风骨，微肿的右颊反而软化了他的轮廓。

确实养眼。

校医心满意足地眯起了眼睛。

回家后得问问老婆，二十年前他们第一次见面的时候，他的形象是不是也这样英俊又倜傥？

等到寄风从药房出来的时候，他惊讶地发现江越白竟然没有走。

小丫头背对着自己站在台阶下，正靠在身边姑娘的手臂上讲话，棕色的小熊包在腰间晃来晃去的，笑容宛若向日葵般明艳。

身边的姑娘比她要高上半个头，一头长发在江越白的糟蹋下凌乱得快要奓毛了。

寄风淡淡地收回目光。

“二夕，他就在我后面看病哎！他应该不会认出我来吧？”江越白半个身体挂在程夕的身上，嘴里忍不住发出感叹，“而且我刚才在这里差点儿摔下去，是他及时捞了我一把，我当时愣住了，都没好好和人家道谢。”

害怕江越白又迷了路，程夕洗了澡连头发都来不及吹干就赶了过来。她匆匆忙忙赶到校医院，就看到江越白一脸严肃地站在台阶下，顶着大太阳自闭冥想，宛如被罚念检讨书的小孩。

“所以呢？”程夕忙不迭地扯开江越白的手，想要拯救自己好不容易留长的头发。

“我打算去跟他感个谢，道个歉。”江越白的脸上写满了认真，“顺便再打听一下偶像的消息！”

“啊？”

“江越白，你能不能有点儿出息！”程夕暗自腹诽，“这可是打破数据的重逢啊！台剧才会有的桥段啊！颜值能排进校园前百分之三的男人啊！你竟然满脑子只有那个仅在屏幕上见过的蒙脸偶像？”

程夕欲言又止了半天，终究只是拍了拍她的肩膀。大家都是追星的，要相互扶持，怎么能互相看不起呢？

“我懂。”

“你懂个锤子？你馋的是你偶像的美颜！我馋的是我偶像的脑子！我俩能一样吗？”江越白一本正经道。

下定了决心后江越白吹了吹刘海，刚站稳了脚跟向后转，就和寄风的视线不偏不倚地撞上了。

她和寄风之间的距离不超过五米，声音在空气中的传播速度是每秒三百四十米，而她们刚才说话的音量大约为五十分贝。

呵呵，她会不会被当成变态啊？

“我馋什么我馋……嘿？江小白，你有本事在这儿跟我呛声，怎么没本事去找人道歉啊？”

“……程夕。”江越白咬牙切齿。

程夕转过身来，望向寄风的眼神从瞬间的惊讶缓缓变为惊艳。

嘿，比照片里还要俊美标致呢！

“我说真的，他绝对比你偶像帅。”程夕凑到江越白耳边，悄悄地说道，“那我去边上等你哦！”

帅帅帅！就知道帅！程二夕你的大脑是被僵尸吸干了吗？

程夕哪里听得到江越白心里的话，她攥着自己的小梳子，火速离开了。

阳光晃眼，四下无人，蝉鸣聒噪。

寄风收回视线，脚步不停，眼看着就要从江越白的身边走过去了，江越白眯了眯眼睛，心一横，为了偶像，冲冲冲！

“学长，不好意思打扰一下。”

她的行为永远要比她的脑子快上一步，伸出手臂拦住了寄风。

刚才还在台阶底下发呆的女生突然出现在自己面前，寄风的眼神微微透出些疑惑。看着她露出来的纤细小腿和快要飞出去的皮卡丘拖鞋，他下意识地抬起左手，生怕江越白一脚踩空滑出去。

谁让她长得实在不像是个稳重的成年人呢？

“学长，刚才谢谢你，不然我进校医院就不是看蛀牙了。”江越白怯生生地收回拦路的手，下意识地想要抿唇，牙神经抗议地抽了一下，她只觉得汗毛都竖了起来。

“不客气，下次走路小心一些。”寄风勾了勾嘴角，酒窝若隐若现。

淡淡的笑容晃花了江越白的眼睛，她的脑子一片空白。

江越白家的家教很严，又加上高中时期学业压力很大，接触到的同龄男生更是少之又少，面对他难免不自在。上次拦路“表白”时害羞和惊恐的心情左右，她也没什么心思去好好观察寄风的五官。现在这般小于半米的近距离接触，视觉刺激可比看照片和偷看来得强多了。

更何况寄风是货真价实地帅。

江越白之前从程夕那里学来一个词，叫“芝兰玉树”。此时她觉得，这个词用来形容寄风也是刚刚好。

“学长，你等一下，其实还有件事儿。我是来……是来……”

她要说什么来着？

“你是来干吗？”寄风也不急，唇角的弧度越发地扩大。

江越白牙疼得眼眶发热，只觉得此情此景格外熟悉。

“学长，我是来道歉的。”江越白重新提起一口气，抬起头对上寄风的眼睛，一股脑儿把话全吐了出来，“我是上个礼拜在路上把你认错成宋子归学长的那个傻子，没搞清楚就打扰你，真是非常不好意思。没想到今天又碰到你了，真是好巧啊，哈哈哈……”

啊……她到底在说些什么？

“你应该不记得我了，也不用刻意去回想了，我就是来郑重地和你表达一下感谢，然后道个歉。”江越白的耳朵绯红，“还有……还有就是学长如果你方便的话，可以向宋子归学长表达一下我纯纯的粉丝之心吗？”

亲爱的神明啊，她可算是把舌头捋直了。

寄风偏了偏脑袋，双颊微紧，生生把笑意压了下去。眼前的人实在是单纯得可爱，让他忍不住想要逗弄一下。

“我记得你。原来你要找的人是子归啊，我去年不在学校，所以对他的那些事迹……不太清楚。”

他的眼睛真好看！

但是他的记性为什么这么好？

不太清楚……万能的二夕啊，我感觉自己又要被拒绝了呢。

寄风的语速不快，温和清冽的嗓音就像是林间的山泉。江越白突然开后悔了。自己到底为什么要多此一举把他给拦下来，非要道什么歉？

啊，没关系，我一点儿也不在意这点面子的好吗？！

再说了，反正都已经和偶像有过一面之缘了，早晚会再见的嘛！何必急于这一时去探口风？

好吧，她承认自己被程夕说中了，对学长的美颜起了歹心。

唉，这下更丢人了……

“你的话我会转达的。我负责社团经费，魔方社之前做活动的时候留下了不少定制的纪念明信片，都是社员们签过名的，你如果想要，我可以给你找出来。”寄风缓缓地说道。

江越白眼睛一亮——竟然还有周边！寄风学长真是大好人！

“那我——”

怎么去拿？直接开口要联系方式会不会显得自己过于急切，太不矜持，意图太明显了一点儿？

江越白挠了挠衣角。她是真的想要了解偶像的消息，也是真的想要认识眼前这个极帅的学长。

寄风的目光扫过她微肿的脸颊："你在几班？"

江越白："我是2020届数学与应用专业02班的，我叫江越白。"

寄风思忖了片刻："过两天会有班干团委会议，我到时候把东西交给你们班班长。"

"谢谢学长。"

江越白眨了眨眼，她的心里有些异样的感受，像是用毛茸茸的狗尾巴草在耳后挠来挠去的那种感觉。很少会产生这种感觉的她，隐约意识到这是失落。

不留联系方式是预料之中的，能够拿到偶像的周边固然是让她高兴的。只是江越白思前想后，怎么也没琢磨明白寄风为什么不拒绝她。

两次拦路已经是非常打扰他了，何况她这番狗屁不通的说辞，甚至连她自己都说服不了。

换了别人，恐怕早把她挂上"城大吐槽墙"了吧……

"学长，你为什么要帮我啊？"江越白性子耿直，心里想什么随口就问了出来。

"为了社团的和谐稳定发展，为了塑造体贴亲民的学生干部形象，为了落实校风、校训，为了……"

为了满足你的愿望。

寄风的目光柔和了下来，望进江越白困惑又纯粹的眼眸，他压制住自己想要摸摸她脑袋的欲望，反复告诉自己别着急。

还有很长的时间，不要急。

"啊？"江越白有些迷茫。为了学院社团她还能理解，怎么就扯上校风、校训了？

"我还有事，先走了。"寄风伸手按了按自己的眼角，抬脚从江越白的身边错过，"走路不要玩手机了，小师妹。"

他的尾音习惯性地下沉，擦肩而过的时候，"小师妹"这三个字灌进江越白的耳朵里，在她原本只装着阿基米德和拉格朗日这些伟大数学家的心底，吹开了一道缝。

加快的心跳昭示着她此时的不平静。

江越白蹲了下来，捂住了脸。

好害羞啊！

江越白大概永远不会知道，在自己说出“道歉”两个字的短短两秒里，寄风甚至已经把他们要拍几套婚纱照都规划好了。

专属数学学院的6号教学楼坐落在城大西边的水杉林里，楼边还有一个清澈的玉泉湖。每到傍晚，6号楼周围总是遍布着无数你侬我侬的小情侣。

不过，在大学生们看来，主楼独享地利，环境清幽是不假，可这里离食堂实在是太远了。

此时，二楼办公室的门在哄笑声中被撞开，三五个大男孩快速地从门里挤出来，其中一个学生的体格相对有些魁梧，他一手抱着一只篮球，另一只手撑在另一个人的膝盖上。

铝门不堪重负，发出危险的吱嘎声。

拐角处走过来一个老师，看到他们那模样，不由得嗤笑了两声。

“老徐……徐老师，徐老师，检讨书已经放在您的桌上了，已经在学长的监督下高声朗读过五遍了，您可以看视频检查！”胖子一边往外挤一边说道，“中午有迎新篮球赛，我们要吃饭，要吃饭的！”

“哦？是怕食堂阿姨不给你留二两饭？这么急？”老徐优哉游哉地摸了摸肚子。

好不容易从胖子胳肢窝底下钻出来的竹竿满脸都是委屈：“徐老师，徐太师！求求您放我们走吧！您知道的，从教学楼去食堂骑车都要五分零八秒呢，去晚了就没菜了，没菜就要挨饿，挨饿就会没力气，没力气就要给院里丢脸——”

听竹竿这么念叨，胖子翻了个白眼。

老徐是院里的教务助理，也兼任着大四和大二两个班的班主任，平日里为人和善宽容，但是在处理学生问题上很有一套，因此人送外号——笑面虎。

而胖子、竹竿他们之所以这么说，是因为他们通宵刷剧，第二天的专业课迟到了，被老徐惩罚今天中午到办公室报到，先写检讨，再拿着自己的检讨书面向水杉林高声朗读五遍。

如此做法，简单，粗暴，还有效。

“所以你们现在是在给我修门？”老徐笑得更开心了。

“啊？”竹竿愣了。

“行了，快去吃饭吧，拿了名次回头报销伙食费。”

“老徐万岁！”

受到鼓舞的大男孩们奔跑着离开，老徐笑弯了眼睛。他熟练地把半掉下来的铝门扶正，哼着小曲儿走进了办公室。

纵然老徐在这群大二熊孩子的眼中如同豺狼虎豹一样，但是实际上，他也不过二十八九的年纪。

“徐老师，优秀团支部的文件我都给您整理好了，在这个U盘里，没其他的事我就先去吃饭了。”寄风把手中的材料摞起来，在桌上敲了敲。

“别急，我给你备饭了。让我来找找……”老徐松了松领口，在办公室的窗口转来转去，终于在角落里发现了两袋新鲜热乎的外卖，“来来来，你最喜欢的糖醋小排套餐。”

寄风无奈地说：“老师，我牙疼，不吃甜的。”

啧，真是可惜。

老徐挑了挑眉，目光落到他肿起的脸颊上，笑得格外开怀：“那你先坐，看我吃。我把几件事儿跟你说一说。”

外卖盒打开，糖醋小排又香又甜的味道立刻盈满了整个办公室。

寄风恋恋不舍地将目光从糖醋小排上挪开，按了按额角。

生活不易，他想叹气。

“老师您说吧。”

“也没几件事儿。”老徐吐出一块骨头，“学校下来了几个保送名额，我看了下绩点排名和任职情况，不出意外的话你会有一个名额，你先准备准备。”

“再就是，你去年不是去美国交换了吗，但是学校新搞了一个‘个性化选修学分’，不好意思，你这个学分兑换不过来。这个单子你拿去填了，挑几门喜欢的选修课把分补上，保你安全毕业。”老徐从抽屉里拿出两张纸来，“给你一个和大一学生亲密接触的机会。”

“嗯。”寄风挑了挑眉，个性化选修学分？那又是什么东西？

“前几天我听你导师说下个月有个大学生数学竞赛，你反正不用考研，上面考虑让你带队……对了，还有建模大赛，这是你的强项，今年要继续保持去年的名次啊！

“这届大一新生的综合素质好像还不错，校里头筹办了一个‘学长制’的学生辅导互助小组，明天上午要去班里领人，你记得把时间空出来。还有，社团马上又要招新了，流程你记得跟进一下。”

……

咔嗒一声，刚刚被用蛮力装上去的铝门又掉了下来。寄风盘算着老徐刚才说的事，只觉得头晕，连糖醋小排都不香了。

这哪里叫没几件事啊？！

“还有最后一件事。”老徐迅速吃掉一块小排，放下筷子认真地打量着寄风，“我表妹今年大一，就读于我校汉语言文学系文秘专业，肤白貌美大长腿，你要不要考虑——”

老徐说到“肤白貌美大长腿”的时候，寄风就已经站起来告辞：“老师您慢慢吃，我先走了。”

“哎，寄风！你这么好的条件还在打光棍，简直是浪费你知道吗？寄风，你要是没有合适的对象，那就处处看嘛。”老徐叼着筷子站起来，苦口婆心地劝着，丝毫没有刚才在竹竿、胖子面前那般玉面修罗的架势。

“我是真为了你好，我拿你当弟弟看的，自家人又不会骗你，而且我表姨——”

寄风一只脚都已经踏出办公室了，听到这话，他回过头来认真地看着老徐。

“我有。”

“啊？”

“我有合适的。”

不要什么肤白貌美大长腿，软萌可爱就够了。眼前闪过一张鼓着腮帮子的小圆脸，寄风连面部的线条都柔软了下来。

“丁老师给我打电话，我先下去了。”

“行……”

老徐咬着筷子，不可思议地看着寄风。他带了寄风四年，这种表情，还真是第一次在他脸上见到呢。

枯木发芽，铁树开花了呀！

“你们过来的时候注意到了吗？南门那边搭了很多棚子，也不知道是做什么的。”

“当然是社团宣讲啦，孤陋寡闻。”

“有没有交友俱乐部？我马上充年费会员。”

“思凡，你敢不敢再肤浅一点儿！”

“哈哈哈……”

由于记错了班会时间，江越白等人到教室的时候，只剩下第一排最中间的座位了。

于是，当107宿舍四个身高互成等差数列的姑娘落座之后，“信号”组合就正式在02班成立了。

“班长怎么还没回来？大厦哥不会睡过头了吧？”

“也有可能在烫头。”

辅导员还没有到，教室里十分热闹。在左右双声道高分贝的暴击之下，江越白有些头疼地翻出手机，打开了微信。

拜蛀牙所赐，即使吞了两片甲硝唑，她昨天晚上依旧没有睡好。

凌晨三点二十分，江越白收到一条新的信息：“您已添加了‘启明’，现在可以开始聊天了。”

乖乖，这个时间还不睡觉，小伙子身体很好嘛！不愧是江上寒钦点的“壮如牛”！

这个点还在挑灯夜战，莫非是一个深度网瘾少年？

这么猜测着，觉得这位素未谋面的陌生学长变得亲切了不少。

怀着好奇的心态，江越白点进了“启明”的朋友圈。最新的一条动态是三天前发布的，内容是一张照片，拍的是一片再普通不过的屋顶。非要说有什么特别的地方，大概就是此时的天边，云朵之下透出了淡紫色的霞光。

从建筑风格上来看，不是城大。

没想到他还是个文艺青年！果然，胖子都是潜力股！

江越白眨眨眼，继续往下翻。

其余的内容，很符合他微信头像彰显出的看似高冷又学术的人设了。有关于数学竞赛的公众号新闻，过年期间例行公事的问好和祝福，还有半年前定位在美国时转发的乱七八糟的文章——之所以说乱七八糟，实在是因为江越白的英语只够应付考试，而启明朋友圈里的这些英文单词实在是专业得可怕。

“启明”的朋友圈内容不是很多，江越白的手指大致划拉了几下，就已经到了底。

关于游戏和比赛的消息竟然一条都没有？

好吧，她现在想要收回刚才对他文艺和亲切的评价。

江越白手指轻点屏幕，目光在一堆转发链接里搜索，终于找到了一条镶嵌着“game”的动态。

“我就说嘛！”

江越白顿时兴致勃勃，甭管那一连串的英语单词如何碍眼，她快速点了进去。

展开的标题是：Game Numerical Modeling—Construct and Implement Monte—Carlo Simulation of *Blackjack Game*。

游戏……数字的模型？

数值游戏……的模型？

Blackjack 是 21 点游戏，这她知道。但蒙特·卡洛又是谁？

这位大哥玩的游戏未免太异次元了吧！江越白深深地叹了口气。

到现在，她已经很难再把这位厉害的大哥，和江上寒口中的“身强体健壮如牛”联系到一起了。

她认命地打开了翻译软件，手指快速切屏，复制、粘贴一套动作完成后，江越白愣了三秒，原本无聊又疲惫的表情瞬间转为惊奇，说是惊恐也不为过。

翻译栏里安静地躺着一行字：游戏数值建模——构造并实施 21 点游戏的蒙特卡洛模拟。

……

我的天哪！

她好歹也是通读过《时间简史》的人，为什么这句话拆开每个词语她都认识，但结合在一起就只认识中间的破折号了？

江越白忽然觉得，她好像遇到了冲顶大学数学高峰之路上最大的打击。

“嘘，丁老师来了。”

教室门被推开，丁厦顶着新发型大步走进来。他把手里的几张纸放在讲台上，喊班长分发签到。

“丁老师好帅啊！”班长比了个大拇指。

丁厦满意地撩了一下头发：“好了好了，知道你们激动，先安静一会儿，听我说。”

耳边的哄闹声终于停了下来，江越白头也没抬，默默地给江上寒发消息。

她照例先向他转账一分钱。

江小白日做梦：“大哥？你给我推荐的这兄弟到底是何方神圣啊？”

“今天下午四点，大家以宿舍为单位到 10 号楼后面的仓库去领军训物资，尺码尽量当场调好，有问题随时和团支书联系。具体的情况和位置已经上传到班级的群文件了，大家记得查看。”丁厦快速交代好了第一件事。

“为了让大家更快地适应新的身份，尽快融入校园生活，学校成立了‘学长制’互助小组，每个小组由一个高年级学生和八位新生组成。

“这些学长、学姐都是我们学院里非常优秀的学生代表。希望在日后的交流中，学长学姐们乐于分享，学弟学妹们善于倾听，共同进步。结合之前的问卷调查，分组情况会由班长上传到群文件中。

“好了，接下来我们先请这五位学长、学姐介绍一下自己。”

丁厦朝门外招招手，有位漂亮的长发学姐先走了进来，班里瞬间爆发出了热烈的掌声。江越白坐在头排的中间位置，只觉得脑袋里好似有一个大钟摆，哪边声音大就往哪边撞。

江越白的目光也被学姐吸引了过去。

“大家好，我是陈池，曾任校学生会会长，2018 年城大尼泊尔支教小组组长。连续三年获得过全国大学生英语竞赛一等奖，两次获得田家炳奖学金，目前绩点是 4.2 分。”

陈池话还没说完，教室里就响起了此起彼伏的吸气声和议论声。

陈池是名副其实的学霸，如此丰富的经历和货真价实的荣誉更是给了她骄傲的资本。此时她只是语气平淡地提及其中的一部分，然后话锋一转，扬起格外灿烂的微笑，轻轻抛出一枚炸弹：“我喜欢轮滑，擅长竞技游戏，常驻艾欧尼亚，段位黄金，最喜欢的英雄是疾风剑豪亚索。”

她说到这里，新生们的热议声就再也压制不住了，类似“强啊”“天秀”“女神”这样的词汇一个接一个地从后排男生嘴里蹦出来。

“所以，我的观点是，你们不用因为我的成绩而来恭维我，或是耍小把戏从我嘴里套考试重点，我不吃这一套。我知道的都会告诉你们。当然了，每个人的爱好和擅长的领域各不相同，谁还没个缺点？”

江越白撑着脑袋愣愣地听着陈池说话，只觉得她气质格外骄傲且独立，不是志得意满的傲慢，而是从骨子里透出来的自信。

这样的学姐，担得起“女神”二字。

“我们用掌声感谢陈池学姐，有请下一位学长！”丁厦满脸笑容道。

这架势，这气氛，江越白恍惚觉得自己正身处《非诚勿扰》的节目现场，只不过主持人一个是秃头，一个是潮流锡纸烫。

放在口袋里的手机连着振了好几下，她收回思绪，拿起手机。

是江上寒发了微信过来。

大魔王：“神圣？”

大魔王：“如果拿几个奖就算神圣的话，那你哥哥我就是齐天大圣！”

大魔王：“他这人厉害归厉害，有个地方永远也比不上我。”

大魔王：“他的颜值跟哥哥我比，差了起码十个年轻时候的古天乐吧。”

江小白日做梦：“？”

“说来惭愧，我没有你们陈池学姐那么厉害，就连唯一拿得出手的游戏，听上去也远没有亚索那样威名远播，我擅长玩数字游戏

21点。”

话听着谦虚，班里的气氛却分毫未减，不少女同学也开始跟着起哄。

思凡推了推江越白的手臂：“这学长……”

江越白的目光黏在屏幕上，重新点进了启明的朋友圈，找到刚才那条链接点开，习惯性地扫了一眼作者。

JI FENG？！

正在这时，台上的人自我介绍道：“大家好，我是寄风。”

第三章

江越白猛地抬起头。

这哪里是壮如牛！

这哪里是体重两百二！

熊猫眼？仓鼠鼻？寄风？

就江上寒这视力，怪不得挂科率几乎为零的基础美术鉴赏课，他重修了两次。

江越白自诩能口算三位数乘法的脑子，此时全面死机。

寄风，这个被她错当成偶像拦路表白，又在校医院门口搀了她一把，还主动帮她追星的男人，其实就是江上寒的学弟，那个他委托来照顾自己的学术大神！

果然，再完美又精确的概率，也逃不出地球是个圆的这个必要条件。

“因为我掌握着各大社团的财政命脉，所以有时候你们会听到一些关于我的不实言论。不过，大家放心，我校的社团发展前景一片大好，希望大家积极加入。”

还是和煦又轻缓的语调，寄风的话里带着几分幽默。

惊讶归惊讶，江越白的心里还是欢喜的。

广场上的那一声“小师妹”还回荡在耳边，像是边牧的后颈毛，越撩越毛糙。

长相好看，性格温柔，关键是，业务水平还这么高。

寄风这人完全就戳中了她江越白的心嘛！

脑中的思绪混乱如麻，江越白托着脑袋，盯着寄风的脸看得津津有味。

该用什么词来形容他的长相呢？

江越白是个理科生，天花乱坠的彩虹屁她实在是想不出来。不过，除了程夕教的“芝兰玉树”，她此时倒觉得另一个词虽然简单，却也很贴切——端正。

寄风不属于颠倒众生的花美男，但是他轮廓分明，气质绝佳，套用一句当年江妈妈夸人的话，就是“人如玉，形端方”。

“大家还有什么问题吗？”

寄风双手撑在讲台上，上半身微微前倾，视线在教室里扫了一圈，然后状似不经意地落在江越白仰起的脸上，擒住她出神的目光，微微笑了起来。这一笑，当真是眉目如画，姿貌端华。

团支书高高举起了手臂：“学长，你有对象吗？”

哄笑声此起彼伏，丁厦抱着手臂站在一边看好戏，任由这群熊孩子可劲儿调笑数院的香饽饽，甚至跟着起哄道：“他没有！”

寄风移开了目光，无奈地望向丁厦，然后快速地把炮火转移到下一位学长身上：“下面是我们的郭跃学长。”说罢，自己走向讲台另一边，站在丁厦身边。

“大家好，我是现任团委副书记，我叫郭跃……”

这位学长看上去阳光又亲切，女生们的注意力很快就被吸引了过去，位于 VIP 观赏区的江越白和思凡，此时却在默契地发呆。

过了一小会儿，思凡满脸坏笑地拍了拍江越白的腿：“小白，我没记错的话，你认错的那个学长就叫寄风对吧？就是他吧！超帅的啊！”

“嗯。”江越白叹了一口气。

她望向讲台的另一边，突然不知道该怎么去和思凡解释他们之间的关系。

是说她的运气好到爆棚了，还是说世界太小了？

她看见寄风掏出手机看了两眼，又和丁厦耳语了几句，嘴角上扬，大约是在谈什么趣事。

江越白目测寄风和陈池之间的距离，若有所思地点点头。

这位师哥不仅看上去像个君子，为人处世也是真的洁身自好啊。

“……我们学校每年的寒暑假都会组织海外游学活动，如果有同学感兴趣，可以提前来找我了解情况……”

郭跃充满朝气的少年音色传入耳中，教室里的氛围轻松又热闹，寄风仍在同丁厦说话，目光却向着第一排正中的位置笔直地望过来。

他盯着江越白足足看了好几秒，眼神专注又深邃，嘴角上扬的弧度更大了，他礼貌地朝望过来的思凡点点头，这才收回了视线。

江越白的耳朵一下子就红了。

“小白，刚才学长是不是在看你啊？”思凡晃了晃她的手臂，“有情况哦！你是不是有事瞒着我？”

“没有。”江越白摸着自己的耳垂。

她根本不知道该怎么解释他们的关系了！

好不容易敷衍完比她还激动的思凡，江越白滑开手机屏幕，悄悄地给启明改了个昵称——师哥。

嘿嘿，师哥！

“那么，我们有请下一位学长——”

陈池眼皮微阖，腰背向后靠在窗台上，把刚才那两人之间的互动默默收入眼底。

教室里的讨论声此起彼伏，似乎谁也没有发现前排汹涌的暗流。

尽管只有五位学长和学姐，班会还是热热闹闹地开了很久，快结束时，学长学姐们先行离开，丁厦又说了一些军训安排才宣布解散已经过了饭点，江越白挽着思凡的手，一边往外走一边给寄风发消息——

江小白日做梦：“师哥你好，我是江上寒的堂妹江越白。”

江小白日做梦：“就是前几天追星认错人，还拜托你给我找魔方社周边的那个江越白。”

江小白日做梦：“学长，我发誓，我没有碰瓷！真的是巧合。”

“问你话呢，炒河粉还是重庆小面？”思凡停下脚步，瞄瞄江越白的屏幕，又看看她的脸，“和谁发消息这么入神？我都问了你两遍了还没听到。”

“我先给我哥回条消息，等下和你细说！”

江越白也没想要隐瞒，但是在此之前，她要先处理江上寒这个大祸害。

江上寒的最后一条消息还是半个小时前发的，她毫不犹豫地回拨了一个语音电话。

电话很快被接起。

“喂？甜甜啊，我吃饭呢。”即使嘴里塞满了米饭，江上寒那不可一世的张狂语气，还是侧漏了出来。

“江上寒，我求求你，去报个小学辅导班，好好学一学形容词的正确用法，OK？”说话速度太快，咬到了牙龈，江越白深深吸了一口气，“你害我洋相出大发了，你知不知道？！”

“没大没小，叫哥哥。”江上寒顿了两秒，故作神秘地问道，“你……见到寄风啦？”

何止是见到！四舍五入都表过白了！

江上寒：“怎么样？还可以吧？是不是帅气程度仅次于你哥哥我了？”

江越白：“滚——”

微信电话已经被江越白单方面挂断了，江上寒挑了挑眉，盯着屏幕上紧接着拨进来的号码，笑得那叫一个奸邪狡诈。

“不错啊，进展够快……怎么能叫卖妹妹呢？这是为了她的终身大事考虑。”江上寒得寸进尺，“你可得了吧，就说你答不答应吧。

“成交！”

趁着思凡去窗口打包重庆小面和钵钵鸡的工夫，江越白火速冲向开在食堂门口的奶茶店，美滋滋地点了一杯奶茶三兄弟。

奶茶小哥问道：“同学，要用鲜奶做吗？鲜奶的口感会好一点儿哦！”

江越白摆了摆手：“不用不用，奶粉就行，多加一份小圆子，谢谢！”

别看她长得奶乎乎的，实际上，江越白醉奶。

倒也不是所有的奶制品都这样，只是鲜奶和纯牛奶这类饮品，她是万万碰不得的。

江越白刚学会走路的时候，江上寒喂她喝过半盒特仑苏，结果小丫头拍拍自己的肚皮，懵懵懂懂抓着江上寒的蜡笔，在他的脸上连画了六个王八，还把他的美术作业给毁了个干干净净。

自此，小江同学“奶凶”的名号传遍了街坊邻居。

但是在奶茶的诱惑面前，所有的潜在危险都变成了可控变量。其他人都追求鲜奶的甘醇和口感，江越白每次买奶茶之前，却都要再三叮嘱奶粉的用量。

甜滋滋的小圆子入口，江越白用没有蛀牙的那一边咕叽咕叽嚼得欢快。

开心！一切又“脉动”回来了呢！

“江越白！你又偷喝奶茶！”

江越白不敢回头赶忙咽下嘴里的奶茶，又抓紧嘬了最后一口。

思凡提着打包盒走到江越白身边，一手叉腰，一只脚在地上有规律地打着节拍，像极了早晨查迟到的高中教导主任。

江越白后颈一阵发凉。

她一只手扯着思凡的衣袖左右摇晃着，另一只手将奶茶依依不舍地递给思凡：“我反省，我忏悔，我把赃物上交给英明神勇的思凡大人。”

她有一双讨人喜欢的杏仁眼，目光明亮又清澈，虽然做足了撒娇讨饶的样子，眼中却连半点儿认错的态度都找不着。

思凡冷哼一声接过奶茶：“等你牙都被蛀光了可别找我来哭。”

江越白连连称是。

两人还没走出去几步，思凡停下脚步，突然发问：“江小白，老实交代！今天是你和寄风学长第几次见面？”

江越白义正词严地扭过头：“第三次！”

思凡如同长辈般关照道：“虽然他长得很帅，但是我现在回想起来，他看你的眼神很有问题。不是有句话吗，男人都是‘大猪蹄子’，你可不能轻易被迷惑了！”

呵，说晚了，已经被迷惑上了。

江越白满脸认真地扶住思凡的肩膀：“思思，说来你可能不信，寄风是我哥的学弟，我哥之前还委托他照顾我来着……”

思凡愣了三秒，恍然大悟地拍拍江越白的肩膀：“我就说嘛。到底咋回事，还不速速从实招来！”

江越白：“这得从我上个礼拜，买的一杯绢豆腐奶茶说起——”

作为一个逻辑清晰，思维敏捷的理科生，江越白最不擅长的却是讲故事。食堂到宿舍的距离大约是七百米，还没走出去一百步，江越白就已经讲完了。

思凡问：“这就没了？”

江越白点点头：“没了。”

听到她要从上个礼拜开始讲起的时候，思凡就已经脑补出一段电视剧那样长的小说桥段了，结果就这？！

看来江越白这么开头的目的，只是为了怀念那一杯绢豆腐奶茶罢了。

回宿舍的路上满是学生，太挤了，思凡摸摸打包食盒的外壳，拉着江越白打算绕另一条路回宿舍。

再不回去，小面都该凉了。

两人还没走出去多远，一个穿着手绘Polo衫的男生追了上来。

男生手里抱着一沓彩色的宣传册，他摘下胸口别着的一枚小黄鸭发卡，夹在宣传册上，递给思凡："学妹，我是BEA cosplay社的社员。我看你穿着Fate的纪念T恤，应该也是个周边收藏爱好者吧？这是我们社团的宣传册，希望你能够加入我们社团。"

"啊！好的，谢谢你。"思凡有些意外，不过，她还是迅速接过了册子，浏览起社团简介和活动照片来。

思凡喜欢二次元，但是绝不局限于动画。上到漫画分镜，下至游戏同人配音，她都有所涉猎。

"学妹如果感兴趣的话，可以到我们的社团展示区来转转。"男生指指身后不远处。

高大的榆树下，横放着好几块彩色喷印的展览板，有几个穿着华丽角色扮演服装的学生手持道具正在走秀，不少学生围在一边，称赞和议论声此起彼伏。

"哇，那是《刀剑乱舞》的鸣狐吧！装备好专业啊！"思凡忍不住踮起脚尖，"哎，那个是卡卡西！"

这么兴奋的思凡，当真少见。

江越白挑挑眉，果断拉起思凡的手，大跨步地朝人群走去："走啊，去看看。"

巧的是，正对着BEA社团的，就是SPARK魔方社的宣传区。此时，大部分人都被新奇精彩的走秀吸引了目光，相比之下魔方社那边就显得十分冷清了。

和思凡打过招呼之后，江越白摸摸自己的达菲小包，钻出人群，朝魔方社走去。

"胖子，你说今年我们社能招满十个妹子吗？"竹竿打开刚送到的冷面外卖，语气哀怨道。

胖子翻了翻手里的cosplay社团宣传手册，压根不想理他："我觉得你在想桃子。"

桃子就是peach。

想桃子就是"想屁吃"。

魔方社常年阳盛阴衰，少有的几个女生还都自产自销了，老社员们整日被强制"喂狗粮"，早就酸成了一颗颗活体柠檬。

竹竿又说："不然你去和老大说说，今年和动漫社或者音乐社来个联谊活动？"

胖子头也不抬，缓缓翻过一页："不去。"

达菲小包的拉链被拉开，里面露出半个黄绿色的多面体来。江越白走到桌子前，双手扶着快要倒了的喷绘板，目光从桌上陈列的多阶魔方上扫过，整个人瞬间兴奋起来。

典藏版六十二面足球魔方！

GAN！这个是GAN的魔方！她有同款！

哇，这个魔方还原之后好像是个恐龙头啊！

她清了清嗓子，语气有些激动："那个……学长，请问报名表在哪里？"

胖子的目光还黏在宣传册上，伸手从桌肚里面掏出一沓纸来："你好，这里是SPARK魔方社，我们有……"

胖子突然反应过来，迅速地抬起头。

是女生！

还是个可爱的女生！

啪的一声，宣传册被他用力拍在桌子上。

江越白低头掏魔方的手顿住了，她有些纳闷地抬起头来，眨了眨眼睛，不知道这位体态圆润的学长为什么突然这么激动。

胖子抬脚朝正撅着屁股在箱子里翻杂志的竹竿踹去，然后迅速站了起来。

他一本正经地拍了拍裤子上的褶皱，用自己认为最温柔的声音说道："学妹，我们是学校唯一的魔方社团，建社三年，社团经费充裕，去年获得了校园十大优秀社团的荣誉称号。"

江越白笑弯了眼睛："我知道！"

作为一个合格的粉丝，这些社团资料她早就能够倒背如流了。

胖子道："那学妹你会玩魔方吗？基础的复原或者会复原一个面都算。你不会也没有关系，我们包教包会。"

江越白不好意思地摇了摇头："我刚入门。"

刚入门，那就是不太会。

胖子眼睛一亮，另一只手从裤子口袋里掏出来一只彩虹色的三阶魔方，手指蹁跹，迅速还原好了一只魔方。他右手三指托着魔方，笑着递到江越白的面前。

"你先把它打乱，然后我还原给你看，保证你一下就能感受到魔方的魅力。"

难得来一个女生，可不得铆足了劲把她留下来！

江越白咬咬下唇，手上动了几下，迅速地把魔方打乱了。魔方颜色鲜艳，衬得她的手格外白皙小巧。

她顿了一下，然后手指微动，交织的色块宛如倒带一般，一点儿一点儿又恢复成了刚才的模样。

"学妹别拧啦，再拧就回去了……

"哇，学妹，你第一面复原得很快哦，接下来……

"学妹……"

你咋就复原完了？

胖子如鲠在喉，他搓了搓突然冒汗的掌心，对上江越白云淡风轻的眼神，觉得自己这次糗大发了。

鬼晓得这个看上去单纯可爱的学妹竟然是个隐藏大神？！

简直是他平时的二倍速啊！

胖子沮丧地叹了口气。他刚才观察江越白的手指，觉得这让他目瞪口呆的速度或许还不是这姑娘的正常水平。

她应该还能更快。

竹竿终于找到了杂志，扶着腰站了起来。他兴奋地看着江越白，脱口而出道：“哟！小学妹！我们魔方社云集了众多大神，获得过……”

胖子又踹了他一脚。

竹竿忍无可忍，愤怒地把杂志摔在桌上：“你干什么！”

胖子的嗓音有点儿干涩：“学妹，你不是说，你刚入门？”

这叫入门？什么时候玩魔方的门槛变得这么高了？

江越白把胖子的魔方放在桌上，从达菲小包里取出多面体来。

注意到竹竿和胖子惊恐的眼神，江越白的语气越发小心翼翼：“不好意思啊，我听说魔方社的人都会玩四阶了，我四阶确实刚刚入门……”

这下不仅是胖子，连竹竿也觉得自己快要窒息了。

“所以呢，你就这样干翻了一众学长？”想象着一米五七的江越白被一众男生众围住的场景，程夕打了个哆嗦，“不过，毕竟不是竞赛级别的社团，可以理解。那你有没有告诉他们你的目的？”

告诉他们，你其实是大名鼎鼎，花名远播宋子归的粉丝？

江越白有些无奈地开口：“我说了，但是他们不信。”

在报名登记表上留下自己的信息之后，她就直接和胖子说了这件事情。

但是当时竹竿是怎么说的来着？

“学妹你就不要谦虚了，以你这个水平，就是老大看到了也得退位让贤，抱憾退社！”

他怎么能这么说她的偶像？生气！

江越白越想越难受：“唉，连你都拿到了你偶像的签名照了，我什么时候才能近距离看宋子归复原一次魔方啊？”

“什么叫连我都……”程夕一听这话就不乐意了，她捏住江越白的右脸颊，将原本圆润小巧的鹅蛋脸拉扯成一个包子，“前两天的事儿还没完呢，那天寄风到底都和你说啥了？”

当时不过一局消消乐的时间，这姑娘回来的时候从耳根到脖子都红透了。

看上去人畜无害的寄风能有这手段？

“这件事，说起来比较复杂。”

那天具体都说了些什么，江越白已经忘得差不多了。

只有那一句缓缓道来的“小师妹”越发地深入内心，江越白此时一想起来，就觉得自己的耳根又热了起来。

她下意识地摸了摸自己的耳垂，认真地解释道：“有点儿巧，他是我哥的朋友，那天我哥刚好让我加了他的微信。”

听了江越白的话，程夕的眉毛越挑越高。她忍不住用力地拍了两下大腿：“那可真是——天赐的姻缘啊！”

“程夕！你拍我大腿干什么！”

送走了一步三回头，还忍不住对自己坏笑的程夕，江越白坐在卡座里，掏出了手机开始消灭订阅号新推送的消息红点。

她盯着最底下的那条推送，摸了摸自己还有些发热的耳垂，终于没忍不住点了进去。

女生陷入恋爱前的十大表现，你中招了吗？

第一：心神不宁。总是会回想起与他相关的点点滴滴。

第二：甜蜜称呼。给他起一个有特别寓意的昵称。

第三：满怀期待。期待着每次和他有关的见面。

……

叮——微信收到了一条新消息。

江越白匆匆放下还在摸耳朵的手，手忙脚乱地退出链接，回到微信主界面，就看到“师哥”给她发来了消息。

想起刚才看到的那一句“给他起一个特别有寓意的昵称”，江越白啪的一声将手机倒扣在桌上，捧着脑袋陷入了沉思。她好像真的喜欢上这个只见过三面的学长了。

即使再次相遇的概率低于 0.0026，即使条件为同一个自变量也会分化出 256 种结果，但是我喜欢上你这件事情的概率，始终为 1。

手机振铃接二连三地响起，江越白缓缓坐正之后深呼吸了一口气，果断地确认了自己的心意。

还没来得及回复寄风的消息，李想的微信电话又拨了进来。江越白收拾好自己的东西，一边往排练厅赶，一边点开了对话。

最新消息来自一个名为“学长制小组”的群组，不过片刻的工夫，未读消息竟然多达“99+”。江越白克制住自己的强迫症属性，绕过群组，先点进了和寄风的聊天对话。

师哥：“刚才在忙，没有看到消息。”

师哥：“学长制小组的名单看了吗？很巧，你被分在了我的组里。”

她连忙返回去查看群组消息，虽然群里正在聊天的都是班里的同学，但是在群成员列表里，她一下子就找到了寄风的金星头像。

江越白跳过一个小水洼，捧着手机高兴地转了个圈儿。

自从遇见寄风，她的概率数据通通都失灵了。

江小白日做梦：“那还请师哥多多指教啦！”

江小白日做梦：“我这个人学术不精而且问题特别多，师哥不要嫌我麻烦哦。”

师哥：“不会。”

师哥：“江上寒托我好好照顾你，所以有任何困难，你都可以找我。”

她叫他师哥。

寄风压制着嘴角上扬的弧度，按了按眼角。

他把“求之不得”四个字从输入框中删去，而后将微信窗口缩小，专心致志地研究起新学期的社团活动安排表来。

坐在寄风身边的是建模社副社长梁旭，他望着凑在一起玩欢乐斗地主的社员，恨铁不成钢道：“今天晚上都跟我下宿舍宣传！再不招人，社团都要被强制解散除名了！你们怎么一点儿也不急？”

“到晚上再急也不迟啊——顺子！我只有一张牌了哦！”有人高声道。

“人家社团吸引新生都是宣传有零食、郊游、街头快闪，我们社团有啥？是宣传三天三夜封闭式上机模拟，还是炫耀都是数院教授的豪华导师阵容？”另一个眼镜男生笑了笑，甩出两张牌来，“王炸，我赢了。”

专注围观一百年的周周听“眼镜男”这么一说，也觉得十分有道理，她若有所思地看着寄风，提出建议：“如果社长能够和我们一起去的话，这沓册子说不定能发完？”

“眼镜男”说：“他才不会去呢。”

寄风将电脑屏幕放低，藏在屏幕后方的眼睛扫了周周一眼，淡淡地说道：“今天晚上我刚好没什么事儿。”

这天，女生宿舍迎来了开学之后最热闹的一个晚上。

思凡回到宿舍，把怀里的一沓彩色宣传资料放进何紫的怀里，抽出两张对她道：“下面的是宣传册，上面的是报名表，你挑挑。”

何紫随口问道：“小白呢？没和你一起回来吗？”

“她应该被喊去彩排了吧。”思凡换上拖鞋，“幸亏没和我一起回来，不然就门口这三步一个人，五步两本册子的架势，她那小胳膊小腿，能被挤成不加葱的煎饼。”

“你是没看到，宿管阿姨都快疯了。”

外面的喧闹声越来越近，何紫刚撕下脸上的面膜纸，宿舍门就被敲响了。

何紫抽出一张化妆棉对着镜子擦脸：“谁呀？”

外面传来男生的声音：“我们是学院的社团代表，学妹你们方便开门吗？”

……

两个人对视了一眼，迅速地放下了手中的东西，用最快的速度把四个人的床帘都放了下来。当思凡去开门的时候，何紫刚把阳台门给关上。

砰的一声，阳台门晃了两下，贴在上面的海报都被震了下来。

门口，周周站在最前面，把一群好奇的大老爷们全部拦在身后：“学妹，你们别担心，我们不进去的。

她安抚地朝思凡笑笑，补充道：“阿姨只批准了我们到本系的宿舍宣讲，时间有限，我就给你们快速介绍一下。

“我们都是在校社联登记的社团，从我开始，往后分别是数学建模社、魔方社、桌游社，还有……不好意思，后面那两位，是我们建模社和魔方社的社长。”

何紫凑到思凡身边，把门又拉开了一点儿，象征性地客气了一下：“走道比较窄，学姐你们要不然进来说？”

“好好好！”

“好你个鬼！”

桌游社的学姐一个暴栗敲在说话的学弟头上。她挤开前面的人，走到周周身边，换上一副和蔼可亲的笑脸道：“学妹，我们俩进去和你们说，这群臭男生就让他们在外面等着吧。”

砰的一声，宿舍门在学弟面前关上了。

“宣传的事情就交给学姐，你们先出去吧，挡路。”宋子归摸了摸头发，然后从口袋里掏出一个二阶魔方来把玩。

男生们哀号着退出楼道，寄风将目光从107门上的社员牌上收回，靠在墙壁上，掸了掸袖子上的灰。

当提着水桶的学妹第三次从二人面前走过的时候，寄风忍不住直起身子来，对宋子归说道：“我们也走吧。”

原本是想来看江越白一眼的，可惜她不在。

宋子归点点头，一边走一边屈起食指，在魔方边缘敲了两下，好奇地问寄风：“你不是在准备活动策划案吗？居然还有时间来女生宿舍遛弯，居心不良哦。”

“你说我有什么居心？”

宋子归一边耸肩，一边把魔方抛起来：“那必然是窈窕淑女，君子好逑啊——”

寄风伸出手去，修长的手指在空中稳稳地接住小巧的魔方：“还挺聪明。”

宋子归一愣，满脸的不可置信：“真的假的？是谁？”

“我也是今天才知道，”寄风也没打算瞒着他，“江越白是江上寒的妹妹。”

虽然寄风很少谈及过去的事情，但是先前在江上寒的毕业散伙饭上，江上寒可是直接称寄风为妹夫的啊。

完蛋！他的房子塌了。

吃了半天瓜，结果吃到自己头上来了。

宋子归停下脚步，一本正经道：“包办婚姻不可取，我是不会让着你的。来啊，各凭本事啊！”

听他这么说，寄风笑开了。

他没有回头，把手中的魔方随意地朝身后抛去：“我也是这个意思。”

宋子归连忙躬身去接，冒着韧带撕裂的危险，终于接住了即将落地的小宝贝。

寄风扔得确实很潇洒，但是准头着实不太行。

“寄风你——这个已经绝版了好不好！很贵的啊！”

宋子归气得肝疼。

军训开始前的两个晚上，女生宿舍集体循环播放萧敬腾专辑，愣是让江越白这个五音不太全的人也能把《王妃》的旋律哼得明明白白。

可惜，“雨神”萧敬腾失灵，艳阳高照的周一，军训照计划进行。

好在城大的军训强度，以一致口径的“人性化”在大学城声名远播。虽然常规的列阵、军姿和军体拳一样不少，解散的时间很早，江越白这一米五几的小个子，更是直接被排除在了表演方阵之外。

在宿舍闲着也是闲着，思凡索性拖着江越白出来逛街。

上海路西起城大南门，东至万达广场，沿路店铺不断，被称作城大的后花园。

一间手作店内，思凡在格子间里挑挑拣拣，随后拿起一支玫瑰金色的流苏小横钗在江越白额前比画：“你人白，戴这个应该挺好看的。”

店员：“配上您的发型正好呢！”

江越白对着镜子照了照，心直口快道：“我妈说我这头发像泰迪卷，思凡你看这流苏，像不像遛狗绳？”

“去去去。”思凡皱起眉头摆了摆手。本来挺可爱的日常头饰，被江越白这么一说，她也没兴趣再摆弄了。

“那这个呢？”思凡的指尖缠着一个毛茸茸的兔子尾巴发圈。

店员：“超可爱的发圈，我们这里卖得很好呢！”

江越白：“……你觉得我的脑袋是富士山？”

“这个呢？”思凡拿来一条红黄配色的围巾在身前比画。

店员：“反季商品我们都是五折出售的哦，超合算——”

江越白：“二食堂的番茄炒蛋你还没吃腻？”

店员一时间无言以对。

思凡自暴自弃地指着一边的苹果造型墨镜。

江越白：“你听过《二泉映月》吗？”

店员的脸都绿了。

从店里出来，思凡揉了揉憋笑憋得僵硬的腮帮子，好笑地问江越白："小白，有没有人说你很有成为直男的潜质。"

江越白摸了摸夹在耳边的鱼骨发夹："打破营销话术的最好手段，就是说实话。"

当然，看到真正喜欢的东西她还是会买的。

刚才在思凡试衣服的时候，她闲来无事，把寄风之前发表的那篇和 21 点游戏有关的论文重新翻了出来，依靠着翻译软件看了个大概。

可是这会儿脑子被风一吹，论文到底讲了什么，江越白又全忘光了。

江越白皱紧了眉头："这不科学。"

她能接受自己英语考试过不了四级，但是绝对接受不了自己对数学丧失了求知欲。

解铃还须系铃人，越是专业的东西，懂门道的人解释起来才会越简单，江越白也深知这一点。

有短板不可怕，可怕的是缺乏查漏补缺的上进心。

趁着陪思凡去图书馆补办借书卡的工夫，江越白打开微信，找到这两天联系越发频繁起来的寄风。

江小白日做梦："师哥，迭代法是什么？"

软件翻译出来的文字大多带些逻辑语病，不过"迭代法"这个名词，江越白倒是牢牢记住了。

寄风回得很快。

师哥："就是一种不断用变量的旧值递推新值的方法，你可以理解为和一次解法相反的一种算法。"

师哥："这个知识点是你们大二的线性代数的内容，你从哪里看到的？"

江越白分享了一条链接给他。

江小白日做梦："你的论文呀。"

江小白日做梦："不过，文章我没看懂，只记住了这个词。"

江越白心直手快，一开始并没觉得自己发的内容有什么不妥，等到对话框上方的"对方正在输入"的字样闪了好几遍，她才反应过来，重新看了一遍自己发过去的内容。

糟糕，她是不是暴露了什么？

又过了半分钟，那边终于回复了。

师哥："这是数学建模的内容，对于初学者来说是比较深奥。"

师哥："具体解释起来，还要结合 MathType 这个软件才能说得明白。"

江越白泄气地缩了缩脖子，刚准备输入"谢谢"，就看到聊天框里又出现了一行字。

师哥："我在东门外的咖啡店里，如果你有兴趣了解这个软件，可以过来。"

她眼睛一亮，打字快得像是在弹《野蜂飞舞》。

江小白日做梦："来！马上来！师哥等我！"

等不到思凡出来了。

江越白收好手机，冲进厕所洗了个手。她对着镜子整理了一下头发，然后仔细地把鱼骨夹别好，从包里又摸出来一支唇膏，熟练地抹了两下，这才踢踢后脚跟，小跳着下了楼梯。

天清气朗，风卷落叶，天边铺满了晚霞。牙牙学语的小童坐在婴儿车里，好奇地望着音乐喷泉。

咖啡店靠窗的卡座里，寄风撑着脑袋望向校门口，注视着那个穿着海军服风衣的绵羊卷女孩一蹦一跳地走近。

记忆中那个穿皮卡丘睡衣的少女，也是这样蹦蹦跳跳地闯进他的生命的。

第四章

“常回家看看，回家看看……”

江越白刚推开咖啡店的门，就被这熟悉又怪异的迎宾音乐给吓了一跳。

音乐夹杂着“叮咚”的电子音效，吐字清晰又搞笑。她扶着门向右边望去，看到一个抱着爱心的黄毛鸭子玩偶正伴随着音乐左右扭动。它的肚子上有一个小开关，音乐应该就是从这里发出来的。

江越白好奇地退了两步，扭过头看了一眼店铺的招牌。

是一串她看不懂的外语单词。

莫非这只违和感十足的鸭子，其实是“一带一路”的吉祥物？

大约是江越白的好奇持续得有点儿长，站在吧台后面的服务生终于忍不住笑着走上前，在鸭子的肚子上按了一下，然后对她招手：“请进，里面坐吧。”

“啊，不好意思。”江越白摸了摸耳垂道。

店里的人不多，江越白环顾了一周，在窗边的位置找到了寄风。

他的面前摆着一台电脑，界面是她看不懂的工程文件。电脑旁铺着两张 A3 大小的打印纸，寄风握着一支原木铅笔，正在上面写写画画。

冷气吹拂着卡座边的绿植，宽大的叶子撞上寄风的手臂，画面看上去安静又温馨。

“学长，我来了。”江越白双手握住胸前的肩带，站在寄风身边轻轻地开口。

这还是她第一次主动和师哥见面呢，江越白的耳朵又有些发热，她垂下了脑袋。

寄风抬起头来，浅笑着对她说道：“坐呀。”

他的袖子整齐地卷起，额前的碎发散落下来一点儿，深邃的眼睛被镜片覆上了柔光，比玉泉湖还要沉静。

江越白眨了眨眼睛。

他竟然还戴眼镜？看上去好温柔哦。

程夕一直嘲笑江越白是行动上的巨人，语言上的矮子，从前她都是不以为然的，直到她坐在了寄风的对面。

师哥看上去很忙碌，所以，她现在应该说什么？

问一句“你吃了吗”还是聊丁老师的锡纸烫？是聊 iPhone12 的发售日期，还是直接坦白她对他有所图谋……

“学长，你近视吗？”

话一出口，江越白就后悔地闭上了眼睛。

她觉得她找话题的本事，甚至不如那只在墙上挂着的黄毛鸭子。

学长？

寄风挑了挑眉，快速地在纸上写下一串数据，然后半合起电脑，将它放到一边，摘下眼镜望向她：“我有轻微的散光。”

“哦。”江越白点点头。

对上寄风的视线，江越白的耳垂更热了。她双手交叠着放在桌上，下一句话来不及经过大脑就蹦了出来：“很好看。”

寄风轻笑了一声，他的眼中漾出涟漪，原本淡泊的面容也因此越发地生动起来。他一手端着茶托，另一只手忍不住按了按眼角。

江越白脸一红：“我的意思是……那个墙上的画挺好看的。”

天哪，她都说了些什么啊！

“小妹妹好眼光！这画可是我在比利时皇家美术学院见习时的作业，当时有人出价一千九百九十九欧元我都没卖给他，现在总算是遇到有眼光的人了。”服务生手里拿着菜单，修长的手指捏着菜单在空中一转，菜单便轻巧地落在江越白面前。

这手太骨感，没有寄风的好看。江越白下意识地想。

当日在校医院门口，他扶她的画面还历历在目。回想起那只隔着衣服握住她的手，还有那灼热又令人安心的温度，江越白深深地吸了一口气，目光下意识地转向那张价值两千欧的画。

大面积的黄绿色块交叠在一起，中间还有两团硕大的墨团，边沿用暗红色涂了好几层，看上去十分诡异。

原来这就是价值两千欧的审美吗？

“所以，你这画的应该是只凤凰？”江越白小心翼翼地猜测。

“不，这是和平鸽衔回的橄榄枝，是后裔射的太阳，是哈利波特那淬了毒的红苹果，也是我们店新推出的奶茶的名字来源。”服务生话音一顿，指着菜单上最上面一行说道，“小店推出的奶茶新品‘皇家果园’，可添加椰果、红豆等调料，小妹妹要不要尝试一下？”

啊？

江越白盯着眼前的菜单，陷入了深深的迷惑和自闭——原来这就是文科生最擅长的话术的魅力吗？

“爱吃苹果的是白雪公主，射日的是大裔，她有蛀牙，不能喝奶茶。”寄风看了一眼江越白被冷气吹乱的卷毛，抬手放下了卷起的袖子，丝毫不留情面地拆穿小哥，“顺便说一句，你的冷气温度开得太低了。”而后，他转向江越白，“他家的柚子茶味道不错，先尝一杯试试？下次他不在的时候再带你来喝别的。”

好帅啊！

江越白下意识地点点头，终于忍不住伸手摸上自己的耳垂，连寄风话中的“下次”都没注意到。

聒噪的服务生终于走了，寄风看着还没有回过神来的江越白，眼神越发地沉下来。

江越白黑了不少，不过，脸倒是没有之前那么肿了。棕黑色的头发间，小巧的白色鱼骨夹格外显眼，衬得她的脸格外可爱，精致。

“看来今年的教官都很有爱心。”

江越白放下手来：“什么？”

寄风意有所指：“当年我们军训的时候，每天晚上七点半集合，整个操场开着大灯夜跑。”

江越白：“电费真的是一大笔可避免的支出了。”

寄风：“那晨跑呢？”

江越白一本正经：“我觉得组织晨跑，一定会对教官的心理产生极大的负担。”

寄风失笑。他从一旁的座位上拿起一个笔记本，推至江越白面前：“这两天团委办公室在大扫除，我只找到了这个，你打开看看。”

江越白疑惑地眨了眨眼，手指抚上笔记本藏青色的云纹外皮，随后翻开。

夹在扉页中的是一张明信片。背景是一张“星火杯”的大赛奖状，宋子归一手托着魔方，一手搂着竹竿的脖子，张狂地对着镜头比“V”。明信片的背面，是马克笔手写的“SPARK”和“宋子归”，字迹潦草又嚣张，夸张得江越白都不敢认。

想起自己那一手狗爬字，江越白搓了搓指尖。

莫非这就是粉丝随偶像？

“谢谢学长！”她兴奋地举高明信片，用手指描绘着签名的地方，看了很久才抬起头来，眼睛亮晶晶的，“啊，我的青春圆满了。”

“这么喜欢他？”

“不是喜欢，是很喜欢！”

寄风手中的动作一顿，回忆起她把自己误认作宋子归表白时的神情，笑容不自觉地淡了下来。

或许是谈到了兴趣爱好，不知不觉间，江越白没那么紧张了。

“毕竟他是我十八年来第一个追的偶像啊，虽然他只是在节目里出现了二十分钟，但是确实是我魔方爱好的启蒙人了。”江越白补充道，“放在过去，我就是他座下的第二百六十七脉传人。”

这二百六十七又是怎么算出来的？

寄风扯了扯嘴角：“那你这到底是喜欢还是崇拜？”

“崇拜不就是喜欢吗？”

“这不一样。”

“哦。”

江越白低下了头。

她当然知道这不一样。

崇拜他和喜欢你，当然是不一样的。

虽然江越白的回答在他的意料之中，但这并不妨碍寄风把醋吃得风生水起。他默默地摘下眼镜，严肃地思考在宿舍和宋子归来一场真人较量的可能性。

二人各有心思，气氛有些微妙。

好在总有些人，干啥啥不行，搞笑第一名。伴随着一声铃响，服务生左手平托着一个托盘，从木质的藤蔓墙后出现了。他的另一只手也没闲着，从口袋里掏出一个杯垫，在空中虚晃了一下，放在江越白的面前：“久等了，您的芸香阿第斯果浆做好了。”

他的动作花哨却行云流水，江越白心惊胆战地看着那杯饮料，觉得服务生这手艺，如果去直播平台表演“翻花手”，一定会比开咖啡店更能找到职业满足感。

杯子上的花纹是半身人马，透过磨砂的杯壁，能看到里面的液体，从底部的深粉色往上逐渐分层，表面还漂着两片花瓣。

卖相是真不错。

就是这名字……

"芸香……阿第斯……果浆？"

服务生娓娓道来："果浆的原料，选用的是英国皇家级别的西柚王，它们在北纬 40° 的美国农场生长，享受的是北太平洋暖流带来的绝佳气温，配合上我国东南部大山深处的……"

"就是蜂蜜柚子茶。"寄风忍无可忍地敲了敲桌子，"叶磊，你的猫明天没有奶喝了。"

"别呀！"服务生叶磊脸上的笑容瞬间垮了下来，他一边哀号还不忘和江越白解释，"我妈对猫毛过敏，所以我就把我家小白先寄养在他们宿舍，这家伙就借机天天来我店里白吃白喝，还老威胁我！"

江越白惊呼："学校宿舍还能养猫？"

叶磊说："学校附近的宠物店风评都太差了，店里又不能养。他们宿舍在顶楼，阿姨都很少去的。而且小白很乖的，也不会乱跑。"

寄风冷哼一声："不乱跑？你家猫已经咬死了我们宿舍三盆多肉、一盆吊兰，昨天还把隔壁同学养的热带鱼捞走了一条，这会儿恐怕又爬到衣架上糟蹋我的袜子去了。"

江越白忍不住想笑，却克制地抿紧了嘴唇。

"还不都是因为店里的生意不好，我妈觉得我过于败家，所以才来监督我。"叶磊越说越委屈，"你说，我这店正对学校大门，西边就是地铁站，东边还有书店，明明人流量这么大，为什么店里这么冷清？

"明明上次的问卷调查结果显示，有超过一半的顾客愿意再来坐坐呢。人呢？人都到哪里去了？

"而且，之前请风水先生来看过的，说这屋子南北通透，后方还有龙脉，最适合开店了。"

超过一半？

江越白歪了歪脑袋。

到底是哪个数据分析师给出的结论，这么不严谨！

她的语气格外诚恳："概率数据的结果，不仅取决于被试群体，还和环境的情况以及人流量的峰值这些变量息息相关。一般来说，问卷的数据都会偏高，所以你也不用这么悲观啦。"

概……概率？

叶磊终于闭了嘴。

倒是寄风用手按着眼角，笑得嘴角都快咧到耳朵了。

寄风向来情绪内敛，江越白见到他的次数又实在少得可怜，所以笑得这般放肆的寄风，她还是第一次见，不知不觉竟然看呆了。

叶磊回过神来，狠狠地吸了一口气，然后意味深长地摇了摇头。

他拍拍寄风的肩膀："寄风啊，你可算是遇到对手了。"

寄风只是笑。

这话一下点醒了江越白。

这尊大神还没说话呢，她吆喝什么嘛！这不是班门弄斧吗！

"不用替他操心，他比你想象的坚强很多。快喝吧，凉了伤胃。"寄风指了指她面前的果茶，"你的专业学得很好，很擅长理科？"

江越白摇摇头又点点头："是喜欢数学。"

寄风勾起嘴角："和我一样。"

他的嗓音就像一杯兑了百利甜的威士忌，让她的心率瞬间飙到了一百二。

他说，她和他一样。

江越白刚刚降温的耳垂又红了起来，她掩饰般地伸手去端杯子，胳膊正好碰到了夹着明信片的那本笔记本。明信片被撞开，露出下面的扉页，干净而平整的纸张右下角清晰地写着几行字——数学分析（一），1702 班，寄风。

原来是他的笔记本。

寄风字如其人，横竖撇捺中都透着豁达和大气。

江越白听到自己的声音："数学分析是大一的课程吗？"

寄风点点头："手边没有文件夹，明信片又容易折，正好学弟把笔记还回来了，就顺手夹着了。”

寄风说得很坦然，只字不提为什么给江越白的东西他会随身带着，还有，这本笔记的科目，偏偏就是大一数学最难的一门。

承诺帮她追星是举手之劳，夹带私货才是最终目的。寄风怎么会让自己吃亏？

“那——”

既然推到了她面前，是不是代表着也可以借给她？

“数分比其他课程相对来说复杂一些，你先拿着看，有什么不会的随时问我，毕竟我是你的……学长。”

“学长制”小组这么光明正大的交友渠道，寄风觉得自己如果不好好利用一番，都对不起自己连夜赶出来的分组表。

江越白哪里知道寄风心里的弯弯绕绕，她心满意足地把明信片塞回笔记本里，手指就着封皮的花纹又反复摸了两下。

感觉离他又近了一步呢！

“常回家看看，回家看看……”店门被莽撞地撞开，小黄鸭兢兢业业地开始营业。

程夕：“老板，一份最简单的蔬菜沙拉，加十倍的生菜，不要小番茄，打包，谢谢。”

白杨：“说好了要请我去吃加满三十份肥牛的麻辣烫的，学姐你怎么赖皮？”

程夕：“小白杨，你属什么？”

白杨：“生龙活虎的那个蛇！”

程夕：“不不不，你肯定记错了。”

白杨：“啊？”

程夕：“十二生肖里都没你，你属垃圾桶。”

白杨：“程夕你——会不会说话！”

“……”

咖啡店里实在是太安静了，门口那点儿动静在密闭的空间里甚至制造出了三重回声。

江越白还在斟酌怎么和寄风开启下一个话题，一抬头就对上了程夕惊诧的眼神。

程夕挑眉："哟，好巧，江小白你怎么在这儿啊？"

江越白看看寄风，又看看程夕。

可惜，她真的不太会说话。

不然，她也不会直到出了咖啡店的大门，才发现自己来了半天，还是没有搞清楚什么是迭代法，甚至连MathType的软件图标长啥样都不知道。

"我的导师约我一会儿吃晚饭谈毕业设计的事情，今天我们就到这里可以吗？"寄风抬手看了一眼表。

江越白这才发现，他的手上戴着一款黑色表带的运动表。

她很少关注奢侈品，更不要说男士的名表和运动鞋。所以，无论这款表盘上带着半轮月亮的手表价值几何，在她看来都只是衬得他的手腕更好看而已。

"啊！好的，谢谢学长！"江越白一边翻手机一边四处寻找叶磊的身影，"我把账结一下。"

"我有这里的会员卡，他应该是直接从我卡上划的账。"寄风把电脑装进包里，忍不住开玩笑，"况且，你是我见过的第一个夸赞他作品的人，于情于理，他都应该送你一杯'皇家果园'尝尝鲜。"

闻言，江越白的脸上又开始发热了，她慌忙想要转换话题。

本来就是她有求于寄风，还白喝了人家的果汁，她十分过意不去。但是犹豫再三，她还是把那句"那我把钱用微信转给你"给咽了回去。

"那下次我请你喝。"江越白摸着包包的手紧了紧。

下次，便等于，再见面。

她终于说对了一句话！

"好。"

捕捉到江越白期待的眼神，寄风点了点头。

他默默地把目光从江越白脸上移开，强行忍住用手按眼角的欲望，心底涌上一股老父亲般的成就感：到底是什么样的温室，才能培育出这么可爱的"白菜秧子"啊？！

那边，程夕和白杨还在辩论到底是蔬菜沙拉健康还是肥牛麻辣烫养胃，叶磊提着外带盒回来，对着他们又大肆宣传了一番他的荷兰麦田圈——那份沙拉的名字——成功将战火引到了自己的身上。

当一只顶配的人间唢呐，遇上一双英雄牌二十年 BB 机，大战一触即发。

"学长，我先走啦，下次见。"江越白抚着自己的衣角站起来，螃蟹似的向外面挪。

寄风也起身道："正好我也要去南门，我送你回去吧。"

"太麻烦了吧？"

"不用麻烦了！"

两个声音一前一后响起。

原本还在和叶磊争论的程夕，把沙拉盒子往白杨怀里一丢，大跨步走到江越白的身边，义正词严地拒绝了寄风。

寄风一怔，对上程夕友好但坚决的视线，于是顺着台阶下，也不再强调自己的意愿了。

小黄鸭第三次唱起了"常回家看看"，门外程夕长臂一伸，勾起她的下巴，微眯起眼睛，准备开始第一轮的逼问。

谁知道江越白的表情简直比机场还要坦荡。她右手抓着胸前的背包肩带，身体挺得笔直，打算把自己的决定全盘托出。

只不过，这样隆重的架势，在隔着一面玻璃的寄风眼中，那就是"视死如归"。

"……师哥，好巧啊。"被抛下的白杨提着自己加了十倍生菜的蔬菜沙拉，犹豫了一下才坐在寄风的对面，“老师说一会儿吃晚饭，师哥，我和你一起过去吧？”

他是学统计的，虽然和寄风不是同一专业，但是两个人的导师相同，算是正儿八经的同门师兄弟。

虽然对手都已经走了，白杨的嘴巴依然嘟嘟囔囔的，没有停下来：“师哥，你说现在的女孩子怎么都这么精明！一盆草换一张那么珍贵的照片，这么赚的买卖为什么我就做不来？师哥——”

寄风：“你的数据分析做好了？做了几遍？数据来源的区间扩大了没有？上机检验了吗？”

打扰了。白杨噤了声，认命地打开外卖盒开始吃草，明明刚才还是“陌上人如玉”的温柔师兄，怎么突然就翻脸变成检查作业的催命大魔头了？他到底是哪句话说错了？！

寄风重新打开电脑屏幕，目光在界面上停留了几秒，手指敲了几下键盘，复杂而繁琐的方程慢慢出现在空白的文档上。

师哥……

“那我就喊你师哥吧！”

脑海里又闪过江越白蹦蹦跳跳地从教学楼后冒出来，笑容明媚又温暖的样子。

寄风摘下眼镜，翻开手机，找到和江越白的聊天记录，手指忍不住揉了揉眉心。

他又想起江越白发给他的第一条微信信息：“师哥你好，我是江上寒的堂妹江越白。”

寄风皱眉。

刚才见面的时候，她叫自己学长？

号称人体计算器的寄风做梦也没有想到，有那么一天，自己会吃自己的醋。

“你说什么？”

程夕啪的一声把江越白的鱼骨夹子重新别她的耳后，不敢置信地望着拔腿想走的江越白。

江越白说，她对寄风“三见钟情”了。

令程夕咋舌的从来都不是江越白说出的那些创造性词汇，而是江越白这堪比坐火箭的感情进度。

明明上周才认识，那照这个速度，下次见面的时候，他俩的婚期是不是都该定下了？

程夕没来由地有点儿难过。

唉，要是所有的男人都能像江越白这般果断和直接，那她和偶像肯定早就走到一起了。

“你就没点儿细节说一说？”

“我都说了九个字了，花了大约 2.75 秒的时间，按照牛顿第二定律——”

程夕：“嘘——”

她放下竖在唇边的手指，有些挫败地捋了捋马尾，觉得自己正是二十一岁如花般的年纪，却承担了不属于这个年纪的，老母亲般的烦恼。

虽然江越白不需要去参加什么作文比赛，但是以她样的扩句能力，恐怕毕业论文只能用非中文符号（公式）凑满两万字了。

程夕：“事情都有个前因后果，你好歹把因为和所以说明白吧。”

她开玩笑撮合他们，甚至写剧本是一回事，江越白无师自通，单方面进度快到连跳三级，那就是另一回事了啊！

江越白理直气壮道：“三见是起因，钟情是结果。我高考江苏理科语文考一百二十分，程夕！我超级擅长写议论文的。”

天色渐渐暗了下来，橘黄色的晚霞中，鱼骨夹的尾端有些反光。

江越白到底是她从小到大的好闺密，程夕迅速摆正了自己的位置——她就是个助攻的，她开口道：“其实吧，我估摸着寄风对你也有点儿意思。”

江越白从兜里摸出来一个魔方，打乱它。她想心事的时候，通常都会做这个动作。

她说："从理论上来说，三阶魔方的变化数约为4.3乘10的19次方，没有人会去把每一种都试出来，但是所有人都会记得魔方复原成功的样子。

"所以过程是什么样的根本没有必要去深究，只要我能把这亿万种可能演变为一个永恒的'1'就可以了。"

最后一个字话音才落，她将还原成功的魔方轻轻推到程夕面前。

"所以？"程夕听得云里雾里。

"我要追他！"

"怎么追？"

刚才还士气高昂的江越白哑了口。

"……骑……骑着马追？"

等到天色完全黑下来的时候，终于冷静下来的两个人又坐在了南门的奶茶店里，捧着各自的杯子写计划书。

程夕手里的是一杯波霸奶茶，江越白捧着的则是一个装着柠檬水的奶茶杯。

"一、在林荫道表白成功的概率为百分之零。"写完第一行字，江越白就把笔盖给盖上了。

"妹妹，这是追人，不是追星。"程夕一拍脑门，觉得自己都快要被江越白给带偏了，"不是，不管是追人还是追星，都和概率没有关系的，主要的是心意！是心意！

"包括去他面前刷存在感啊，展示你可爱自信的一面啊，再暗示他啊——这事儿要从长计议。"

存在感啊……

江越白挠挠头，又把魔方掏了出来："那要不我直接去和他表白吧？我都第二次表白了还没存在感？还没自信？还暗示得不够？”

这么说，好像确实没错……

程夕的思路再一次被逻辑大师江越白带去了西伯利亚。

“我觉得吧，以你这个长相和情商，”程夕把江越白仔细地打量了一遍，“寄风可能觉得你想去给她当女儿。”

等一下！那宋子归呢？

明明半个月前还在偶像长偶像短呢，这才过了十天，喜欢的人就换成寄风了？

“不过，江小白，”程夕突然问道，“你不喜欢你偶像了吗？”

“喜欢啊，我今天还拿到了他的签名明信片呢！超开心的！”江越白把还原好的魔方放在桌上，“我追星和我追男人有什么冲突吗？”

长了一副小清新的面容，嘴里却蹦出了“追男人”这般生猛的词语，强烈的反差感让程夕有些窒息。

程夕接着问：“那你喜欢寄风什么？”

“人帅又温柔，数学学得好，二十一岁就发表过SCI，还是建模美赛的冠军。”

“那宋子归呢？”

“手好看，腿长，魔方冠军拿到手软。”

程夕越发感觉自己快要喘不上气了。

小白，你的交际圈现在都要冠军起步了吗？

她平复了一下情绪：“总结来说，两个人都是长得好看，业务水平又过关，那有啥区别呢？”

是个好问题。

江越白沉思了几秒：“我喜欢温柔又有魅力的男生，但是偶像这个称呼不关乎性别。”

言外之意，和寄风比起来，宋子归在江越白的眼里，算不上是个可以处对象的“男人”。

似乎是为了响应她的豪言壮语，程夕手里一紧，心形的吸管成功地把杯底给戳穿了：“你赢了。”

她要是宋子归，听到江越白这话能哭死。程夕默默地想，这简直算是人身攻击了。

就在这时，无人注意的桌面上，乳黄色的奶茶从桌沿滴下，在程夕身上晕开一个大大的圈。

程夕苦不堪言：“妹妹，你追男人和我有什么关系……啊！我这衣服可是我偶像同款啊，人民币一千八！江越白，我要宰了你啊！”

等江越白陪程夕去超市买了专用洗涤剂，又回到宿舍把“一千八”洗得快脱线，程夕才堪堪放过她。

江越白踏进宿舍的时候，已是晚间十点二十分，思凡正戴着耳机在做睡前扩胸运动，看到她进来，摘下耳机一脸严肃地问：“江越白同学，还有半个小时就要熄灯了，老实交代，你都去干什么了？”

下午她从图书馆里出来的时候，江越白就已经不见了人影。看了手机才知道，这丫头被学长召唤去学习了，她也就没多心。谁知道，这一学直接学到了深夜，要是江越白再不回来，她就该去实名举报寄风拐卖少女了。

“被程夕抓去探讨洗涤用品成分表了。”江越白累瘫在座位上。

本来一天的军训就够折腾人的了，晚上又经历了一场惊心动魄的生命保卫战，微信步数刷爆两万，江越白现在只想一头倒在床上和周公去汇报行程。

“哦，对了，这是从程夕宿舍剥削来的费列罗。给大家分分，我牙疼，吃不了。”趁着自己的脑袋还清醒，江越白从口袋里摸出来一盒巧克力，把里面的巧克力球剥出来分给室友，“一人两颗，正好。”

接着，她把达菲小包挂在床头，然后把魔方掏出来放进桌子上特意买的亚克力柜子里，低头的时候才发现，桌子上放着几张社团报名表。

“这个啥时候交？”江越白扭头问思凡。

穿着兔子睡衣的何紫一边撕开巧克力的包装一边走过来：“哦，对，刚才班长来说过，明天早上她会统一来收一次，不然就要自己交到各个社团去。魔方社的单子我们给你放在最上面了，其他的你看着填一填？”

思凡也凑过来：“何紫，你刷牙了没有？大晚上的吃巧克力，你是羡慕江越白的体重还是羡慕她的蛀牙？”

听了前一个问句本来还在忏悔的何紫，听了后一个问句后，直接停住了吸吮手指的动作。

宿舍里响起了哄笑声。

又嘲讽她？江越白咬牙切齿：“思凡！”

思凡露出一口整齐的大白牙，意有所指：“嗐，怪我怪我！我们江小白同志，早就到了可以处对象的岁数啦！”

何紫憋笑憋得头皮都快要飞出去了。

“思——凡——”

听到身后的动静，王沁儿摘下耳机转过身来，扬起笑意：“你们在说什么？这么开心？”

江越白回过头，一眼就看到了她面前写得密密麻麻的笔记本，还有屏幕上被按了暂停的网课。

她连忙道歉：“不好意思啊，沁儿，我不知道你在学习，我们小点儿声。”

王沁儿莞尔：“我没有关系，你们在说什么呀？”她的眼神微微一变，重复了一遍自己的问题。

王沁儿的家庭情况不是特别好，所以在学习上是一等一地刻苦，明显就是冲着奖学金去的，因此睁眼图书馆，闭眼自习室，人际关系对她来说是浮云，宿舍也只是一个睡觉的地方，也就是军训的这几天晚上，她才不得不在宿舍自习。

107 的其他三个人都知道王沁儿的情况，宿舍活动喊了她两次她都不来参加，彼此之间的态度也就明了了。

思凡脸上露出了歉意——她们确实影响到人家学习了。

思凡把手里没有剥开的巧克力球放到王沁儿手里：“在讨论江小白的真实年龄。你快看书吧，我们不吵你了。”

王沁儿缓缓将巧克力球包在掌心。不规则的锡纸包装蹭在她的薄茧上，虽然不疼，却让她的脸上有些挂不住。

她的目光在桌上转了一圈，然后拿起一盒牛奶，站起来递给正在埋头填单子的江越白：“谢谢你的巧克力。喝牛奶吗？”

灯光被遮住，江越白抬起头来看了一眼牛奶牌子，然后礼貌地朝她笑了笑：“谢谢你啦，但是我牛奶过敏，所以你留着喝吧。”

说罢，她又低下头，这才发现自己似乎填错了表。

相对来说，大一的课业比较繁重，再加上要参加竞赛之类的活动，参加两个社团已经是江越白的心理极限了。

但是她不想把自己逼得那么紧，所以思来想去，她把最上面那张写了名字和电话的表放到最下面，从底下那叠纸中抽出魔方社花里胡哨的报名表，仔细地填好。

至于兰亭书画社嘛……江越白蹙了蹙眉，不知道李想能不能接受外援这种支持。

匆匆忙忙填好表，思凡连忙推着江越白去洗漱——何紫不知道从哪里拆出来一小包洗颜粉，硬要给江越白试一试，闹腾的笑声从 4 号床一直传到了洗手间。

王沁儿甩了甩脑袋，把牛奶扔进垃圾桶里，一声不响地拿着夜灯和书上了床。

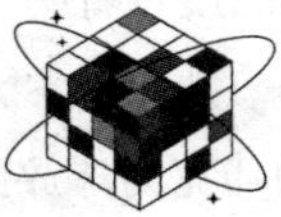

第五章

对于大一新生来说，迎新晚会是他们开学这段时间以来最期待的大型活动了。

“不仅能看到数院（数学与科学学院）最豪华的主持天团，据说现场还会不时发放超市抵用券。”宋子归在休息室里朗读着学校贴吧上的精彩发言，“最重要的是，即将看到的经典节目，你还会在接下来的四年中重复看到，所以要牢记这一时刻的激动心情。”

读到这里，宋子归在心底把从书画社到音乐社的节目都仔细盘点了一遍，忍不住点了点头。

还好，他们魔方社从来不随波逐流。

他把西装的外套脱掉，变魔术般从裤子口袋里抽出一根黑金花边的领带，递给身后的寄风：“反正来了，就顺手帮我打个领带呗。”

寄风从上到下打量了一遍宋子归的穿着，目光停留在他的脚上：“你这是要表演什么？学长在线擦鞋？”

白色西装配大红色的运动鞋？好品位！

宋子归嗤笑了一声，难得没有反呛回去。要不是看在寄风常年一身西装征战各大数学和建模的赛场，打领带属实老练，他会开口让寄风帮忙？

“别磨叽，赶紧的！今天我表演的可是开场节目。”宋子归一边对着镜子整理头发，一边催促寄风动作快一点儿，“你懂个啥？今年的节目，我们是和魔术社联合表演的，到时候台上会放一张大桌子，谁知道我底下穿什么呀？”

“哎对了，一会儿记得帮我拍照。宣传部那个拍照水平简直惨不忍睹。到时候我把照片印出来，贴在社团墙上，让江越白一进去就能看见我飒爽——”

寄风捏着领带的一边，熟练地打了个活结，右手轻轻往上一推，宋子归被逼得朝后一仰，一口口水没咽下去，差点儿没把自己呛死。

“咯咯咯……寄风！我和你有什么仇，什么怨！”

玩笑开够了，寄风拍了拍宋子归的肩膀：“好好表现，你大哥我会在底下欣慰地给你鼓掌的。”

“去你的！大哥是你能乱叫的吗？”

“哎，我在呢。”

“你快走吧！”

等到寄风神清气爽地从休息室里出来时，徐陆行站在文远报告厅的侧门口，正在点第二支烟。

徐陆行是寄风和白杨的导师，四十出头，是城大数院的副院长，博士生导师，也是枫城自然科学基金项目主持人，现阶段的主要研究领域是在电力、生产过程中建立大系统控制与优化的数学模型。

数院向来有着一脉相承的传统，每十个数院人中，必定有一人能在校友录上找到和自己八竿子能打得着的亲戚朋友，从学生到教职工皆是如此。

江上寒和江越白这种属于堂兄妹关系，而徐陆行和老徐的关系从称呼上就能看出来了——他们是叔侄关系，徐陆行是老徐的小叔。

“老师，上个月的项目经费报销下来了？”寄风眼中含笑道。

这是又存私房钱买烟了呀。

徐陆行动作一顿，拇指按在打火机上不动了：“喀，最后一根。不许和你师母打小报告！”

徐陆行的夫人是西语系主任，人美声甜，温婉贤淑，对学生几乎有求必应，徐陆行却怕她怕得脱发。

“您少抽点儿吧，师母也是为了您的身体着想。”寄风接过徐陆行手中的打火机，顺手揣进自己兜里，“散散味儿吧，我听说师母也是今天晚会的嘉宾。”

徐陆行纳闷地扬了扬眉毛：“徐愿那小子今天晚上到底要表演什么节目？让他叔婶都来给撑场子，像什么样子！”

如此生硬的转移话题技术，难怪常年驻守数院科研后方，从来不去参与前线的外交活动。寄风按了按眉心，忍住笑意，带着徐陆行从侧门进了报告厅，在中部偏前面的位子坐了下来。

老徐是徐愿的花名，而且他本人更喜欢花名。

“对了，寄风。”徐陆行转过头来，带着几分调侃道，“你还单身吧？我家表侄女今年也考上了城大，在汉语言文学系，改天介绍你们认识一下？”

寄风被呛了一下：“老师，冒昧问一句，徐家祖上莫非是月老下凡？”不然怎么这么喜欢牵红线？

徐陆行可不像徐愿那么好糊弄，他很好地发扬了水滴石穿，执着钻研的学术精神：“那就这么说定了，改天我约着你和表侄女一起吃个饭。放心，给你点满糖醋全席。”

这和糖醋有什么关系？

寄风叹了一口气：“老师，您说，我都大四了，又不表演节目，为什么要来这里占个位子虚度三个小时？”

徐陆行很给面子：“为什么？”

“因为喜欢的人今天晚上有表演啊。”

哎哟喂，喜欢的人。

“谁呀？”徐陆行连忙发问。

“您猜猜。”

他刚说完这句话，报告厅的灯就暗了。

前方的投影屏上开始放映数院的招生宣传片，暖场音乐响起，舞台两侧的互动屏上的弹幕开始实时滚动，内容五花八门，有自报家门的，有送祝福的，甚至还有匿名表白的。尚且还只能称作少年的学生们，毫无保留地释放着他们的热情和活力。

“学长，不好意思，我们要借用你的位子进行全程录制。”宣传部的干事扛着录像机和三脚架，在黑暗中艰难地走过来，“要不学长你换个位子？”

器械横在走道中间，大新生不断拥入，寄风几乎没有犹豫就站了起来。

不过，剩下的位子都被学生会提前规划给各个班级和其他来观看的学院代表了。寄风摸出手机，打开手电筒照路，在后排徘徊了一会儿，决定还是去总控室坐着。

大家都在外面忙晚会的事情，总控室里面倒还算清净。

寄风在角落找了张椅子坐下，才打开手机，就发现微信上多了几条未读消息，他顺手点开。

他原本也不是那么爱交际的人，但因为江越白的关系，最近手机提示的屏幕使用时间，微信占比比上个月翻了一倍。

不过，这一次，发信息的人是分在同一个学长制小组里的王沁儿。

王沁儿:“学长，请问你现在有空吗？有个数学题想要请教你。”

王沁儿：“我是沁儿，也被分在了你的学长制小组里。”

王沁儿：“昨天我在看网课的时候，‘证明任意开区间与任意闭区间势等价’这一道题我始终没有弄明白，学长可以教教我吗？”

寄风眯了眯眼睛，并没有从记忆中搜寻到有关王沁儿这个人的信息。

说起来，学长制小组的微信群里每天都有成员聊吃喝玩乐聊到飞起来，有空的时候他也会点进去搭几句话，不过，从来没有见过王沁儿有发言。

启明:“在解题之前，你要先理解区间套定理和有限覆盖定理。”

他简单地将定理和题目解题框架解释了一遍后，王沁儿依然没有理解。

王沁儿：“学长，如果方便的话，可以请你喝杯奶茶吗？我还有两个定理不太理解。”

看到屏幕上弹出的这句话，寄风挑了挑眉，手下却不停，迅速地在备忘录中写了一个简单的证明过程，然后截图保存，发了图片过去。

启明：“没有必要。”

启明：“定理和证明部分，正式上课了之后老师都会专门讲解，一定会比我专业。如果你预习时还有不理解的地方，可以列出来发给我，我会用同样的方式把步骤整理给你的。”

他人嘴里温润亲和的寄学长，拒绝起人来却也是驾轻就熟。

暖场音乐中止，身边的舞台总控打开麦克风的音量输出开关，衣着华丽的主持人走上舞台。

寄风看了一眼手机，王沁儿没有回复，但是聊天框的左上角突然又出现了两条未读消息。

他快速地返回主页，随后眼睛一亮，方才还严肃又疏离的气场瞬间被打散。

被他备注为“江甜甜”的江越白发来了微信。

江甜甜：“师哥，你觉得女生追男生应该怎么追？”

追男生？她要追谁？

寄风心头一紧，心里涌出一股酸溜溜的味儿。

不过，还没有等他琢磨透，江越白的下一条消息就又进来了。

江甜甜：“那我换个问题。”

江甜甜：“师哥，你喜欢什么样的女生？”

仿佛姹紫嫣红的花儿盛开在心上，这一瞬间，寄风觉得自己心都要化了。

主舞台的侧边，江越白坐在思凡的腿上，眼睛死死地盯着后台的方向，心思却都放在了手里攥着的手机上。

一边是有好感的师哥关于情感问题的回复，一边是喜欢了一年多的偶像的舞台表演，江越白是凡人，她做不到一心二用。

手机振动了一下，江越白连忙低头，滑开屏幕却发现是一条微博的推送。

她低声骂了一句，成功地让思凡将注意力转移到了她身上。

“哇，江越白同学，老实交代，你到底多少斤？你这一屁股坐得我大腿都要抽筋了！起开点儿，起开点儿。”

手机又是一振，这回是寄风的微信信息。江越白手忙脚乱地点开——寄风向她分享了歌曲《甜甜》。

前排的泡泡机开始运作，彩色的光线在透明的泡泡之间穿梭，折射，引得现场一片喧哗。

“就你话多！”

江越白的脸一红，幸而周围的光线十分昏暗，思凡也忙着看舞美去了，没人注意到她双眸水润，神采奕奕，那叫一个志在必得。

嘿嘿，你说巧不巧？她小名就叫甜甜。

失神的片刻，晚会正式开始了。

为了响应学院多变化发展的号召，迎新晚会的节目被各大社团分割承包，分成了主题各不相同的上下两个半场。作为学院社团牌面，魔方社和魔术社进行表演的同学刚刚踏上舞台，就把现场的气氛推向了高潮。

如果说宋子归这个人平日里有多风流，多潇洒，那么他对于魔方的钻研就有多执着，多认真。

用寄风的话说，宋子归这个人，只要有一根汗毛接触到魔方，就会从一个吊儿郎当的二愣子直接进化为衣冠楚楚的二愣子。

虽然中心语没有改变，但是形容词直接翻了一个级。

在宋子归和言小佳的精心策划下，节目时间长达十八分钟，所有参演人员都坐在一张长桌子后面，仅仅通过六双不同的手和串联的语言，就给观众们呈现了一台新颖又有趣的“双魔”舞台剧。

魔方的花纹在不断地改变，江越白的视线始终没有离开宋子归的手。由于她所处位置不佳，她不得不一直仰着头。即使这样，她也丝毫不觉得疲惫。

宋子归展示了他的盲拧技术。

宋子归的手速和音乐卡点了！

宋子归笑了！！

他灵活的指尖下似乎闪现出固定但有趣的公式，真是认真又骄傲的人。

过了一年，她的偶像果然更优秀了呢！

江越白激动得抓紧了思凡的手腕。

有了这么好的节目开场，晚会进行得格外顺利。

谢幕散场之后，江越白抓着宣纸和笔走下后台，和正在整理演出服的魔方社成员撞了个正着。

“这几个大男人怎么这么磨叽啊？收拾了两个小时，衣服都没脱下来？贵妃出浴呢？”李想正在帮社员把古筝往后台搬，见到狭小的后台挤满了人，只觉得一阵头疼。

“双魔”节目被安排在开场，按晚会的时间，这几个大男人应该早就离开后台了。就算真的想要去搓个澡，这会儿头发都晾干了。

哪里知道，为了蹲守她这个未来魔方社八十个社员中的第十位的女性，这几个直男挤在没有空调的报告厅侧门，一本正经地欣赏完了他们三年来看过不下六遍的节目——《音画之美》。

“越白，我先陪妙妙去放琴，你收拾收拾也早点儿回去吧，你明天还要早起军训。”李想费劲地在走道里转了个身，招呼江越白。

他朝前走了两步，忍不住又回头强调了一遍：“要不你直接回去吧。”

真不能怪他这么啰嗦，谁让后台那里杵着几个大男人，直勾勾地盯着江越白都不带眨眼的。

“没事的，学长，你快去吧。”江越白连连点头，看到胖子和竹竿的时候，注意力却被吸引了过去。

因为她江越白在竹竿的身边，看到了从场上下来后还没来得及换衣服，正在卷袖口的宋子归。

他依然穿着那双拉风的大红色AJ鞋。

想到她马上就要进入偶像的社团了，她兴奋得想吃大白兔！激动得想喝黑糖鲜芋仙！！

和偶像见面应该有什么反应？她是不是应该冲上去给偶像一个热烈的拥抱，接着拉出自己的T恤下摆让偶像在上面签上带着温度的名字，最后再嘱咐偶像多喝热水，早找对象？

江越白越想越开心，不由得满意地拍拍自己平坦的小肚子，随后探向自己的后腰。

哦！因为要表演节目，她不仅没有带上常备的魔方礼物，穿的还是青色长襟演出服。

和江越白偶然迸发出的粉丝情怀不同，创造偶然的宋子归简直是煞费苦心。

为了在江越白面前塑造一个“和善可嫁”的社长形象，他还特意听从寄风的建议，把自己的西装换成了篮球运动服。

宋子归眼瞅着李想离开，刚把发带整理好，低头就见到一抹青色的身影飞快地冲到了自己的面前。

长长的裙摆差点儿把她绊倒，宋子归下意识伸出手去扶时，她又飞快地扶着双腿站好，大大的杏仁眼里满含着期待。

“偶像！我喜欢你很久啦！”

啊？偶像？

后台休息室里小范围地寂静了片刻。

魔方社招新推广大使小蓝看了看手里的社团申请表，江越白的那张被放在了最上面。他的目光扫过江越白唇红齿白的证件照，在洋洋洒洒的个人介绍上停留了几秒后迅速移开，终于在“进社原因”的框框里勉强找到了两个他能辨认明白的字——追星！

巨大的感叹号让人浮想联翩，和胖子、竹竿一样，小蓝也选择性地忽视了上面那一行字迹潦草的“2019 年全国三阶魔方大赛青少年组冠军”。

最快反应过来的是宋子归。或许是他太过自恋，以至于麻痹了自我，让他自动代入了“偶像”这个称呼。总之，他迅速地适应了新角色：“越白学妹，我也很喜欢你哦。”

旁观了很久的胖子终于没忍住，一口可乐喷在了竹竿的背上。

物以类聚，人以群分。

一边是追星少女满怀热情的真情宣言，一边是男人发自内心但是没人相信的告白。自以为看透了一切的小蓝“啧”了一声。

他算了算，这都是这个月第六个来表白的学妹了。

乖乖。

当着这么多人的面表白，这姑娘还是第一个啊。

够可爱！够耿直！他觉得能成！

“那个，宋学长！”或许是有了前一次的经验，江越白反倒没有那么紧张了，她的目光盯在宋子归的胸口，“去年……去年你作为助阵嘉宾参加《大脑》，表现超级棒！然后我就入坑了。原本以为能在今年的魔方大赛上碰到你，但是我们好像不在同一个组。”

江越白的神情由沮丧转为兴奋：“但是明年我能参加大学组竞赛啦，那偶像你会参赛吗？”

江越白说的话不多，但是信息量很大，也许因为还有几分害羞，她的语速并不快，给了周围人反应和消化的时间。

《大脑》？助阵嘉宾？

社团金库代表胖子最先反应过来。

去年因为社团经费紧张，宋子归确实去参赛拉赞助来着。节目播出的时候，整个社团还被迫把他出场的那二十分钟来来回回收看了不下三遍。

这么说……他想起江越白填表时说的话。

不会吧！这姑娘还真的是来追星的？

接下来的半个小时里，江越白如愿以偿地和宋子归肩并肩坐在了一起。

宋子归把自己表演用的魔方放在膝盖上，表情和善地说："《大脑》这个节目确实很不错，让更多的人注意到了魔方爱好者这个群体，参赛选手也都很优秀，那你怎么会单独注意到我呢？"

江越白还没完全冷静下来，她仔细地回想了一下："我那个时候对于速度还没有概念，只知道大家都很厉害。"她顿了一下，声音小了下去，"但是只有偶像你……你戴了口罩。"

对于轻微脸盲症患者江越白来说，要快速地记住电视节目的人，需要有标志性的特征做辅助。

口罩这么显眼的东西，想不引人注意都难。

宋子归噎了一下。

于是他换了一个话题："魔方社是数院最厉害的社团了，每个月都会有校园快闪，最快的话就是国庆前，如果你基础还不错的话，就可以直接表演啦。"

江越白："我还行。"

见识过"还行"技术的胖子听不下去了，握着可乐又呛得咳嗽了起来。竹竿也摸着自己的后颈，退了两步。

"形式的话，我这里有之前活动的录像，你加一下我的微信，我发给你。"

话音刚落，一直充当背景板的几个社员终于待不下去了，排着队离开休息室，还体贴地替宋子归关上了门。

“可以吗？”

江越白小腿并拢，听到话后高兴得站了起来。

她可以加偶像的微信了！

她的眼睛微微弯起，眸光熠熠，恍若星河梦境。

宋子归呼吸一滞：“……什么？”

“我可以加偶像的微信吗？”

江越白边说边眨了眨眼，娇憨中透着期许，宋子归仿佛闻到了柠檬的香气。

“当然……当然可以。”宋子归呼出一口气，露出微笑，“小越白，你也不用和我保持这么大的距离感，我不是明星，也不是偶像，我只是你的学长啊。”“少女猎手”宋子归开启了大招，荷尔蒙噌噌上涨。

小蓝徒手剥开一个柠檬，成为继胖子之后第五个离开后台的人。

果然，耿直的美少女都是相似的，苦哈哈的单身狗却是不同的。

但是江越白丝毫不为所动。

她坦然地打开微信，在宋子归的面前完成了添加好友的一系列操作。

“偶像，我室友还在外面等我，我先走了。”

目送江越白离开休息室，宋子归双手环胸，后脚跟踢了踢柜子，陷入了沉思。

刚才，他好像在江越白的微信里看到了寄风的头像？

“可以啊，江小白，历时一年就追星成功了。”思凡搂着江越白的肩膀，笑得十分暧昧，“怎么样，被偶像要微信的感觉如何？有没有感觉血气上涌，直逼天灵盖……”

“……思凡，小说看到第几章了？”

思凡兴奋得直跺脚：“两千四百八十二章！”

江越白揉了揉被思凡捏疼的肩膀，歪了歪脑袋：“那我的心情应该就和你充钱充到两千四百八十三章，然后被告知前面充的钱全部能够退回一样吧。”

如果说魔方是她在高三最艰苦的学习时光里，最放纵的解压工具，那么宋子归无疑就是她考上城大最大的精神动力。

现在她如愿以偿，怎么能不开心！

还开着门的奶茶店前，思凡提着江越白的衣服后颈，像拔萝卜似的把她往宿舍方向拽：“我跟你说，江小白，坐在第一排一点儿也不好，看节目都要仰着头看。”

“别为你忘了给我拍照这件事找借口。”

“谁说我没拍？哦，对了，学院的灯光师水平真的不咋的，灯光照在人的脸上就和百鬼夜行似的。不过轮到你表演的时候光打得还挺好，那光照在你身上，超级专业。”

“是吗？”

“对啊，和之前的形成了鲜明的对比，不知道的还以为是灯光师暗恋你呢。”

忙碌的军训第一周很快就过去了，帅气教官一声“解散”后，新生们迎来了半天的休整时间。

“难得有半天休息，我们去吃火锅庆祝一下？”思凡提起大小堪比火箭炮的水壶提议道。

江越白打了个哈欠：“我想回去睡觉。”

“睡醒了吃啊。”何紫挽起江越白的胳膊，“给你一杯奶茶的时间！”

昨天晚上，高中的损友和闺密来找江越白聊天，双方一上头，直接就聊到了凌晨三点半。

一个上午头重脚轻昏昏欲睡不说，连逻辑和语言能力也都降为负数。听思凡她们说话的时候，江越白感觉自己像是一只濒临溺死的鸟儿，四面八方的声音都被分解成了零散的音节。

江越白：“我决定先去买杯甘蔗汁提神。”

“那就这么说定了，你先回去睡觉，然后晚上去吃哥老官，正好我昨天在微博抽奖抽到了现金券。”思凡一锤定音道，又回头询问落下三个人的距离，正在看手机的王沁儿，“沁儿，你去吗？”

“你们去吧，我先去图书馆自习了。”

意料之中的答案，思凡耸耸肩。

宿舍楼的南边有两家水果店，左边是大学生自主创业的平价超市，右边是历史悠久，深受好评的阿姨水果店。平日里，江越白都是哪边便宜就在哪边买，哪知道今天路过的时候，发现两边的老板正在进行一场直击钱包的史诗级对决——

“新鲜的火龙果五块钱一个，冰镇后更好吃哟。”

“火龙果五块钱一个，另送香蕉一根、勺子一把。勺子和火龙果更配哟！”

“买红心火龙果送白心火龙果啦，老顾客更有八折优惠，可加工切块。”

“回馈学生，全场七点五折，同学们不要错过！”

……

何紫松开江越白的胳膊，扎起头发，作势就要挤进人群。她脚步一顿，回头信誓旦旦地和思凡打包票：“你们在此地不要走动，我去给你们买几斤橘子！”

思凡后知后觉：“她是不是在占我们便宜？”

最后，离开的时候，三个人手里都要拿不下了。

尤其是江越白，明明个子是最矮的，但是为了彰显自己“金刚萝莉”的属性，左手提着一大袋切断的甘蔗和两杯甘蔗汁，右手抱着被绑在一起的三个火龙果，小指上还夸张地挂着三根香蕉。

何紫和思凡也不遑多让，因为价格实在便宜，思凡甚至还抱了一个七斤的大西瓜回来。

“没想到我何紫也有承包宿舍一周水果的魄力！”何紫把手里装着柚子的袋子放在脚上休息片刻，喘着粗气说道。

江越白：“少侠好魄力！我——”

话还没有说完，她的余光敏感地朝花坛方向一扫，瞄到一个熟悉的修长身影正在朝自己这边走来。

她定睛一看，啊，是寄风！

刚才还力大无穷的江越白手上瞬间脱了力，挂在小指上的香蕉更是摇摇欲坠，最长的那一根很有自己的想法，吧嗒一声落在地上。

寄风在江越白面前站定：“师妹。”

江越白想要弯腰去捡香蕉，但是她此时拿了太多的东西，姿势极度不协调，半蹲时膝盖撑不住，整个人重心后仰，差点儿一屁股坐下去。

再加上她刚经历过一场水果大抢购，挤得满头大汗，头发贴在额头上。江越白懊恼地闭了闭眼睛，觉得自己又丢脸丢大发了。

阴差阳错的，她一共“偶遇”过寄风三次。

一次追星认错了人，剩下的两次又都是在这样狼狈的时候。

江越白僵硬地仰起脑袋：“学长，好巧啊。”

别看她，别看她，她头上有头皮屑啊！

下一秒，手臂被稳稳地扶住，白色的衬衫衣襟在眼前闪过，江越白感到怀中一轻——寄风捡起了落在她脚边的香蕉，顺便还提起了她怀中的袋子。

思凡眨了眨眼睛，抱着西瓜，费力地打了个招呼：“嘿嘿，寄学长！好巧啊！吃不吃柚子？”

寄风失笑。

他的宿舍也在南门，早上就听说两个水果店因为价格起了争执，没想到一个上午就已经演变成这个样子了。

“你好。我帮你们送去宿舍吧，就不吃了。”

寄风接过西瓜掂了掂，对思凡开口道：“还挺沉的。下次你们可以让阿姨帮你们切肉再拿，会轻松一点儿。”

“谢谢。”江越白此时的心情异常复杂。

不管怎么说，见到如此温柔绅士的寄风，她极其高兴——如果不以她牺牲的形象为前提就更好了。

有了帮手后，三人组的脚步也快了起来，到了宿舍门口，思凡隆重地向寄风表达了自己的感激，还特意找了个头尖屁股圆，重量正好的柚子，非要塞给寄风作谢礼。

寄风摆摆手，指了指手里：“我手里还有东西，不方便拿，你们吃吧。”

何紫这才注意到，寄风的手里还拿着一本不薄的笔记本，于是问道：“啊？学长，你刚才是要去上课吗？你帮了我们会不会迟到啊？”

寄风的视线转移到江越白身上：“我不上课，我是来给她送东西的。”

思凡挑了挑眉，意味深长地“哦”了一声。

被点到名的江越白露出疑惑的表情，瞅着寄风的领子思考了几秒，视线再落到他手中那本封皮熟悉的笔记本上，记忆瞬间回笼。

对了！昨天晚上，在损友和闺密来找她夜聊之前，她是借着数分笔记的由头在找寄风唠嗑来着，还问他要了其他科目的笔记！

“对不起，我给忘了。”

江越白心痛。

在她计划中，应该是一个风轻云淡的午后，她穿着漂亮的小裙子，背着她心爱的达菲小包，搽着新买的405号口红，和他来一场美好的校园邂逅。

而不是像现在这样穿着军训服，蓬头垢面，脸如菜色，一副小脑不发达，大脑没睡醒的样子啊！

江越白自闭了。

寄风眸中含笑，微微颔首：“是我的问题，我没提前在微信上和你商量好时间。”

是他藏不住心思，是他等不及。

江越白沮丧地低着脑袋，错过了寄风眼中一闪而过的情愫。

“那学长你稍微等一下！”思凡来回打量着两人，替江越白回答，“小白手小，东西肯定是拿不下了！你看刚才还把香蕉掉地上了，还要麻烦学长替我们送回来。”

“所以她先陪我们一起把水果送回去，然后再来取笔记！”思凡提高了音量，“何紫！对不对！”

莫名被提到的何紫高声附和：“对！”

江越白心说：你俩是被程夕附身了吗？

对上思凡诚恳又热烈的目光，寄风只有点头的份。

思凡向寄风抛去一个“包君满意”的眼神，也不管他有没有理解，扛起西瓜和柚子，抬脚钩了一下江越白的小腿，强迫还自闭着的江越白回了宿舍。

砰——

107 宿舍门被关上了。

“何紫，小白的脸就交给你了，我去给她拿衣服！”思凡撸起袖子，嘴里念念有词，“但是这头发好像没有办法了，只能给你编起来了！”

“收到！”何紫迅速拉开自己的化妆台，迅速把从化妆水到定妆散粉一整套挑出来，在桌上一字排开。

“不是，你们干什么？”被强制按在椅子上坐着的江越白面露惊恐道。

“哎呀，时间紧急，你不要和我们说话，你只管想一会儿和寄风说什么。”

江越白傻眼：“说什么？”

思凡要抓狂了：“啊，我的小祖宗！你不是要追他吗？不收拾得漂亮一点儿，怎么增加你在他心中的面积占比？男人都是视觉动物，知不知道？我们作为室友，有义务让你赢在起跑线上。”

何紫一脸正直地附和点头。

江越白越想越不对，忍不住开口：“你怎么知道，我要追他？”

思凡自知说漏了嘴，连忙打马虎眼：“就……就昨天和程夕姐喝了杯咖啡。”

“好啊！你们果然串通一气！”

“嘘，你上次买的那个夹子放哪里了？”

七分十六秒后，江越白梳着公主头，穿着高腰百褶裙，斜挎达菲小包，光鲜亮丽地站在了寄风的面前。如果仔细看的话，还能发现她的脸颊上了淡淡的高光，嘴唇抹了一层渐变唇膏，甚至还刷了睫毛膏。至于腮红嘛，江越白踏出宿舍的那一秒钟，双颊就已经染上两朵可爱的樱花粉了。

寄风抬手看了一眼手表，眼底透出惊诧。他以前没有交过女朋友，也很少和女性朋友有单独的接触。所以，当心上人在如此短的时间内打扮漂亮，妆容精致地出现在面前的时候，寄风的心情堪比见证了医学奇迹——太不可思议了。

更何况……怎么看，这个奇迹都像是特意为他打造的。

他不知道的是，宿舍里，两个“奇迹创造者”此时已累瘫在床上，连剥柚子的力气都没有了。

“学长，你是不是等很久了？”大约是寄风直白的眼神让她更害羞了，她不好意思地摸了摸自己的裙摆。

都怪思凡！说什么没有男生会不喜欢女孩子白皙的小腿。寄风哪里有这么肤浅嘛！

谁知道，被江越白定义为“君子”的师哥寄风，当真就这么肤浅。他轻轻按了按眼角，克制地将视线从江越白白得反光的小腿上收回来，把笔记本递过去：“教材你们应该都去领过了吧？”

江越白点了点头，接过笔记本：“领了，但是思凡之前问了郭跃学长，说是学校发的书其实就是一本没有答案的习题集，但是老师上课又不可能每道题都讲到，所以还挺麻烦。”

被思凡用鱼骨夹别住的碎发落了下来，蹭得她脖子有些痒，江越白忍不住伸手挠了挠。

寄风的目光落在她细长的脖子上，十分稳健地接话道：“这本是我线性代数课程的作业本，后面混杂了一些数分的内容，你可以留到上课的时候看，如果有不明白的定理的话，再找我。”

寄风的声音很温柔。

“好。”江越白咬着唇瓣点点头，脸颊的粉红隐隐有加深的趋势。

寄风岔开话题：“你们的社团推荐表应该都交了吧？”

江越白皱了皱眉：“我只报了魔方社，感觉再报别的时间可能会不够。而且我妈……算了，不说了。”

她和妈妈之间一直隔着一条长长的、关于美术的隔阂，谁都不肯低头。

不提也罢。

快到午饭时间了，宿舍门口的学生也多了起来。几对刚下课的小情侣回到宿舍楼前，旁若无人地腻歪。

乍一看，被甜蜜情侣包围的寄风和江越白之间的气场，似乎已经完美融入了环境。

东西已经拿到了，但是江越白并不是很想回宿舍。

周围情侣细微的交流声钻进耳朵，寄风的脸上也有些不自然，他换了个话题：“午饭吃了吗？”

江越白下意识地回答：“思凡约了宿舍去吃火锅。”

寄风：“嗯。”

话一出口，江越白就后悔了——姐妹如手足，但是男神是奶茶，一顿不喝渴得慌——吃什么火锅啊！她应该顺水推舟说自己没有吃，然后她和寄风就可以开启第一次双人午餐了啊！后悔！

但是说出去的话，就如同程夕给她偶像代言的产品贡献出去的钱，收不回了。

江越白捏了捏小拳头，告诉自己要矜持。她从达菲小包里掏出一个浅绿色的塑料瓶，双手托着递给了寄风："'水果阿姨'买二送一，天气热，师……学长你又帮了我们这么久，这瓶甘蔗汁送给你！"

她的额头沁出薄汗，皮肤越发显得白里透红。阳光透过枝叶的间隙在她的眼中落下细碎的光斑，淬炼成满满的诚恳。

寄风的喉结滚动了一下，他接过甘蔗汁："你很喜欢吃甜的？"

江越白抿唇，杏仁眼微微眯起："喜欢！"

她喜欢，所以希望他也喜欢。

仿佛是听到了她心中的话，寄风笑了，右颊漾起浅浅的酒涡。

轻柔的风晃动树枝，扫下几片黄叶。

"我也喜欢。"

喜欢甜味的糖醋排骨，更喜欢甜甜的她。

第六章

被迫早起了十三天之后，假期的曙光终于近在眼前。

在等待思凡填满她的“火箭筒水壶”的时间里，何紫翻开自己的手账，摸着日历条斗志满满：“今天就是军训的倒数第二天了！金陵鸭血粉丝汤和卤鸭翅在召唤我，同志们冲呀！”

约莫是隔空臆想出来的卤酱香气过于上头，又或者是心情太好，导致她得意忘形，在站军姿的时候，何紫低血糖发作，突然朝边上跌了下去。

幸好分别站在她左右侧的思凡和江越白眼疾手快，才让她避免了毁容的危险。

“关节有没有伤到？你坐好，我替你看一下。”陈池在何紫的面前蹲了下来，轻柔又麻利地卷起她的裤腿，然后从口袋里掏出两片创可贴，“蹭破了点儿皮，等一下带你去校医那边上点儿药，然后贴一下，没什么大事。”

为了记录新生的军训情况，学院分时段派高年级前辈来操场值班，今天正好轮到陈池和寄风。

陈池今天穿了一件迷彩短袖，波浪卷的头发被梳成干练的马尾辫，高腰喇叭裤配上黑色的矮靴，让她显得过分地帅气迷人。

迎面扑来的飒爽英姿把何紫迷得晕头转向，连痛觉反应系统都失灵了。

难怪人家说美女就是最好的良药！

“学姐，你好帅哟。”何紫一脸迷妹的样子，“而且你好熟练。”

陈池勾了勾嘴唇：“在轮滑社，小跌小摔都是日常了。”

优秀的人到哪里都是发光的。

休息的间隙，瞅见这么平易近人的美艳学姐，同学们大多围聚了过来。

江越白的心思却不在这里，她的目光在人群中转了两圈，没有找到寄风的身影，有些沮丧，索性背靠着铁丝网，一边听陈池介绍轮滑社，一边喝水并查看手机上的未读消息。

微信里，江上寒的对话框突然跳到了最上方，且红色的数字不断变大，江越白措手不及。

大魔王：“小甜甜，最近怎么样？”

大魔王：“城大的军训历年来都会碰上下雨，你们这一届太不巧了，心疼你三毫秒。”

大魔王：“不过也挺好，正好你可以减减肥。”

大魔王：“别不说话啊，我知道你在看。”

大魔王：“你们是不是快到选修课报名时间了？给你推荐一门课，中外美术鉴赏，一定要去报哦！”

江越白握着手机的手抖了三下，幸亏他们聊天都用微信，这要是用 QQ，江上寒这个废话速度，估计能把不停咳嗽的小企鹅累成忘喝急支糖浆的咳嗽老人。

江小白日做梦：“江上寒。”

江小白日做梦：“坎油比额普尔森？”

大魔王：“……”

江小白日做梦：“这位亲，舌头太长的话可以捐掉呢。”

大魔王："普朗克·鲁迅·爱因斯坦说过，逻辑思维强的人，可以把复杂的问题简单化，简单的问题复杂化。"

大魔王："你看，我这是在培养你的数学思维。"

江小白日做梦："鲁迅先生说，翻开狂人日记，满本都写着'江上寒有病'，你看到了吗？"

江越白一边揉着有些酸麻的小臂，一边又朝人群外看了一眼，依旧没有见到寄风。

虽然互呛确实有助于提高逻辑思辨能力，但是江越白确实有点儿事情想要问江上寒。

江小白日做梦："你和寄风怎么认识的啊？"

大魔王："他是我高中加大学学弟，关系不错，不然也不会让他照顾你。"

大魔王："怎么，他欺负你？"

大魔王："对了！让你报的选修课记得选啊！"

欺负？那倒没有。

江越白有些懊恼地把手机屏幕翻过来放在膝盖上。

手腕蹭到衣服的金属扣子，传来一阵刺痛，她低头去检查，这才发现她的左手掌根附近擦破了一层皮，红色的血丝浮在白嫩的皮肤表面，但看上去并不是很严重。

估计是刚才接何紫的时候蹭到的。江越白掏出餐巾纸，蘸了点儿矿泉水，轻轻擦了两下。摩擦引起的钝痛感让她不适地皱了皱眉。

何紫探头问："小白，你的手怎么了？哎呀，是我刚才碰到你了吗？不好意思啊，不然你跟我们一起去那边上个药吧？"

江越白摇摇头："没事，我就是蹭了一下，不疼的。"

何紫抓着她的手又看了两眼，这个时候教官吹响了休息结束的哨声，其他同学也都陆续回到了原位站好，何紫只好作罢。

趁着最后的一点儿时间，江越白掏出手机快速地打字。

江小白日做梦："你的那些朋友我都认得七七八八了，怎么对他没有印象？”

“那个同学，怎么还不归队？”

“报告！就来！”

江越白扣好袖口的纽扣，迅速地跑回自己的位置站好，教官立即下达了口令，被她放在水壶边上的手机屏幕亮了一下。

大魔王：“你见过的。”

大魔王：“只是你不记得了。”

“学长，你怎么才来啊？陈池学姐都等了你好久了。”

“去主持了一个宣讲会，所以来晚了。你好像很不愿意帮我看这一个小时饮水机？”

“没有没有，哪能啊？”

队列口令再一次回到站军姿，场地里十分安静，逐渐靠近的交谈声因此十分清晰，让江越白的身体晃了晃。

这熟悉的声音……是寄风！

陈池坐在右侧的凉棚里，而此时寄风二人正在朝陈池走去。江越白个子矮，被安排在队列的最右侧。他们交谈的声音虽然不大，却清清楚楚地传到了江越白的耳朵里。

她的极其不坚定地把目光从前方收回，悄悄地往右瞥去，终于捕捉到了那个令她心动的熟悉身影。

寄风今天穿着正式的西装西裤，一米八几的个子往那里一站，活脱脱就是自带滤镜的汽水系学长，超帅！超好看！

江越白将嘴角向下压，努力压制住唇边的笑意。

交谈的声音还在继续——

“你们在说什么？”

“在说寄学长是六边形全能选手，前两天迎新晚会的时候，我临时肚子疼去上厕所，就让学长帮我控制了一会儿灯光。我回来的时候正好是最后一个节目，就站在外面看了一会儿。我发现学长真是无师自通，那灯光把画画的小姑娘照得又水灵又漂亮。”

“画画的小姑娘？”

“举手之劳。”

“就是——”

“向左看齐！”

教官威严又沙哑的声音插了进来，江越白跟着口令踏着小碎步向左看齐。她隐约感觉到自己漏听了什么重要的内容。

“向前看！”

“各排报数！”

“1！”“2！”“3！”……

瞄准这个间隙，江越白又偷偷地把目光朝凉棚扫过去。

寄风背对着队列，她和陈池坦荡的视线撞了个正着。

江越白有点儿尴尬。

“各排汇报人数！”

江越白上前一步：“10！”

教官的指令一个接一个，江越白深吸一口气，努力把注意力都集中在了队列上。

只不过，她的腰背比平时挺得更直，动作更加标准，甚至趁教官没有注意的时候，偷偷整理了一下刘海。

事实上，自踏进训练场的那一刻，寄风的视线就离不开江越白了。

由于上个学年出去交流，他有非常多学分兑换的相关工作，再加上学院工作和社团建设，体育部长一开始并没有在军训值班的名单上安排寄风。

不过，为了多创造和江越白接触的机会，在寄风看来，浪费一点儿时间看饮水机，绝对是一件回报率百分之三百的定向投资。

至于风险？真男人从来不看风险赔率！

当江越白上前一步报数的时候，他翩然转身，目光定格在看起来分外精神的小姑娘身上。

江越白昂首挺胸，双颊被晒得发红，几缕被汗浸湿的卷毛不安分地贴在她的脖子上，痒得她微微耸动肩膀。偏巧教官一个严厉的眼神杀过来，小姑娘下意识地一抖，手指贴紧了裤缝。

倒是没有见过这么认真又标致的江越白，寄风嘴角翘起，暗暗想道。

就像江越白不知道寄风是专门抽空来看她的一样，寄风也不知道，江越白为了在他面前表现自己最好的一面，小腿都快抽筋了。

陈池换了个姿势，撑着脑袋和寄风搭话："徐老师倒是没有为难你。"

寄风从江越白身上收回目光，他知道陈池说的是毕业论文选题的事情："还好，早晚都是一刀。"

陈池："不愧是你。"

在一旁疯狂灌水的学弟抬起头，两人的交流他听得云里雾里，疑惑又崇拜的目光在二人之间来回打量。他用拇指轻轻揉搓裤腿，觉得自己仿佛看破了什么。

他猛地一敲矿泉水瓶："般配啊！"

离得不算远的江越白倏地眨了一下眼睛，耳朵敏锐地捕捉到了这三个意味不明的字。

陈池跷起腿："什么？"

仿佛受到鼓励一般，学弟接着说："嘿嘿，寄学长，我听飞哥说你很忙，所以一开始他并没有给你排班，是你特意关照说要在今天来为新生服务的。是不是因为今天陈池学姐也值班，所以你其实是来探班的呀！"

学弟目光灼灼，就差把那句"我看出你和陈池之间的关系了，但是放心，我不会说出去"写在脸上了。

陈池的脚尖晃了一下，神情明显怔了几秒。她迅速恢复如常，只是那眼角向上挑起，原本清冷的表情生动了起来。

学弟接着说道："好马配好鞍，兵器也要称手。'郎才女貌''天生一对’这些词语，我觉得都庸俗了一点儿。古人说得好啊，‘金风玉露一相逢，便胜却人间无数’……”

学弟口无遮拦，用词天花乱坠。看似并没有说什么，却字字都在暗示寄风和陈池。

微胖界的男生中气都比较足，或许学弟并没有察觉自己的声音有些大了，反正几米开外的江越白是把这些对话只字不差地听进了耳朵里，也听进了心里。

下午三点钟的太阳明晃晃地照射在操场的金属栏杆上，折射出橘黄色的大光圈。风裹着梧桐的大叶子落在江越白的脚边。

般配啊……

江越白自诩从来不是一个小心眼的人，此时心里却堵得慌。她就像是吃到蘸了三倍芥末酱油的三文鱼一般，酸咸在喉，辣上眼角，而肥嫩的三文鱼却食之无味了。

汗水沿着手臂滑落至掌根，江越白倒吸了一口气，只觉得掌根格外疼。

寄风不咸不淡的声音缓缓响起：“听李飞说你在追一个中文系的小女朋友，为了她，快把成语词典背下来了？”

学弟摇头：“哪有？她明明是日语系的。”

“你看，李飞这个人嘴里就没有半句真话。有时间，你不妨去他的公众号里看两篇他写的小说，就会明白他这个人为什么会现实和虚拟不分了。

“如果我没记错的话，第三篇的主角名字就是你，故事内容大概是你穿越到末世星际，然后被抓去当童养媳。”

学弟的表情瞬间由晴转阴，局部有暴雨：“真的吗？”

寄风叹了一口气：“唉，看来我确实有必要澄清一下。我和你们陈池学姐，只是比普通同学关系更好一些，不要再大肆发挥你的想象力了。这种事情，连玩笑都不能开。”

他的语气缓慢却坚定，如山涧般的声音被风吹出凉棚，钻进江越白的手心，悄无声息地抚平了她的疼痛。

普通男女关系……

江越白嘴角上扬。

“向右转！”

“1——2——”

江越白跟着指令，抬起脚后跟转了半个身位，左脚向右脚并进，胶皮鞋碰撞在一起发出嘭的一声。

她的上半身挺得笔直，动作干净利落，丝毫不拖泥带水。那纤长的睫毛如飞翅般颤个不停，好奇又带些羞涩的眼神状似无意地从栏杆处向上挪，落在寄风的匡威帆布鞋上。

那天去校医院，他好像也是穿的这双鞋呢。

心底泛着喜悦的泡泡，江越白脚踝一软，身体晃了晃，又迅速站好，贴紧着裤缝的掌根又麻又痒，倒是一点儿也不疼了。

“敬礼！”

唰——

从高台看下去，横十竖四组成的方阵排列紧密而赏心悦目，整齐得即使是有强迫症的人都无从挑刺。他们举起右手敬礼，军绿色的帽檐下，是一张张朝气蓬勃脸庞。

陈池捏着矿泉水瓶盖的手，松了又紧，紧了又松。她挺直的腰背彰显着她的骄傲和漫不经心，目光却准确地停留在正对着她的江越白身上。

因为江越白？

“目光平视前方，不要盯着脚跟，你们脚跟上是开出花来了吗？让我也看看？”

队列中发出几声轻笑。

“笑什么笑！”

江越白不知道教官是不是在说自己，被吓得一个激灵，目光迅速抬起，朝前望去。

视线所及，是寄风神色温柔又透着几分淡漠的脸。

有人说，世界最美之物不过风花雪月。

寄风的名字里有一个“风”字，他只是站在那里，就足够让你心动。

而她，“傻白甜”一共三个字，她直接占了俩。

对视两秒后，江越白率先移开了视线。

不对啊，江小白！你又没有做错事情，你这个样子很心虚啊！江越白心里腹诽道。

于是她不服输地把视线转回去，对上寄风的眼睛，就差把“逞强”两个字写在脸上了。

她的小动作被寄风尽数收入眼底，他胸口一热，眉毛上扬，脸上那几分淡漠霎时被温暖的风吹散了开去。

学弟扭过头对寄风说：“学长，那边值班的老师好像在叫你。”

寄风轻轻点了点头。

他望着江越白，掏出手机，指了指她，又在屏幕上点了两下，然后定住。

江越白圆滚滚的杏仁眼眨了两下，她左右瞟了瞟，然后又疑惑地看向寄风。

这是在和她说话？

寄风无奈地摇了摇头，又朝她扬了扬下巴，笑意更甚。

江越白缩了缩下巴，不明所以。

寄风好脾气地又指了指手机，然后头朝右边一歪，眉毛一挑。

江越白余光瞟见教官背对着她走远，连忙点头。

见状，寄风心满意足地走远了，留下学弟和陈池两个人继续看饮水机。

“不要做小动作！我的后背上可是长了眼睛的。第三排第四个同学，给我把手抬稳了！”

刚才江越白的心思不在这上面，现在回过神来，只觉得手越发地酸了起来。

她回想着刚才与寄风的互动，心里像吞了两大勺蜂蜜一样甜，虽然会有蛀牙和长胖的风险，但是这一甜，足够让她一周不吃糖，一年忘不掉了！

“还有十秒，坚持！”

江越白舌尖无意识地舔过后槽牙，刺激了脆弱不堪的牙神经，痛得她的头都要炸了。她只得偷偷屈起小指放松，贝齿咬着下唇，杏仁眼滴溜溜地转。

情感大师程夕一直信奉传说中的“十秒对视定律”——根据不可靠研究，男女在有意识地对视十秒后，会刺激荷尔蒙的分泌，更会令双方产生想要亲吻的念头。

想到这里，江越白脸一红。

他们刚才……对视了几秒来着？

三秒？五秒？

不管，四舍五入都有三百六十五分之一年了！

那，寄风会不会也……想亲她呀？

十八年来一直信奉科学和绝对数据的江越白，再一次在概率无法解释的现实面前动摇了。

“稍息。”

“今天我们就进行到这里，有方阵展示任务的同学留一下，其他同学解散，回去早点儿休息，再坚持一天！”

“立正，解散。”

教官的声音如同天籁，比八块一根的梦龙冰激凌还要解暑。

除了几个有方阵任务的同学还留在原地，其余的同学们纷纷走向凉棚，有捶腿喊累的，有揉肩膀喊学姐的，活脱脱一群草原上正在度过旱季的长颈鹿。

不过，其中也有几个娱记候选人——

“哎，刚才那个是寄风学长吧？怎么看起来比上次来班里的时候还要帅？”

有人立马接话道：“收起你的心思吧，人家学长可是陈池学姐的。”

其他人觉得不服气：“就你话多，男未婚，女未嫁，一切皆有可能，知不知道？”

正在埋头系鞋带的江越白闻言，默默点头。

另一个声音冒了出来：“学长不都说了自己单身吗？”

“是吗？”

“是啊，我都听到了，不信你问江越白，她离得最近。”

好一招祸水东引！被点到的江越白一愣：“啊？”

不过，八卦从来不在乎事件的真实性。

“而且，最后学长不是还朝我们打招呼来着？又是点手机又是歪头杀的。”

“反正不是冲你笑的。”

王沁儿收拾好东西，露出淡淡的微笑：“学长可能是在找我，昨天我问了他一道题，他刚才回复我了。”

“对哦！你被分在寄风组里来着。”

“哇，那学长对你真好哎。”

王沁儿：“是我运气好。”

江越白看着微信上最新的信息，抬起头望了王沁儿一眼，心中生出了一股怪异的感觉，这感觉和听到寄风和陈池是一对的时候还不一样。

师哥：“结束了留一下，有东西要给你。”

江越白从王沁儿身上收回视线，低头打字。

江小白日做梦：“师哥，刚才你是在和我打招呼吗？”

师哥：“不然呢？”

寄风回得很快，一看就是在等她的回复。

江越白心里舒服了。她把手机揣回兜里，慢悠悠地挤开“娱记”们，一本正经地开玩笑：“啧啧，其实你们都猜错了，学长是和我打招呼。”

“娱记”们想都没想就张嘴敷衍道：“嗯嗯，你可爱，你说的都对。”

江越白无奈地耸耸肩。你看，说实话都没人信。

陈池将讨论全数听了进去，站起来收拾好签到表，随后优雅地把散落的碎发别到耳后。她看着江越白的表情变化，轻轻笑出了声。

“学姐，怎么了？”

“没事，走吧。”

陈池摇摇头：确实，小姑娘的可爱值超标了。

江越白在说好的地方站定，靠着树干坐下来，一边揉腿一边刷手机。

她认真地在搜索栏里输入“对视十秒定律”，按照检索推荐挨个往下点，一条比一条奇怪，速度一百八十迈，一不小心就把娃娃车开到了城市边缘。什么“一男一女对视十秒”“恋爱八秒定律”“一个男生不停地想吻你”“情侣经常亲吻的好处”“吻脖子会导致死亡吗？”……

江越白喃喃出声：“一小伙被送入医院抢救，竟是女友在他脖子上‘种草莓’导致血栓，不巧这血栓正好流到脑部，造成他……”

“什么血栓？”

寄风在江越白面前撑着膝盖，弯下腰来，疑惑地看着江越白蹙紧的眉头。

江越白脑仁一麻，手机啪的一声落地。

强制拉下时速一百八十迈的娃娃车的手刹，会造成什么样的后果呢？

反正一定比“种草莓”严重一万倍。

江越白吸了吸鼻子:“没……没什么,在看科普类公众号。说……说到预防……预防脑血栓可以每天吃一点儿大蒜，能够有效加速体内新陈代谢。”

她越说越流畅，把学霸级的随机应变、胡编乱造发挥到了极致。

江越白的表情格外正经，像极了为自己的胡萝卜辩解的小兔子，寄风忍不住笑了。

笑起来的寄风在江越白的眼里有多好看?

杏花江南，人间彩虹。

江越白摸了摸鼻子，觉得认识帅哥，在一定程度上也能提高自己的语文水平。

“这个姿势坐久了腿会麻，先起来吧。”

寄风朝江越白伸出手，后者眨了眨眼睛，收回神思，一只手把手机摸起来。屏幕还亮着，她退出页面，关闭后台，锁屏，一套动作行云流水，长舒一口气之后抬头，这才发现寄风依然好脾气地伸着手。

“谢……谢谢。”

江越白的腿确实开始麻了起来，她也不忸怩，眼神从寄风葱白的指尖上掠过，再一次停在了他的手表上。

表盘里星月闪烁，表盘底部似乎还有一颗硕大的五角星在不停地旋转。

江越白刚刚搭上他的手腕，寄风立马握住她的手，一用力就把她拽了起来。

不过，寄风显然高估了江越白的体重。柚子味的暖风从面颊拂过，在惯性的作用下，江越白朝着寄风扑来双手下意识地撑向寄风的胸口。好在寄风的反应也很快，另一只手敏捷地扶住了江越白的肩膀，帮助她站稳了。

两人距离这么近，江越白的脑子一片空白。

上一次和异性这么亲密接触，要追溯到八年前江上寒给她上的男女有别生理课……

她的手掌慢慢蜷收成拳，腰上使力，和寄风拉开一段距离，目光上移，一下就看到了他干燥得有些起皮的嘴唇。

“……接吻时，男人的心跳频率上升至每分钟 110 次，女人的心跳频率上升至 108 次，这会促进血液循环和体内供血……”

江越白的脑子里不合时宜地蹦出刚才点出来的乱七八糟的内容。

怦怦……怦怦……

心跳……只有 108 吗？

怦怦……

怎么感觉现在已经不止了……

柚子味的风又是一拂，寄风扶着江越白站好后主动退开了一步，他忍不住按了按眉心。

想拥抱她。

想亲吻她。

脑子里的旖旎遐思层出不穷，寄风闭上眼睛把费马定理背了三遍，才缓缓平息了心底的燥热。

“手伸出来。”

“啊？”

寄风叹了一口气，从裤子口袋里掏出一管膏药和一小袋棉签，朝一脸茫然的江越白扬了扬。

他是来给江越白送药的，刚才那一抱，差点儿让他忘了正事。

江越白摊开手掌，破了的皮跟头发丝似的竖起来，血液凝结在伤口附近，颜色也暗了下去。因为动作，又有新鲜的血液渗了出来，实在让人心疼。

但这并不是很严重，也绝对不是寄风隔着十米八米能够一眼望到的伤。

换作程夕，一定会嘲讽她：“再不去医院，伤口就要愈合了。”

江越白心里冒出了疑问："你怎么知道？"

"陈池说的。"

江越白惊讶地得睁大眼睛："学姐怎么知道？"

又怎么会告诉你？

惊讶过后，江越白陷入了深深的后悔。

一个小时前，她还把女神当作假想敌，嫉妒女神来着，明明女神也这么关心她啊。

想到为自己的行为，江越白再一次唾弃自己。

寄风用清水替江越白冲了冲伤口，替她把伤口上粘着的细砂和泥土洗干净，又撕开面前的包装袋，这才动作轻柔地上药。

他顿了顿才开口："陈池确实是一个很不错的人。"

掌根传来一阵冰凉的刺痛感，江越白忍不住用脚尖抓地，接着一阵酥麻感从两人相触的皮肤传导至大脑。

她脱口而出："那我呢？"

"你啊……"

寄风抬起眼睛看了江越白一眼，意味深长地笑了笑。

她啊，是他无限不循环的永恒圆周率。

江越白没听到答复，有些懊恼自己多嘴，但是心里又格外期待他的回答。

请正面回答问题，寄风！不能因为你长得好看就逃避问题！

江越白定定地盯着寄风低垂的眼睫，放弃了。

好吧，你能。

寄风收好剩下的药水和棉签，挺直腰背站直，随口问道："怎么会想起加入建模社？"

江越白一门心思想要加入魔方社的事情他是知道的，为此还一个人吃了不少闷醋。结果早上有同学把社团新成员名单报给他的时候，他竟然从中看到了江越白的名字。

寄风的眼神十分柔和，联想到之前在咖啡馆她认真询问自己建模软件的样子，心中有些欢喜。

莫非，是因为他？

然而——

“什么建模社？”江越白一脸茫然。

向来沉着冷静，淡定自若的寄风，望着江越白澄澈又诚恳的眼神，沉默了。

寄风抬了抬下巴，指向她右手的手机：“也是，训练的时间太长，你应该还没有时间看短信。”

江越白打开手机，点进右上角标着红点的信息列表。

数学建模不就是寄风最擅长的吗？竟然还有社团？

她小小的个子怀有大大的疑惑。

“亲爱的江越白同学你好，恭喜你被我院 MCM 社团录取，国庆后我们将正式开展社团活动，请先加入我们社团的官方微信群……”

MCM 社团？韩国箱包在城大居然也有分部的吗？

M……C……M……

等一下！

Mathematical Modeling……数学……建模？

零碎的记忆回溯至大脑，江越白想起了和程夕探讨洗衣粉活性成分，和思凡争论洗面奶适用肤质的那个夜晚……

江越白尴尬地咳嗽了一声：“这可能是一个误会。”

她又“啧”了一声，用理科生的逻辑缩句能力，把那天晚上她填错表，结果被班长误收上去的事情简明扼要地描述了一下。

心情经历了大起大落，寄风此时只好轻轻地摇头：“没关系，回头我和他们说一下就好了。”

说一下？说什么？

江越白愣了一下。

他是不是理解错她的意思了？

寄风摆摆手：“数学建模是大三的课程，没有基础的大一新生上手确实比较困难，如果没有绝对的兴趣和坚毅的决心的话，离竞赛还有很长的一段路……”

江越白有点儿急了，她右手握拳，忍不住开口打断了寄风的话：“我基础不差！高二的时候拿过数学竞赛的金奖，虽然只是省级的。

“我有兴趣！与美术相比，从小到大我最喜欢的就是数学，这个江上寒也可以做证！

“至于竞赛，我知道训练的过程有多艰难，但是我体验过站在最高领奖台上的感受，也深深地明白目标的力量。

“除了英语不太过关，我觉得我是加入建模社很好的人选了。”

……

谁说人生，就是“起落落落”的？

明明“起”来得是那么恰到好处。

在全美建模联赛的领奖台上，依然能够淡然自若地用英语应对一众媒体的寄风愣住了。

“我之前不知道MCM就是建模社，我还以为是卖包的呢……”江越白的声音渐渐大起来，“如果早知道那张表是建模社的申请表，我一定填满！填得和魔方社的那张一样满！”

听着她语无伦次的解释，寄风像被什么东西塞满了。

那种心情，就和四年前初次见到她的时候一样。

“欢迎加入MCM。”寄风伸出手，“我是社长寄风。”

江越白抿了抿唇，心中带着窃喜，坚定地回握住寄风的手。温热的指尖触到一片冰凉，她忍不住打了个哆嗦：“社长好！”

她付出过最多的努力，站上过最高的领奖台，偶像和目标给了她无穷大的力量。

曾经，她的勇气和热爱来自Allen和魔方；而现在，她的动力和理想，是寄风。

江上寒的两条未读消息还安静地躺在微信的消息列表里，对于江越白来说，此时没有比和寄风相处更重要的事了。

第七章

盼望着，盼望着，军训的最后一天终于来了。

方阵阅兵结束后，学长和新生进行了篮球友谊赛。

被绿色铁丝网围住的篮球场，穿着白色的马刺 21 号球服的宋子归，正在向学妹们展示空心三分球技术。

“中！”

宋子归脚上是一双吸睛的紫色联名运动鞋，篮球入篮圈后双手依旧保持着投篮姿势，膝盖微微弯曲着。篮球落地，他帅气地朝女生这边眨眼。

“哇——”

班长荞麦双手撑着脑袋，和何紫你一言我一语地讨论宋子归，连记分牌都忘了翻。

江越白把帽檐向下压了压，从裤子后兜里掏出两个一模一样的魔方，递给思凡一个：“要不然你和我回家？我带你领略一下江南名点蟹粉小笼包、松鼠鳜鱼、糯米藕盒和梁溪脆鳝的魅力。”

思凡没抢到车票，假期没法回家，做了好几天的攻略，还是没决定好这几天去哪里玩。

"今年中秋、国庆连放九天假，长是长了点儿，我就在城大附近转转吧。"思凡优哉游哉地把魔方还原，"你这魔方手感还挺好。"

"菲神同款魔方大雁 3，除非你把它连中轴一起拆了，否则多大的力气都不会让它散架，配上二十八块钱的贴纸，谁用谁冠军！"

她手里动作不停，换了个更舒服的姿势靠着铁丝网，藏在帽檐下的眼睛朝球场外望去。

"当时 A 神上节目用的就是这个魔方，我就照着买了个同款，一直用到了我拿冠军。"

一群篮球背心的大男生里面，寄风一身白 T 恤配牛仔裤看上去有些突兀。此时他正仰着脖子灌水，汗水浸湿了额前的头发，被他全数向后捋去，露出光洁的额头。T 恤的袖子被挽到肩膀，小臂的皮肤色差明显，肌肉的线条好看又不夸张。

这样的形象和寄风平日里的样子大相径庭，倒是和程夕当初给她的那张宋子归宿舍兄弟在篮球架下的合影里的寄风重合了。

莫非，这就是所谓的反差萌？

江越白扬起嘴角，再一次感叹自己优秀的眼光。

听了江越白的话，思凡觉得手中轻巧的魔方瞬间变重了，她小心地将其塞回江越白的兜里，看了看正在球场上挥洒着荷尔蒙的宋子归，又顺着江越白的目光看了看在一边休息的寄风，疑惑地问："偶像离你五米远，你却在看别的男人？"

"上个礼拜看到宋子归就差点儿把我的大腿掐出玫瑰花，拿到了微信号兴奋得连喝三大杯无糖柠檬茶的那个女人是谁啊？"思凡夸张地向后仰，"难道是我记错了？不会吧不会吧——"

一个橘黄色的小球在眼前闪了一下，紧接着思凡的嘴里被塞进了一根棒棒糖。

江越白："吃的还堵不住你的嘴吗？知道事业粉这个词吗？我崇拜的是他的魔方技术，他的私生活我没啥兴趣。"

思凡："喜欢一个偶像就要喜欢他的全部！"

江越白把魔方向上抛了抛，语重心长道："思凡，不如你改姓程吧？程思凡，多好听！"

嘟——

哨声响起，篮球友谊赛的下半场开始。

宋子归的骨架偏大，宽大的篮球服穿在他身上也丝毫不夸张。他的右手腕上戴着一个黑色的护腕，每进一个球就会跳起来朝女生们挥手。

他的球技很好，运球，传球，扣球，每个动作都能游刃有余地翻出花儿来，让自己成为全场高光。

咚——

又一个完美的空心三分球入篮圈。

潇洒帅气是没有错啦，就是……

思凡双手撑腰："我怎么老有一种 A 神是一只正在求偶的开屏花孔雀的错觉呢？"

江越白："嗯？"

宋子归的表现确实很吸睛，但是篮球比赛江越白看不太懂，也只能看懂球进了。

因此，她的注意力除了有百分之十偶尔被欢呼声吸引过去，剩下的大半便以三七分的比例分配给了魔方和在一边候场的寄风。

思凡语气神秘道："哎，你们有进展了吗？"

"什么进展？"

"问你和寄风，啥时候请我吃饭？"

"为啥要请你吃饭？"

思凡一时语塞，单方面决定和江越白绝交半小时。

耳根清净了，江越白松了一口气。

子曰：装傻是大智慧。江越白深以为然。

女生们的议论声传过来，隐约能够听到寄风的名字。为了防止夜长梦多，她决定把和寄风告白的事情提上日程。至于过程，还需要好好谋划一下。

江越白这么想着，抬手薅了一把自己的头发。

在宋子归随随便便就拿了二十分之后，学长组请求换人，用寄风换宋子归。

宋子归接过毛巾，和寄风默契地击掌，然后目光环视，朝江越白这个方向走来。

“晚上社团有聚餐，不要忘了。”宋子归靠在铁丝网上，朝江越白和荞麦道。

荞麦和江越白都报名参加魔方社了，荞麦从脚边拿起一瓶没有开过的矿泉水，递给宋子归：“学长，喝水，新的！”

“谢谢。”

刚刚结束运动，宋子归的气息还没有平复，皮肤上的汗水淋漓，荷尔蒙简直爆表。

有男生凑过来问：“学长，你怎么不打了？你刚才那个空心三分超级帅！”

宋子归灌了一口水：“我不下来怎么输？”

够嚣张！

“那寄风学长上，结局也是一样——”

男生的尾音突然拉长，然后声调奇妙地转了个弯，上扬了八度。

场上，寄风的球被大一队员断了，对方转身一个漂亮的三步上篮，局势立刻被扭转。

“不，不一样。”

江越白手中的魔方拧得飞快，目光一直追随着寄风，看着他撩起头发甩汗水，不怎么熟练地运球，看他球被断，露出懊恼的表情。

江越白抿了抿嘴：看起来，寄风并不擅长篮球。

“有个同学临时有事，你们寄学长是临时搬来的救兵。他的篮球水平简直让我胃口大开，还没吃饭就已经饱了。”

太菜了，下饭。

江越白听明白了这个梗，翘起嘴角笑了。

见到江越白笑了，宋子归心里一软，他把矿泉水瓶盖子拧紧，把瓶子放在脚边，双手撑着膝盖半弯下腰看向江越白手里的魔方：“这是——孤鸿 6 代？”

江越白眼睛一亮，她用三指托起魔方，娴熟地转了转，眼里藏着三分狡黠：“是三代！”

宋子归抱歉地笑了笑，他接过江越白的魔方，纤长的手指晃了几下，小巧的六面体在他的指间迅速变化。

江越白的眼神先是惊讶，再是惊喜，手指下意识地微动，试图跟上宋子归的节奏。

她觉得自己上辈子一定是一只土拨鼠，不然此时她为什么想要发出“啊——”的喊声？

荞麦看花了眼，忍不住发问：“对了学长，之前我看节目，有个人可以在空中同时还原三个魔方，就跟扔沙包似的，这个难不难学啊？”

江越白默默点头附和，从兜里把另一只魔方也掏了出来递过去，她也好奇。

宋子归挑眉：“你还想学这个？”

“少一个魔方就少一个吧。”宋子归挺直了背，装模作样地轻咳了一声，然后手指舒展开来，一手一只魔方，轻轻抛起来。

一面，三面，六面……还原完成！

“我去！”

这下，连前面那些原本在专心致志看比赛的篮球迷都被吸引了过来，宋子归以一人之力，轻而易举地又在小范围内引起了爆炸性的轰动。

哨声响起，下半场结束。在寄风的反向带领下，学长队有说有笑地以一分之差惜败新生队。

"宋队，别光顾着妹子了，来说两句啊！"

"您能稍微歇会儿吗？都多大岁数了，还去撩小学妹，您羞不羞啊！"

哄笑声骤起。

"一边去！欠收拾。"宋子归笑骂道，单手抓着两个魔方，从铁丝网上直起身子。

"那么，晚上见，记得来，我给你准备第三只魔方。"

他将魔方交还给江越白，又朝她眨了眨眼，这才拿着自己的水和毛巾离开，还不忘谢谢荞麦的水。

宋子归走过去，对寄风说的第一个字就是："菜！"

寄风嗤笑着把落下来的碎发撩上去，拳头对上宋子归的胸口："多吃两粒花生米吧。"

"菜！"宋子归孜孜不倦地重复。

寄风揉了揉脖子："人说情场失意，球场得意。宋子归，动动脑子想一想我为什么不反驳你。"

宋子归眼珠一转，立刻换了话题，想要扳回一局："唉，可惜，她晚上还要和我吃饭，还要和她偶像我探讨魔方。气不气？失意不失意？"

气。怎么不气？

在场上的时候就看到宋子归凑在江越白身边，分明就是一只觊觎他家好白菜的大野猪。

寄风："宋子归，你幼稚不幼稚？"

离开篮球场，这一届的新生军训就算正式结束了。

与教官们告别，把军训服塞到床底之后，得到解脱的年轻人们，跟乌泱泱的麻雀似的，成群结队地涌出校门。

荞麦挽着江越白的手刚踏进桌游店的大门，就被自由诡异的"荒野求生"式装修吸引了视线：乐高拼成的等身大猩猩，看上去快要散架的壁炉，挂满了玩偶的吊床，还有贴在摇摇晃晃的蜘蛛侠脸上的硬纸板画……

江越白歪着脑袋盯着硬纸板，花了十几秒才认出上面的几个字：三魔三魔，神出鬼没！

妈呀，这狗爬字，怕不是跟她师出同门吧？

荞麦灵魂发问："为啥是三魔？"

竹竿怀里抱着一袋玉米棒走进来，声音从塑料袋后面传出："魔方、魔术还有建模，简称数院三魔。"

建模？建模！

那说明寄风也会来？！

江越白吸了吸鼻子，立刻向后转，迫切又欣喜的眼神正对上翻着白眼抠鼻屎的胖子。

胖子尴尬地放下手："那个……"

江越白懊恼地摸了摸头发，拉起荞麦的手就往厨房跑："我带你去做奶茶。"

"啊？可是我不会煮啊！"

"放心，我的微博收藏过教程的……对了，牛奶和红茶比例是几比几来着？"

半个小时后，江越白望着锅里散发着诡异味道的不明液体，严肃又认真地关火洗碗，然后退出了厨房。

魔方社的房间在二楼，江越白和荞麦回到房间的时候，人已经到齐了。宋子归旁边还空着两个位子，江越白不疑有他，拉着荞麦走过去，坦坦荡荡地坐了下去。

"既然人到齐了，那么我宣布，本学年魔方社第一次团建，正式开始！"

"小蓝，上菜！"

上菜？江越白坐正了身体。

刚才在厨房，并没有看到现成的食物啊。

被点到名的小蓝从桌子底下端出来几个盘子，依次放在桌子上。

胖子站了起来，开始展示魔方社的传统艺能——报菜名。

“前菜是招牌金陵玉带球，选用上好的白玉虾仁和雨后春笋，那真是入口柔，一线喉啊！

“第二道是有名的粤菜代表——煎酿三宝，制作流程我就不多说了，大家一会儿趁热吃啊！

“第三道的名字好听呀，蝴蝶飘海！你们知道蝴蝶效应吗？没错，就是那个蝴蝶，那个你吃了就能上天下水，浮力赶超你胖哥我的蝴蝶……”

胖子舌灿莲花，一个人连捧带逗，口才堪比高级相声演员。

胖子滔滔不绝地介绍着，魔方社三十多个新人的注意力却全集中在桌上一字排开的菜点上。

哪里来的什么虾仁、笋叶、海参、扣肉，不过就是被贴上了不同贴纸的魔方罢了。

“哎呀，大家不要这么沮丧嘛，面包、牛奶都会有的！”小蓝满意地搓搓手，“下面，我们进入第二个环节——社长致辞！”

众人敷衍地鼓掌，唯有坐在宋子归身边的江越白，两只手拍得像是海豹鼓掌。

“好，那么我简单说两句。”宋子归站了起来，“我们‘SPARK’魔方社创社三年，是学院乃至学校重点扶持的社团，经费充足，男女比例平衡……”

慵懒的声音在身侧响起，江越白挪动屁股整个人坐进椅子里，藏在桌子底下的两只脚离地，颇为满足地晃来晃去。

在进入城大前，她有两个愿望：第一，是零距离再看A神玩一次魔方；第二，是再听A神炖一锅“鸡汤”。

江越白的每个电子设备里，都缓存着一段相同的节目剪辑VCR。像素不高，声音倒还算清楚，是宋子归去年在《大脑》上的一段收官祝福，也是除了公式，江越白鲜少能够流畅背诵并默写的

“鸡汤佳句”——

“有人会告诉你，热爱可抵岁月漫长。从现实来看，这句话太过绝对。但是，在或许贫瘠或许灿烂的生活中抓住一丝热爱的感觉，才是漫长岁月中不可多得，但渴望重复的宝贵礼物。和时光无关，更和告诉你这句话的人是谁无关。

“越是未知的旅途，沿路的每一寸风景才更应该被记录。”

如此，她的愿望也算实现了。

宋子归喋喋不休，原本简单的说两句甚至已经追溯到了竹竿的黑历史。

江越白两只手垫在大腿下面，心脏的某一块像是被全糖的奶茶泡软，馨香柔暖。

等到宋子归终于放过大家的耳朵和胃，原本还对聚会充满期待的新社员们纷纷四散离开。

饿得不行的人溜去了厨房，对魔方小有研究的人进了胖子和竹竿开的计时父子局，就连对宋子归煞是崇拜的荞麦，都脚底抹油去找小蓝打听社团八卦去了。

不过，宋子归“城大桃花树”的名号可不是白叫的，剩下的人纷纷围住他盘问起来，这些人中百分之八十是女生。

“学长，你玩魔方多少年了？我完全不会，你可以教教我吗？”

“学长，社团活动一周几次呀？你每次都会来吗？”

“男神，这两个牌子的魔方哪一个手感好一点儿？”

……

竟然比她还狂热！江越白下颌微缩，咽了一口口水。

为了离宋子归近一些，有一个妹子竟直接半趴在了江越白身上，饱满的身材触感过于明显，江越白脸颊微红，拉开了椅子，打算站起来给她腾地方。

“学长，你有女朋友吗？”

“做你的女朋友也要会魔方吗？”

熟悉的内容，熟悉的语调，让江越白想起了她在迎新晚会上给寄风发的那两条信息。她掏出魔方，一边转一边沉思。要不然，她也当面问一次？

宋子归：“嗯。我喜欢可爱型的女生，最好头发卷卷的。为了方便沟通感情，她最好有随身带魔方的习惯，至于魔方水平嘛，拿过奖是最好了。”

端着茶经过的胖子满脸问号，他心想：大哥，你的前女友、前前女友，还有前前前女友，分明都是身高一米七的火辣美女好吗！

至于随身带魔方……她们都是为了接近宋子归才加入社团的，精通魔方的少之又少。

女生们陷入了沉默。

这样一来，规律又清脆的塑料摩擦声越发地明显了起来。

无聊但又无法融入话题，只能玩魔方的江越白缓缓抬起头，十分不解：她们怎么停了？

可爱，鬈发，带魔方。

江越白不知道，自己已经被盯上了。

那位穿蓝裙子的妹子从江越白身上退开，优雅地拉了拉裙摆：“小姐姐你是哪个学院的呀？怎么不说话？”

江越白：“我学数学。”

一个穿高跟鞋的妹子：“哇！你长得一点儿都不像！听说数院的姑娘都很厉害的，难怪你魔方玩得这么好。”

江越白：“哈哈哈。”

好尴尬哦。

又一位黄头发姑娘加入了话题：“那你……拿过奖吗？”

江越白迟疑了几秒，试探着问道：“你指的是魔方还是数学？好多都是高中的奖了，也没什么名气的。”

众人内心：听听，这说的是人话吗？

偏偏江越白长着一张人畜无害的娃娃脸，眼神真诚又坦然，三个人左看右看，上看下看，觉得她真的不是炫在耀，只是对拿奖习以为常，十分淡定罢了。

应付莺莺燕燕的空隙里，宋子归对江越白道："看来今天是没时间给你传授空转技巧了，等国庆长假回来，我单独教你。"

江越白弯起双眼："好呀！"

看江越白抱着魔方不撒手，那痴迷劲儿比当初的自己还要过分，宋子归有些好奇："这么喜欢魔方？"

江越白："喜欢呀，毕竟这份热爱，是我漫长岁月中不可多得，但渴望重复的宝贵礼物。"

宋子归挑眉。这话听上去有点儿别扭又有点儿矫情，最可怕的是，还有点儿耳熟。

江越白傻笑："这是去年你在节目上说的，我是你的粉丝嘛。"

宋子归愣了，心中涌出一阵暖流，迅速蔓延至全身，他的鼻腔一热，眼睛有些微微的酸胀感。

宋子归的嗓子有点儿沙哑："你……想谈恋爱吗？"

江越白脑海中浮现出寄风的脸来，脸上笑容更甚："想啊。"

热爱可抵岁月漫长。

此时的宋子归，迫切地希望自己能成为江越白长久且不会褪色的"热爱"。

和楼上的闹腾不同，一楼的建模社包厢就冷清多了。

律动感极强的音乐夹杂着杂乱的脚步声穿过墙壁，茶几上杯子里的起泡酒也随着音浪晃动。

周周拆开一包芥末味乐事扔进薯片怀里："看看人家魔术社，再听听人家魔方社。唉，我们建模社的命运真是'身世浮沉雨打萍'啊。"

眼镜给最后一只杯子添上果酒："一，二，三……十一，正好十一只。不错啦。老社长没退团，陈池学姐来救场，再加上瞎了眼的几个新人，我们社团总算没有解散。”

几个“瞎了眼的新人”无语地凝视他们。

眼镜干咳一声：“不好意思，没有针对你们，说我呢说我呢！我近视八百度，我瞎了眼。”

薯片已经咔嚓咔嚓地吃了半包薯片，悠悠发问：“问题是十一月就要进行市建模比赛了，我们老社员都没有报名资格，但是你看这五个新生，连两个队都凑不满。”

枫城的大学生联盟每年都会举办建模新秀大赛，旨在为全美建模联赛输送人才。原则上可以有一名学长带队，但是成员都必须是大一新生，三人为一组。城大每年都会派出三组以上的队伍，而数院显然是主力军。

眼镜：“不对啊，我们今年不是招了六个新生吗？今天人没到齐吗？”

“差个谁来着？”

“好像是个姑娘？”

寄风：“江越白在楼上魔方社。”

他的右手放在膝盖上，手掌摊开又合上，掌心包裹着一个小小的透明袋子。

周周点点头，猛地一拍薯片的肚子，高声喊道：“那么我们就开始吧！

“社团发展史没啥好说的，到时候你们上课教授都会讲，我们今天就来玩点儿开心的。

“这个游戏叫‘我从来没有过’。”

“我从来没有过”是一个饭桌游戏，规则也很简单：每个人面前都有一瓶果酒，参与人员依次说出一件自己从来没有做过的事情，但是如果其他人做过，就要自觉喝酒惩罚。

“那就从……从你开始！”周周伸出手指扫了一圈，指向坐在眼镜边上的新生，“你可以先自我介绍一下，然后直接说就行。”

“我姓曲，学长们可以叫我蛐蛐。我……我从来没有……从来没有翘过课！”

刚刚高中毕业的学生，怎么可能逃过课？

除了寄风、陈池和新人们，几个“老油条”纷纷拿起酒杯，嘴里还振振有词：“说学习就没意思了啊，我们需要劲爆的猛料！”

薯片大手一挥：“我从来没有谈过恋爱！”

周周翻了个白眼，端起酒杯，还不忘嘲讽其他人：“这就是单身狗最后的倔强吗？”

好不容易轮到眼镜，他谨慎地摸了摸下巴：“我从来没有暗恋过别人！”

“噘——”

“垃圾问题。”

这一题，可算是全军覆没了，连之前一直没有接受惩罚的寄风和陈池，也栽在了这个问题上。

“哟，社长喝酒了。谁家的姑娘这么优秀啊，能被我们社长惦记上？”

寄风抬起眸子，朝眼镜瞟去警告的一眼。

眼镜手舞足蹈：“嗐，今儿个我还真不怕您。”

于是，在眼镜的带领下，所有人的话题全围着情感展开，非要把寄风试探个底朝天。

陈池：“我从来没有暗恋一个人超过三年！”

寄风按了按眼角，另一只手去够酒杯。

他顾不上其他人的起哄，转头无奈地问陈池：“你怎么也跟着他们闹？”

看到寄风的动作，陈池染上桃色的眼角缓缓耷拉了下来。

暗恋超过三年……她原本真的是想帮寄风逃过一关的，可是没想到，竟然直接试探到关键——寄风有一个暗恋超过三年的心上人，但不是她。

陈池心口一疼，连带着嘴里都苦涩起来。

“好！学姐厉害啊！不愧是划重点的老手，很有一套嘛！”

“继续！继续！”

周周：“我从没有喜欢过一个姓周的女生！”

寄风没动。

眼镜：“我没有喜欢过一个姓王的女生！”

寄风挺了挺腰背，换了个姿势。

薯片：“不要气馁！我三岁就会背《百家姓》，我就不信我今天问不出来。”

寄风摇了摇头，握紧的拳头松开，透明的袋子里躺着三片白色的小药片。他的身体深深地陷入沙发里，任其他人从年龄试探到癖好，再也没有端过酒杯。

篮球赛刚结束那会儿，他收到了江越白的短信。内容和前一天他发出的差不多，结果见面的时候，江越白给了他一只小袋子。

她的表情透着几分不自然：“我刚才看你一直皱眉，喝水的时候也不太舒服，猜你的蛀牙应该还没好，这个给你。”

袋子里装着一些小药片，他再熟悉不过了。

甲硝唑。

他的心上人，原来也在关心他。

那一瞬间，寄风的心软得不行。

“虽然我不是蛀牙疼是智齿疼……不过，我可以把它当成你送我的礼物吗？”

“虽然简陋了点儿，但是为什么不可以？”

寄风回忆着江越白当时的样子，她的眼睛比正午时泛着波光的湖面还要清澈，还要闪亮。

也许是先前喝了酒的缘故，他的眼底有些绯红，嘴角却始终是上扬的。

甲硝唑？这么清新脱俗的定情信物，还真是只有江越白能想出来啊。

包厢里的其他人，只有陈池还是清醒的，可是她此时又极度希望自己不要这么清醒。

因为她知道，寄风很高兴，寄风有一个意中人，却都与她无关。

江越白大学生涯中的第一次社团活动，在好吃好喝中圆满结束。

中秋节当天一大早，她拖着行李箱在校门口和程夕会合，一起坐火车回了杨城，正式开启了“双节”连休的九天小长假。

白桦和江均早早就等在高铁站外，接到两个人之后，给他们一人塞了一盒玫瑰蛋黄酥。

江均往后视镜里看了一眼：“小夕中午想吃什么？甜甜妈妈给你爸爸打过电话了，下午再送你回去。”

程夕卖乖：“谢谢叔叔阿姨，我吃什么都可以的！”

江越白一口吞掉半个蛋黄酥，一只手接着落下来的碎屑，含糊着说道：“我要吃小笼包豆腐汤红糖馒头松仁绿豆沙，肠粉宽粉螺蛳粉，如果还能有一杯去冰黑糖麻薯奶茶就更好了。”

程夕无语地扭头，正对上她淡定的眼神。

程夕：吃这么多，你是猪吗？城大饿着你了？

江越白：你不懂。

江越白叹了一口气，心满意足地看着江均把车开进市区。

这叫及时行乐。

果然，到家第一天，江越白不仅如愿以偿地吃到了她心心念念的常府楼蟹黄小笼包和骨汤小馄饨，还在江爸爸的默许下灌下两杯全糖奶茶。吃饱喝足后，她向江妈妈坦白了自己蛀牙的最新进展，收获了一声和蔼可亲的冷哼。

第二天，江越白一觉睡到十一点半，中午吃了十只炸虾和两块鸡蛋饼。瘫在沙发上玩手机的时候，江妈妈体贴地送来了色彩丰富的果盘。

第三天，江妈妈早上八点拉开江越白卧室的窗帘，把吸尘器开得如同拖拉机一样响。

第四天，听到江妈妈没由来的一声叹息，江越白提着扫把，战战兢兢地反思半小时之内自己的言行举止。

第五天……

窗帘被扎好，夹角是完美的四十五度。书桌被整理得干干净净，地板上连一根头发都找不到。

江越白叼着雪莲果坐在画架前，严肃地打开手机改签回枫城的车票。

“我去买菜。”

大门被咔嗒一声关上，江越白腰一软，总算是松了一口气。

她掏出耳机，给程夕打去一个微信电话。

“喂。”

电话那头传来塑料杯子接水的声音，程夕的嗓音也有些哑，一看就是刚起床。

这个点……江越白退出订票 APP 看了一眼时间。

果然，同是天涯沦落人。

“二夕，不如我们私奔回学校吧。”江越白语气认真道。

“回去你可没有小笼包吃。”程夕一针见血，“而且，你不是回来补牙的吗？懒觉重要还是奶茶重要，你自己想想。”

“倒也不全是为了睡懒觉……”

“哦，我知道了。你急着回去追男人是吧？这个理由合理，我懂了。”

咔嚓一声，江越白猛地把雪莲果咬成两半，上颚一疼，透明的果汁喷了半块画布。

你懂什么啊，你懂！

啊，她的画！！

江越白气得咬牙切齿：“程二夕，你的废话为什么比你的文化还多？”

程夕：“谢谢夸奖。”

到底是舍不得这幅画，江越白把水渍吹干，一边和冤家煲着电话粥，一边提起笔调颜料，思考用什么办法能把这些痕迹遮盖住。

其实她也只是勾出了一个轮廓而已，索性换一张画布也不是什么大事儿。只是……

黑色的线条平顺得恰到好处，调色盘里的深棕色刚刚调好，晨光从窗户洒进来，落在画布上，铺上一层金黄。

江越白看着画布，丧气地噘起了嘴。

她好舍不得哦。

“哎，江小白。”程夕用嘴抿着耳机线，手指把屏幕戳得嗒嗒响，“我是不是你的微信置顶？”

江越白无暇分心，点了半天头才意识到程夕看不到，于是连忙出声应和：“嗯嗯。”她心里还在想着怎么挽救这幅画。要不然，做个格子涂鸦背景？

“除了你，还有四个人啊。”程夕念叨道，“莫非有人暗恋姐姐我？”

不行，风格不搭调，画出来像是生搬硬套的。江越白捧着雪莲果又狠狠咬了一口。

“江小白，别画了，别画了，换换脑子，我发你个链接。”

画脑子？画什么脑子？

电话那头没了声音，摆在桌上的手机开启了强烈振动模式。

三秒一次，一次三振。

江越白揉了揉眼睛，忍不住开口：“程二夕，歇会儿吧，你的手要提前报废退休了。”

没有回复。

“二夕？喂？程夕？”

江越白低头一看，通话界面上显示着几个大字——当前通话质量差。

手机还在振动，江越白索性放下笔，把手机切换成移动网络模式，开始批阅“奏折”。

程夕只发来两条消息。除了链接，另外一条说她那边信号不好，先溜了。

剩下的四十八条消息，统统来自一个叫“1111 新建活动发布”的新建群组。

“1111”又是什么梗？江越白露出“地铁看手机老人”同款表情。

奇数？合数？自然数？

二进制？十进制？马云的生日？

超市促销式的群名称，飞一般的消息刷新速度，还有红色加粗的“有人@我”，让她产生了一种误入某多多砍价群的错觉。

江越白一脸狐疑地点开消息，在点击“退出群聊”按钮之前，总算检索到了胖子的微信昵称。

小胖不减 40 斤不改名：“你们刷慢一点儿好不好？我的手机振得我妈以为我误入传销组织了。”

蓝蓝蓝蓝蓝：“一样。”

威严学姐一米八：“那大家有空了刷一下聊天记录，嫌太长的就挑@全体成员的看。”

威严学姐一米八：“收到请回复。@全体成员”

他们叫我竹竿：“复。”

间歇性振动终于停止，江越白上滑页面，了解了他们讨论的大致内容。

今年 11 月 11 日，是 SPARK 魔方社举办第一届校园魔方大赛的准确日期。与前几年的街头快闪活动不同，今年，在新上任的副社长威严学姐韦艳的建议下，魔方社将会策划举办面向全校的魔方大赛，奖项多样，所有赛程也将会集中在双十一当天进行。

正因为是第一届比赛，所以一切的策划筹备工作都是从头开始。

按照所在院系分组，江越白、荞麦和另外两个同学被安排进了外联小组，简单来说，就是拉赞助小组。

拉赞助……

可是坐在家里也拉不了赞助啊。

江越白耸耸肩，拖到最底下回复了“收到”，然后迅速地设置了群聊消息免打扰，返回去点开程夕发来的链接。

反正，有什么消息都会提醒全体成员嘛。

嘬一口芒果芋圆的时间，调查结果就出来了：“你是电，你是光，你是唯一的神话！你是连脚脖子都闪闪发光的 superstar！去年一年中，你被 5 个人设为置顶聊天，你的魅力超越了 86.7% 的人。”

弹出数据之后，江越白随手截了个图。

她给程夕回拨电话：“二夕，你这调查不靠谱啊。”

程夕把硕大的冰糖草莓塞进嘴里，吸溜了一声：“不阔棱（不可能），居对不阔棱（绝对不可能），腻有几锅（你有几个）？”

“五个。”

“五个啊，那除了我还有四个，厉害呀！”

“不是……”

江越白眉头紧锁：“它说我超过了 86.7% 的人。但是你看啊，假设做这个调查的人有五万个账户，其中 50% 的人做了两遍，百分之……喂？程二夕？程夕你……”

你又挂电话！

好气哦！

江越白鼓着腮帮子，气鼓鼓地发了条朋友圈：“下面有请 5 位大写加粗的同学现身说法。”配图就是那张截图。

手机界面回到聊天列表，江越白歪着脑袋发了三秒呆，然后点开寄风的个人信息，给他设置了置顶聊天。

一通操作下来，江越白脸一红，她掩饰地咳了两声，顺手摸了一把刘海。

正好大门的声音响起来，江越白迅速退出了微信，摸着自己发烫的双颊往外跑，打算接过江妈妈手里的东西，突出一下自己的“勤快”和“乖巧”。

结果，她刚探出脑袋，就看到了江上寒。

他的身后还跟着一个人。

江越白睁大了眼睛。

第八章

天哪！

江上寒居然带朋友回家了！

江上寒活了二十多年，总算有一个愿意被他带回家的朋友了！

在江越白的印象里，江上寒嘴欠又唠叨，天赋是明嘲暗讽，孤独得连表面兄弟都屈指可数。

但是，就在今年！就在今天！她的世界观被刷新了！果然，只要活得够久，就什么都能够见到。

那人将手里的水果和礼品靠墙根放好，礼貌地朝和江越白同款表情的江均问好：“伯父您好，我是奚宇，是城市大学的中外美术鉴赏讲师，今天打扰了。”

奚宇长了一张标准的教授脸，气质稳重又优雅，举手投足都带着一股恰到好处的考究，和顽劣乖张，浪到飞起，尤其擅长踢天弄井的江上寒形成了鲜明的对比。

“不打扰，不打扰。”江均连忙将人迎进来，然后冲探出半个脑袋的江越白招手，“甜甜，快出来打招呼。”

江越白眯起眼睛：城市大学……中外美术鉴赏？就是江上寒跟

她唠叨了不下三次，非要她选修的中外美术鉴赏？

正好奚宇朝她望过来，江越白连忙说："奚老师好，我是城大数院，数学与应用数学系的学生江越白。"

江越白耳根一片通红。

没多久，白桦就接了江越白的爷爷奶奶来了。过了一会儿，江越白又去给江上寒的父母开了门。

虽然是场家宴，不过江家人亲和好客，加上奚宇确实深得长辈们喜爱，在正式开饭之前，白桦把厨房的一屁股事丢给江均，带着奚宇去和爷爷奶奶研究她早些年的那些"拙作"去了。

江越白窝在沙发上，怀里抱着一袋从书柜里掏出来的薯片，望着自家老父亲的背影幸灾乐祸地摇头。

"我是在城大保研的，正好学院的讲师岗位有缺口……小寒之前也是我的学生……"

江越白坐到江上寒身侧，用胳膊肘朝他捅了两下："这是你好哥们儿？"

"噗——"

正竖起耳朵，聚精会神听书房动静的江上寒没忍住，可乐喷了出来，空气中立刻充满了樱桃可乐的味道。

江上寒边咳嗽边从茶几上抽了两张餐巾纸，一脸痛惜地抢救遭了殃的手机屏幕。

他扭过头来："江越白你是幽灵吗？走路不带声的？"

江越白三好学生般一脸认真问道："奚老师知道你那些浑球经历吗？"

江上寒无语地摸了摸额头，又回头望了一眼书房方向，然后压低了声调："老奚这人，间歇性坑人，我得听听他有没有说我坏话。"

江越白摇头晃脑地开口："哦！那我一会儿吃饭的时候就和奚老师说，你说他腹黑坑人。"

"嘿！你别！"江上寒咬牙切齿地喊她大名，"江越白，你最近是字典背多了吗？怎么这一套张口就来？”

哟，还真是一物降一物。

这是江越白从小到大第一次在江上寒手里讨到便宜，简直是神清气爽。

“有句老话是怎么说的来着？三十年河东，三十年河西，江上寒的未来，惨兮兮——”

江上寒的父母对他要求非常严格，变相养成了他的叛逆性格。

嘲笑完江上寒，江越白拍拍手：“你好好想想，我可是报了奚老师的课的，你我双管齐下，还愁找不到奚老师出糗的时候？到时候你不就可以翻身了吗？”

江越白觉得时机差不多了，于是循循善诱：“这样，以后你的事就是我的事，那我的事儿，作为哥哥的你，要不要也帮帮忙呢？”

到底都是姓江的，就算前面被江越白摆了一道，但是逻辑掌门人江上寒选择直接剪掉这一段记忆，并且迅速找到江越白话里的关键词。

江上寒嘴角上翘，心里已经有了答案：“比如？”

比如……

“你和寄风认识多久了？”

果然。以江上寒对江越白的了解程度，要猜中她的意图，就好比名侦探柯南射向毛利小五郎的那根睡眠针，八百集能射中七百九十九针，失误率不到百分之一。

他放松地伸了个懒腰：“寄风是谁啊？我妹夫？”

妹……妹夫？

江越白一惊：“江上寒！”她掏出一把薯片，胡乱地塞进江上寒的嘴里，双腿跪在沙发上，眼神忍不住向江均那边瞟了又瞟，确定没有人听到江上寒的口无遮拦后，才重新转过头来盯着他，眼睛似乎能喷火。

“江上寒你有毛病是吗！”

江上寒轻松地晃了晃脑袋：“哦，看来还没到手。啧啧，什么鸵鸟速度！”

虽然他话里话外都是在嘲笑寄风，但是这句落在江越白的耳朵里，可谓是字字诛心啊。

江越白把薯片扔到茶几上，剥了颗草莓糖塞进嘴里，声音含含糊糊的：“我要是有经验还来问你？”

江越白索性和他摊牌了。大不了就是鱼死网破，一条命换一条命嘛！

偏偏江上寒就是个不要脸的，他先是愣了一下，然后跷起腿，捏了捏肩膀：“你说什么？我怎么听不明白呢？”

江越白憋着一口气，掐出甜美的嗓音来：“好哥哥，你就帮帮我嘛。”

“啊？你叫我什么？我没听清。”

姜还是老的辣，“老江”遇上“生江”，那就是双倍的酸爽。

随便问问就把自家妹妹套进去了，江上寒此时成就感爆棚，他迅速抛开心底那一点点儿自家白菜被拱的失落情绪，心里计划着怎么向寄风讨要更多的利息，嘴上也不少占便宜。

誓死不向恶势力低头的江越白：“喂。”

江上寒坐得更靠近了一些：“嗯？那三个字，你再说一遍，大点声儿。”

忍无可忍就无须再忍。江越白一下就站了起来，居高临下地扫了一眼江上寒：“你说，大伯母如果知道你做的那些破事，她中午是不是能多吃下两碗饭？”

江上寒的表情有些扭曲。

江越白翘起嘴角。

这一瞬间，她感觉自己被女神陈池附身，英勇得像个女战士。

江上寒一把抓住江越白的衣摆，把薯片和可乐塞进她的怀里，脸上罕见地露出谄媚的表情：“帮！甜甜是我妹妹，寄风是我兄弟，这个忙，我一定帮！”

江越白思考了几秒：“寄风有喜欢的女生吗？”

“有。”

江上寒回答得很快，他松开手，眼中闪过几分幸灾乐祸。

可不就是某家“小白菜”吗。

“是谁啊？”

“你自己去问他，他肯定告诉你。”

黄酒的香气从厨房里飘出来，江越白摸着自己裤腿上的樱桃小丸子图案，有些失落地叹了一口气。

原来，不是陈池学姐的魅力不够大，只是寄风早就心有所属啊。

江上寒把江越白的表情尽收眼底，于心不忍地抢救江越白的积极性：“安心啦，谁年轻的时候还没有个暗恋对象呢？对吧？你哥哥我当年真的是……追我的女孩子足有一个加强连，嘿嘿，都没办法让我的目光从‘五三’上挪开啊！”

给他这么一打岔，江越白先前那些失落的、懊恼的、难过的情绪瞬间消散，她舔了舔嘴唇：“你能说出‘五三’，这是我没有想到的。”

江上寒是拿着好几张不同级别的物理大赛冠军奖状，免试保送进的城大。“五三”？不存在的。

“嗐，谁还没个值得写本小说的青春期了是不是？寄风暗恋那姑娘都是过去的事情了，这都多少年了，男团都更新换代过几拨了，对你来说，他现在没有女朋友不就行了吗？”

江均的厨艺不错，菜的香气窜进客厅，浓郁的糖醋香气混着香菜的清爽味道，引得江越白胃里的馋虫蠕动起来。

“甜甜啊，来帮我把糖醋排骨端出去。”

江越白应声站起身来。

江上寒摸了摸鼻子，再一次快速地抓住江越白的衣角。

江越白疑惑地看向他。

江上寒："不要放香菜，老奚不吃香菜，他对香菜过敏。"

说完，他跷起腿，突然想起什么似的补充道："算了算了，买一送三，我再送你个小道消息，寄风最爱吃的菜，就是糖醋排骨。"

本来就是为祖国母亲庆生的大好日子，加上"别人家的孩子"奚老师来做客，这顿午饭吃得格外愉快。

江上寒难不难受，江越白不知道，反正她吃得很爽，一边用没有蛀牙的一侧牙齿啃着香甜的糖醋排骨，一边向江均讨教制作糖醋排骨的独家秘诀。

冷不丁刺痛袭来，江越白猛地捂住自己的侧脸。

趁着这个机会，江上寒偷偷夹走了最后一块糖醋排骨。

可恶！她的蛀牙又犯了！

饭后，爸爸们被安排洗碗，江越白坐在沙发上剥橘子。她的左边是江上寒，右边是奚宇。

江越白把剥好的橘子放在两人面前，然后挺直腰板乖乖坐好。

伯父问道："甜甜啊，大学生活体验得怎么样？枫城的饮食还都习惯吗？"

"习惯的，而且我哥也挺照顾我的。"

"军训也挺辛苦的，看你都晒黑了。"伯母接着说道，"等国庆回去就要正式上课了吧？小姑娘家去学数学，肯定还是辛苦的。"

才不辛苦呢！

想到魔方和偶像，又想到寄风，江越白满足地眯起眼睛歪了歪脑袋。

白桦不赞同的目光扫过来，江越白连忙整理好表情，双手放在膝盖上，坐得笔直。

她开口道："还好，喜欢的东西多付出一点儿努力是值得的。"

江上寒把橘子扔进嘴里，意有所指道："不错啊，江甜甜，在数学系待了一个月，语文水平倒是突飞猛进啊。”

连“双关”这种高难度修辞都能手到擒来了呢！

白桦的表情有所缓和，她看了看奚宇，忍不住开口道：“反正后面吃了苦头不要回头再来后悔。你说你，听我的，去学美术多好，以后也和奚老师一样做个老师，多好。”

江上寒笑着打圆场：“婶婶你也别这么说，学理科能让女孩子的思维更有逻辑，更严谨，以后就不会轻易地让男生拐跑了。而且，你看我，不是也安全毕业了吗。”

白桦笑了笑：“这情况不一样，你是男孩子。”

绕来绕去，这个话题就绕不开了？

江越白苦恼地挠头。自从她接触到魔方，有意识地疏忽绘画之后，她妈就逢人必感叹她不懂事。直到后来江越白在江均的包庇下义无反顾地报了城大的数学系，她妈的这种不满就到了极点。

江均洗完碗，刚步入客厅，就接收到了女儿求救的目光。他安抚地拍了拍白桦的肩膀：“孩子是真的喜欢数学，她有自己的路要走，我们做家长的不要干预太多。再说了，数学和美术又不冲突，甜甜抽空了还是会画画的，早上不是还看她坐在画板前面吗？”

江越白重重地点头。

白桦似乎还想要说什么，最后还是作罢，算是退了一步：“反正你今后后悔了不要再来怨我。”

这时奚宇开口了：“我在学校有单独的画室，如果有需要的话，你可以随时来找我。”

“而且，我听说甜甜也选修了我的课。”后面这句话，奚宇是对着白桦说的。

不管怎么说，江越白还是没有放弃坚持了十几年的绘画的。这让白桦的心里或多或少地得到了宽慰。

江越白向奚宇投去了感激的眼神，奚宇接着说道：“十一月的时候，丰子恺杯美术周会在枫城举办，除了展览，也有绘画大赛，今年的活动比往年多，想去的话，到时候可以来找我拿票。”

美术周的事情，程夕和江越白说过，就是由专业的艺术机构举办的，让美术爱好者和专业从业人员交流的大型活动。

活动面向大众，但是一些专业的评荐会和讲座会提前发放邀请券的，邀请券数量有限，可以说是有价无市。

不过，既然奚老师都开口了……

江越白飞快地点头：“谢谢奚老师！”

“那是一条神奇的天路……”《天路》是江均的手机闹钟铃声。韩红老师一亮嗓子，就意味着江均的午休时间结束了。

“都一点半了啊？我们下午不是还约了小梅他们喝茶？”

江均掏出手机滑开屏幕，又眯着眼睛把手机举远，这才看清了新信息的内容。

“甜甜啊，齐医生的号已经给你预约好了，下午我们要和你表姨他们聊点儿事情，没法送你，你自己去可以吗？”

齐医生是江均的朋友，在口腔医院工作。江越白的每一颗蛀牙，都经受过齐医生镊子的无情痛击。

“我可以啊，我喊程夕陪我去就行了。”

江越白求之不得。

自己去才好呢，路上还能买点儿红糖味的肚脐饼、草莓奶油夹心的蛋糕、裹芝麻的冰糖草莓和加两倍芋圆的黑糖奶茶。

江上寒的爸爸突然开口：“小寒正好没事，让他送甜甜去吧。他不是开车来的？”

“不用！”

“没空！”

兄妹俩各揣心思，同时开口拒绝。

“你能有什么事？你待会儿把奚老师送回去之后，就陪你妹妹去看牙。你是做哥哥的，怎么一点儿也不懂事？”

江上寒委屈巴巴道：“您这是道德绑架。”

怎么就没事了！他还要出去看电影呢。

况且，谁还不是个小宝贝了？

“你说什么？”

“……没什么，我一会儿送她去。”

几位长辈这才满意地聊别的话题去了。

不过，这个“送她去”，可并没有说明要把她送到哪里去。

半个小时后，江越白坐在副驾驶位的后方，双手攀着靠背，目光从她哥哥油腻的后脑勺转向正在开车的奚宇身上。

“我们一会儿要去看电影，我找个地方把你放下去，你自己去啊。”江上寒退出微信，打开视频软件，“不过你哥哥我肯定还是有良心的，鉴于医院太远，你一个小姑娘自己去，我也不放心，所以我找了个人送你。”

不去就不去，哪儿那么多鬼话！

江越白嗤之以鼻：“嗯嗯。”

江上寒转过头来，勾了勾嘴角，没再说话。

奚宇把冷气调小，柔声问她：“把你送到中山南路可以吗？那里路边可以停车，店也比较多，你等的时候不会太晒。”

“好！谢谢奚老师！”江越白隔着靠背捅了捅江上寒的背：你看看人家！你再看看你！德行！

江上寒又去把冷气开大，随手点开了微博首页刷新的第一条动态。标题江越白没有看清，不过，根据出现的人物来看，素材来自《生活大爆炸》——

艾米：“这是什么？”

谢耳朵：“我大脑的功能性核磁共振生成图。”

谢耳朵：“我的眶额皮层被激活了，因为我当时在想着你。”

这是谢耳朵在床上给艾米送礼物的片段。

前座的奚宇不厌其烦地把冷气风速调低，江越白撑着脑袋靠在椅背上，陷入了沉思。

关于那幅未完成的画，她好像有了些新的想法。

和齐医生预约的看诊时间是下午三点半，被江上寒无情“抛弃”在街边之后，按照原定计划，江越白坦坦荡荡地走进离她最近的“鹿角巷”，点了一杯招牌去冰黑糖鹿丸奶茶。

“这边给您推荐半糖的口味呢。黑糖自带甜度，半糖以上会影响口感呢。”

江越白看着自己的支付码，抿了抿唇。

半糖的奶茶是没有灵魂的！

她叹了一口气，对着店员悠悠说道：“麻烦小姐姐，给我做无糖吧。”

根据经验，在接下来的很长一段时间里，她都无缘奶茶了。

所以，就让她用这杯特殊的无糖奶茶，和她的美好时光做个简单的道别吧……

江越白坐在奶茶店的小板凳上，带点儿塑料味的空调冷风在头顶呼呼地吹，她突然反应过来：她到底在等谁？刚才下车前，江上寒那只老猪说了吗？没有吧。

江越白猛地一口嘬出六颗粉圆，打开高德地图向语音导航姐姐寻求帮助。

“准备出发，全程十四点八公里，大约需要二十八分钟。”

十四点八公里？

她是被流放到郊区防疫站了吗？合着江上寒非但没有把她送去医院，还带她反方向走了快十公里？而且奚老师竟然还助纣为虐？

语音导航的声音再温柔甜美，此时也压不住江越白突突直跳的太阳穴了。

这距离说长也不长，如果放在大城市，不过就是眼睛一睁一闭的地铁二十站。但这是在杨城！

有首儿歌是怎么唱的来着？

门前大桥下，游过一群鸭，快来快来数一数，数完就能出城啦！

江越白把奶茶杯子重重地放在桌上，右手握拳捶了捶脑门。

这段兄妹情终究是错付了。她掏出手机江上寒打电话。

“喂？我这边快要检票了，有事快说。”江上寒的背后传出窸窸窣窣的打包和装袋声，他捏起一颗新鲜出炉的爆米花扔进嘴里，向着身边的人说道，“那个好吃，去买一点儿吧……他到了没有啊？”

他到了？他又是哪位？算了，不管他是谁，都改变不了她想要敲爆江上寒脑壳的危险想法。

听着这欠扁的声音，江越白甚至能够想象出江上寒此刻吊儿郎当地把手机夹在耳朵和肩膀中间的样子。

手机振了一下，江越白没有理会。

“我们断绝兄妹关系吧。”江越白咬牙切齿道，“江上寒，你没有心。”

“哦，也行。”江上寒的犹豫绝对没有超过零点三秒，“给钱就行。”

江越白被他的无耻震惊到了，只听见江上寒说：“人家男女朋友分手还有分手费呢，我可是陪了你十八年的哥哥。别废话，赡养费打到我的支付宝上，我立马和你断绝关系。”

电话又振了一下。

“没啥事我就挂电话了啊，祝你有个愉快的下午。”

“江上寒你——”

活该你这辈子交不到朋友！

愤怒地挂断电话后，江越白立马打开某宝，钩选了几个购物车里最贵的东西，在联系人里找到江上寒的支付宝账号，选择了好友代付。

哼，今儿个妹妹就让你知道，什么叫作人财两空！

奶茶店的信号不太好，江越白环顾四周，并没有找到 Wi-Fi 账号和密码。她不得不抄起奶茶，往门口挪了挪。

一格信号，两格……满格了！

她打开打车软件，看了一眼当前定位到口腔医院的距离和预估价格，抽了一口气，忍痛点下了“确认”。

不行，这可是八十块钱啊！她得再去某宝挑两件贵的东西，宰江上寒一把，才能解她心头之愤。

进出奶茶店的人源源不断，门被反复打开，热风、冷风交替吹来，吹得江越白有点儿头晕。

反正已经叫了车了，她索性捧着所剩不多的奶茶走了出去。

手机持续不断地振了起来，江越白连忙接起电话：“喂，您好。”

“你是在巴黎贝甜这一侧吗？”

江越白抬头看了看“鹿角巷”的招牌，又看了看马路对面：“不，我在巴黎贝甜对面的鹿角巷门口。”

“好。”电话那头传来一声轻笑，随后转向灯的声音响起，“那你找个阴凉的地方等着，我掉个头马上就来。”

电话被挂断，江越白低头看了看屏幕，想要看一眼司机的车牌号，奈何阳光实在刺眼，她只得作罢。

不过，她总感觉哪里不太对劲，这司机的语气是不是亲昵了一点儿？

而且，这声音怎么竟有点儿耳熟呢？

一辆银灰色的 SUV 缓缓从江越白面前开过，她收回已经踏出人行道的半个脚掌，后怕地退了退。

没想到，车子停住了。

借着 SUV 车身投下的阴影，江越白滑开手机看了一眼打车软件——

“司机师傅正在朝您飞速赶来。安全接单 5000 次，评分 5 颗星，滴滴出行，您最优的选择。”

SUV 的车窗摇了下来。

“越白。”

啊？谁在叫她？

江越白眨了眨眼。

“小白？”

声音来源于 SUV 内，江越白眯着眼睛抬起头。

“师哥？”惊讶之余，江越白脱口而出。

寄风穿着一件天青色的中袖风衣，内搭米黄色的斜纹 T 恤。听到令人满意的称谓，寄风勾起嘴角，笑容都快要被午后两点的太阳给融化了。他单手把墨镜推至鼻尖，另一只手解开安全带，探身越过副驾驶座，替江越白开门。

江越白的脑海里不合时宜地响起前段时间某知名诗朗诵选手的独家说唱：“淡黄的 T 恤，蓬松的头发，想和你一起去看最新展出的油画……”

她钟爱风衣，就像某些男孩子偏爱“黑长直”的女生，部分女生喜欢大长腿的男生一样。

穿风衣的寄风太帅了！

但人太激动，就容易精神紊乱；精神紊乱，就会让江越白智商归零。

江越白向前走了两步，她一只手搭在 SUV 被晒得滚烫的窗框上，另一只手滑开手机屏幕，把屏幕亮度调到最亮。

她看看显示离她越来越近的“司机王师傅”的电子名片，又瞅瞅帅得简直要飞出太阳系的寄风，鬼使神差地开口道：“师哥，你平时还跑滴滴？”

“江上寒说下午有事，让我带你去看牙齿。上车。”

路边上不能久停车，江越白只好先上车。寄风把车窗摇起来，重新系好安全带：“新手专车司机，第一次上路，请您扣好安全带，我们就要出发了。”

寄风自称“专车司机”，一口一个“您”，整得她越发地难为情。

江上寒，你为什么不早说啊！

江越白耳根发红，还好，她出门前洗了头，着装也不至于太家常。

也罢。江越白摸着自己的大腿，给真正的“王师傅”打电话，再三道歉又取消订单，付了补偿金后，她才有些脱力地窝进座位里。

SUV 十分宽敞，开了空调的原因，空间里弥漫着清淡的西瓜味，江越白抽了抽鼻子，一时间分辨不出是空气清新剂，还是寄风身上的香水味。

一年四季，江越白钟爱夏天。

世间水果千千万，唯有西瓜深得她心。

好闻又让人安心的味道包裹住江越白，她忍不住侧了侧脑袋，目光偷偷落在寄风的风衣上，然后慢慢上移，落在他的喉结上，起皮的嘴唇上……再然后，绯红袭上脸颊，江越白以手撑额，把脸偷偷转了回来。

她想吃西瓜了。

时不时地和寄风聊聊天，脑子里再盘算一下那幅未完成的画，到口腔医院下车的时候，江越白已经困得眼睛都快睁不开了。

打开车门，燥热的风灌进江越白的袖口，她昏昏沉沉地揉了揉眼睛，回身寻找寄风。

寄风把墨镜别在领口，单手插进风衣口袋里。天青色的衣角被风鼓起，阳光落在上面凝成一片细腻的缎面，仿佛都能渗出西瓜味儿来。

此情此景，江越白觉得自己应该说点儿什么。

“学长，谢谢你啊。你的车开得好稳啊，我都困了。”

称谓又变了回来，寄风眉心一跳。

江越白的头顶有一个可爱的旋，白桦老说，那是她叛逆不听话的标志。

寄风比江越白高出一个头，此时他居高临下地看着她的发心，满足地看着自己的影子把她完全包裹进去。

车开得稳？

寄风忍不住按了按眼角，他的舌尖舔过上侧的虎牙，轻轻用力。细微的刺痛顺着神经攀回大脑，把他从那些旖旎的遐思中拽出来。

他低头对上江越白清澈又真诚的目光，默默地叹了一口气。

寄风的嘴唇有点儿干，他开口："那就麻烦您给个五星好评，有机会获得'再来一次'大奖哟。"

这下，连江越白都察觉出不对劲了。

她本来是要夸人的，怎么感觉方向盘又打歪了呢？

不过，就寄风这姿色，这态度，别说再来一次了……哪里能办年卡？她可以努力赚钱争取包年啊！

呸呸呸，江越白！人家一本正经地和你开玩笑，你却在这里胡思乱想。

唉，都是风衣惹的祸。

医院的冷气打得很足，江越白平躺在套着塑料膜的诊疗椅上，凉意裹挟着消毒水味儿爬上她的胳膊，她起了一胳膊的鸡皮疙瘩。

这下，江越白的睡意彻底缩了回去。

照明钠灯啪的一声在面前打开，江越白有些纠结地把双手交叠放在小腹上，睫毛忽闪忽闪，就是没有找到一个能让她视线聚焦的地方。

这个角度，如果一直盯着天花板，她的完美内双就消失了。闭上眼睛是不是就能凸显她纤长的睫毛？可是闭眼张嘴的姿势也太丑了一点儿吧？

想到寄风就在门口站着，一偏脑袋就能看到她锦鲤躺尸的糗样，江越白只觉得如坐针毡，唾液分泌都不利索了。

就在她想要把脑袋往上移一移，尽可能展现圆领下秀气的锁骨的时候，齐医生终于按住了她的脑袋，暂时切断了她脑子里野火烧不尽的奇怪想法。

显然，齐医生对她的“多动症”不是很满意：“这几天，奶茶喝得开心吗？”

江越白打了一个激灵，双手托腮，防止口水流下来：“不开心。”

她理不直，气也不壮。

齐医生冷哼了一声，回身写单子，然后交给护士：“小刘，带她去照个 CT，顺便做一下牙清洁。”

江越白拢了拢领口坐起来，双脚晃荡了两下，一跃而下。

刘护士刚从卫校毕业三年，算起来和江越白也是差不多的年纪。

现在的小姐妹们，交朋友都走心，江越白剑走偏锋，她和刘护士交朋友走牙床。

“今天中午都吃了什么呀？”刘护士拿起单子朝江越白扬了扬，随口问道。

江越白小声嘀咕道：“……糖醋排骨。”

说完，她忍不住朝寄风那边瞅了一眼，就看到职业素养极高，把不苟言笑在脸上的齐医生，亲切地帮寄风理了理领口的褶皱，还从抽屉里掏出了一颗椰子糖递给他。

一颗椰子糖！

江越白的大脑卡顿了一下。

小刘：“你牙又疼了？”

江越白指着寄风：“你认识他吗？”

小刘：“认识啊，寄主任的儿子。”

江越白：“哦，寄主任……哪个寄主任？”

小刘：“上次齐医生出国访学时，给你看诊的那个寄主任。”

江越白蒙了。

崭新的人物关系承载着巨大的信息量，直到江越白走进了 CT 室，上了仪器，她才反应过来——寄风他们家挑儿媳妇，是不是还要提交牙齿健康报告啊？那她留给寄主任的初印象，该不会是“牙上三个洞”吧？

完蛋。

十分钟后，齐医生喊来几个实习生，用江越白的牙CT图，给他们上了一堂小课。

江越白拿余光偷偷瞄在一边旁听的寄风，心里或多或少有了点儿安慰。

她虽然有蛀牙，但是牙齿整齐啊！你看看，多么漂亮又标致的牙床啊！

“好了，江越白，你过来。”

“你的这颗牙已经感染到牙根了，单补的话效果不大，建议做根管治疗，我一会儿给你爸爸打个电话。”齐医生在电脑上做着记录，想起什么，回头又问道，“你在哪里念大学？”

“枫城。”

齐医生顿了顿，道：“小风也在枫城念书吧？”

寄风看了看江越白，莞尔一笑：“她是我的师妹。”

“哦，难怪。”齐医生点点头，跳过话题道，“做根管的话，一共有四个阶段，枫城还是有点儿远的，你来回跑也不是很方便。回去和你爸爸商量一下，看到底是在哪里做。今天先帮你把牙补一下，过来躺好。”

江越白还在想着齐医生先前的话。

难怪？难怪什么？是她刚才的眼神过于赤裸了吗？齐医生发现她的企图了吗？

她又听到寄风喊她师妹了呢。要不是在医院里，她愿意现场表演一个少女娇羞的样子。

回到停车场的时候，还不到五点。

阳光穿过树叶的缝隙落在车顶，织成斑斓的锦缎。

江越白盯着寄风沾了些泥的后脚跟，觉得今天不能就这么算了。

暂且不去讨论她和寄风今天这算不算是约会，也懒得去计较江上寒今天找寄风来陪她，到底是故意的还是特意的，此时江越白心里只有一个念头——如此天时、地利、人和的良辰好景，她要是就这么放寄风走了，她能后悔半学期。

学霸的字典里不允许出现“后悔”二字。

于是江越白小跑两步跟上寄风：“学长，你一会儿有事吗？”

寄风转过身来，单手抬至额前，稍稍遮住刺目的光线：“没有，怎么了？”

微风吹拂，从枝叶缝隙穿过的阳光瞬间变得生动起来，把寄风的身形衬托得更加瘦削。

江越白手指动了动，看着眼前的场景忽然就产生了一种置身漫画的错觉。

漫画里的男主角脸上挂着温和的表情，刘海堪堪遮住眉毛，风卷起他身侧的樱花，衣袂飞扬，他俯下身，朝女主角伸出手。

江越白眨了眨眼睛：“你想吃冰激凌吗？”

什么时候，她才能握住他的手呢？

寄风低头，猝不及防地朝江越白伸出手来。

第九章

江越白眼睫微动，身体下意识地朝后仰去。

“别动。”寄风的声音从头顶传来，像八月空调房里的一杯冰镇西瓜汁，清冽而甘甜。

鼻尖堪堪撞上寄风的胸膛，大片大片的芒果嫩黄色占据了她的视线。

太近了，近得她甚至能够辨别出，他周身萦绕着的淡淡西瓜味里，还掺杂着的几缕木质香，是干净又让人安心的味道。

寄风的风衣前襟拂过她的脸颊，江越白闭上眼睛。

阳光被梧桐枝揉碎，江越白闭上的眼底炸开一片青绿，她一时间有点儿眩晕，根本无法抵抗来自面前的，能让牛顿掀棺而起的十万倍吸引力。

有那么一会儿，江越白想要扔掉包袱，头脑放空，一头栽进寄风怀里。

头上传来轻柔的触感，江越白大梦初醒般猛地睁开眼睛，抬起头，看到寄风手里夹着一片叶子。他将叶子托在掌心。边角卷起的落叶一半青绿一半枯黄，江越白盯着他的手掌出神，心中有些失落。

不就是一片叶子！她晃一晃脑袋不就掉下来了吗？有必要靠得那么近吗？她还以为……

“不想吃。”

哎？

她眨了眨眼睛，这才反应过来——刚才她问寄风吃不吃冰激凌，寄风这是在回答她的问题。

不吃啊……不吃也没事！那下次就可以避雷……

“已经是秋天了，你是对你的胃太自信，还是把齐医生的话当耳边风？”寄风落叶放进口袋里，“饿了？”

江越白摇摇头，又慢半拍地拼命点头。

“我记得这附近有一家店的芋头做得不错，走吧，带你去吃。”

寄风口中的这家芋头店，开在口腔医院后面的步行街上。店面很窄，却十分热闹。加上正赶上节假日门口的队伍一直排到了隔壁来伊份门口。

“宝贝，我排了这么久的队，你就不给我点儿奖励吗？”

“你要什么呀？”

“要一个亲亲。”

“好啊。”

“好香，桂花味儿的呢。”

一对小情侣手挽手从队伍前头拐过来，桂花糖芋头的香气瞬间涌进了江越白的鼻腔，还带来几丝恋爱的酸味。

偏巧亲的那一声还挺响，正好在江越白耳朵里炸开。她摸摸发热的耳垂，不敢去看寄风的表情。

“那我去排队。”寄风挽起风衣的袖口，低头对江越白说道。

“别，不用！我去。”江越白连忙扯住他的衣角。

或许是因为增加了师哥牌的添加剂，纤维的手感竟也出奇地好，江越白忍不住来回摩挲了好几下。

她说：“人多，会把你的风衣弄脏的。”

而且，她也想要点一份桂花味的糖芋头。

都说养宠物的人家最害怕自家的宝贝“撒手没”，寄风这会儿可算是领教到了。

他看着冲到队伍最后站定，朝自己招手的“小兔子”，愣怔了几秒，不由得笑开。

“嗝——”

江越白看着手中只剩下桂花末的空盒子，拍了拍自己圆滚滚的肚子，舒服地打了个饱嗝。

哎呀，满足。

吃饱了就容易犯困，俗话说得好，饱暖思……

手掌碰到冰凉的栏杆，江越白一个哆嗦，赶紧将跑偏的思想拉了回来。

不能思，不能思。

“楼上新开了一家店，带你去消消食？”寄风压根不知道江越白的心思，他抬腕看了一眼时间，朝江越白招手，“转完送你回家。”

招手时，他的衣带抽紧，勾勒出绝佳的身段线条。

这哪里是招手？分明是招她的魂。

“是什么店？”

“你最喜欢的。”

她最喜欢的？莫非是……

江越白眼睛一亮。

商场二楼新开了一家数字魔方店，装修走的是酷炫的暗黑科技风。门口那个堪比鬼屋引路人的魔鬼铜塑十分引人注目，和旁边的儿童电玩城的装修风格形成了鲜明的对比。

江越白跟在寄风身后走进魔方店，在看到琳琅满目的魔方之前，就先被花里胡哨的重金属装饰物吸引了全部注意力。

不知道为什么，她总觉得这家魔方店的老板可能和学校东门咖啡店的老板师出同门。

毕竟这审美也太……

“乖乖，这镜面魔方也太精致——”江越白惊讶的语气戛然而止，快速抬起的手缓慢地落在架子上，轻轻地摩挲。

哇！铁艺的架子上竟然包了一层紫色的镭射保护纸！

炫酷！夺目！

她的目光缓慢上移：“这难道是……磁球魔方？”

磁性球魔方是由两百一十六块高度磁性稀土磁铁组成，每块磁铁有南、北极性，且自由创造度极高。在此之前，江越白还只在短视频里见到过。

然而……

“老板这是用铆钉拼了个头盔？飞船？火箭？”

还是粉红色的？

“不，小姑娘你知道银河护卫队吗？”

银河护卫队……树人格鲁特？！

江越白的眉毛一挑，她转过身来，看到从收银台边走出来一个扎海贼王头巾的男人，寄风就站在他的身边，手里多了一个袋子。

想到刚才自己的念叨有可能全被他们听了去，江越白的舌头微微卷起，尴尬得脚趾抠地能抠出三室一厅。

“我……”

老板神态友好地走了过来，顺手绑紧了自己的头巾。

他看向江越白：“小姑娘懂得还挺多。有没有喜欢的？祖国母亲过生日，我可以送生日礼物给你。”

啊？

来不及分析老板的神逻辑，江越白下意识地摆手拒绝：“谢谢，不用了。”

“真的不用了吗？”老板的表情有些难以置信，他的手不知道在哪里按了一下，头顶的灯球开始旋转，银色的光芒倾泻而出，店内的一切都像在闪光。

江越白觉得自己此时可能要出现幻听了。她求助地望向寄风，后者脸上的笑意早已压制不住了，抬脚朝江越白走去。

“谢谢老板，真的不用了。”江越白的目光恋恋不舍地扫过架子，做着最后的挣扎，“老板，你们家有网店吗？我们加个微信？”

兜着一肚子糖水回到家，江越白踢掉鞋子，左拐进卧室，扑倒在床上就不想动了。

床头柜上新换的熏香一点儿一点儿盈满她的鼻腔，和残留在衣袖上的清新气味暧昧地交织在一起。

江越白抬手盖住眼睛，不由自主地回想起一个小时前的画面。

枯黄的落叶，风衣的折痕，抓住了夏天尾巴的西瓜味……

江越白迅速扯过抱枕捂住脑袋，在床上滚来滚去，活像一条被扔到太阳能吸热板上的咸鱼。

从床尾滚到床头，香薰的味道越发浓郁。

江越白突然想起什么，她顺了顺弄得乱七八糟的头发，从床头柜抽屉里找出一张书签，一本正经地坐了起来。

这是一张手抄的香评。

去年过生日的时候，程夕送了她一瓶蓝风铃香水，那阵子网上祖玛珑香水的风刮得正盛，遍地都是文艺高端的香评。

江越白是理科生，“星河滚烫”“皓月清凉”这种词汇压根不属于她的日常储备。

但她看到这句话的时候，还是放下了她当作珍宝的花露水，掏出一张荷叶边的书签，端端正正地把这句香评抄了上去。

此刻，她小心翼翼地夹起这张书签，下床穿鞋，在画架前坐下。

画作略有瑕疵，右下方还留着大片的空间。

江越白舔了舔嘴唇，有些兴奋地提笔——你是翻涌而来，拍打礁石的海浪白雾，是岁月关不住的风衣少年。

趁着国庆油价暴跌的好时机，江上寒金卡一刷，换了辆新车。

正好江越白也要提前回去搞定魔方社外联赞助的事情，于是理所当然地坐上了这辆“东风当日达”。

碳素黑的流线型车身，酷炫的镶金色轮毂，油箱盖上独一无二的苹果树 logo，江上寒一打方向盘，座驾一个帅气的甩尾停在江越白面前，顺便扬了她一脸的尾气。

江越白上车后气哼哼地摔上车门。

江上寒：“怎么样，98 号的汽油尾气是不是闻起来还不错？”

江越白气得直磨牙。

“哥这车怎么样？奔驰 AMG-CLA45，四驱涡轮 2.0，一脚下去 5000 转，快到起飞。”

江越白装模作样地捧场：“听上去很贵的样子。”

江上寒摸着方向盘上的英文图标，报了个数字。

江越白对车子还没什么了解，只是下意识地和杨城的房价做了个对比。

哇哦，酷啊兄弟，难怪买不起房！

接到奚老师之后，江上寒顺便在附近的加油站洗了个车。

江越白突然想起什么，一拍大腿，从书包里掏出来一个新玩具——鲁比克 360。

鲁比克 360 基于魔方相似的原理，玩家的目标是要通过操控一个大球体中六个彩色的小球的位置，使它们卡进各自对应的小孔中。

那天从魔方店回来之后，江越白翻了翻店老板的朋友圈，发现它之后迅速下单，今天上午刚刚拿到货，还来不及仔细研究。

此刻正是天时、地利、人和的好时机！

江越白叼着奶酪棒，迅速进入了自己的世界。

一般来说，一旦沉浸在自己的世界，江越白是对任何干扰都免疫的，不过这次，没等她把鲁比克 360 翻个面，车门就开了。

热风乘机涌进来，江越白抬起头，熨烫平整的衣角裹挟着青芒果的味道停在她的身边。

是寄风。

江越白眨了眨眼，登时忘了自己的球已经滚到哪里去了。

寄风收好自己的包，与江上寒、奚宇打了声招呼。他和江家兄妹两个很熟，和奚宇是第一次见面，免不了一番寒暄。等到他把目光挪回来的时候，看见江越白正盯着自己，眼里是满满的惊讶与错愕。两人视线交会的时候，他捕捉到了她不加掩饰的惊喜。

寄风扬了扬嘴角：“早上好。”

江越白迅速收回了目光：“学长早！”

江上寒透过后视镜扫了一眼自家“小白菜”羞窘的样子，潇洒地抽出墨镜戴上，深藏功与名。

江上寒踩下油门，性能出色的轿跑差点儿弹射起步。强烈的推背感让江越白无意识地仰起头，她按住衣角，感觉有些心悸。

奚宇责备的声音从前方传来，江越白咬断了奶酪棒，右手轻轻摩挲着鲁比克 360。

干扰会自动绕开她。

但想念会自动黏上去。

江越白的想念自然是寄风。

把自己的两根奶酪棒献宝似的分享给寄风之后，江越白戴上耳机，低头继续研究起了手里的圆球。

午后的阳光丰盈明亮，车里弥漫着她喜欢的味道。

江越白抱着靠枕，头一点一点的。她把鲁比克 360 随意地一揣，歪着脑袋睡了过去。睡着之前，她隐隐听到，耳机里播放的正是上次寄风推荐给她的那首《甜甜》。

江上寒看了一眼后视镜，轻踩刹车，把车速稍稍放缓，又抬手调高了空调温度。

他微微扭头，故意打趣道："我们已经保研的寄选手，怎么也这么积极地回学校呀？"

"补选修分。"寄风偏了偏脑袋，压低了声音。

"选了什么课？有没有选奚老师的课？"江上寒不遗余力地推荐道，"我们老奚的课简直就是性价比最高的一门选修课了。我要是教导主任，我就给这门课 4 个学分，直接将它变为必修课……"

奚宇扫了他一眼。

江上寒没注意到这一眼，语气越发放肆："没有人比我更有发言权了，真要论起来，寄风和甜甜都得喊我一声师哥。"

"江上寒。"

"我闭嘴。"

寄风摇了摇头，心里倒是考虑上了。他把选修课的想法编辑了信息发给老徐后，手机界面回到刚才浏览的论文上，却发现一个字母都看不进去了。

师哥啊。

长时间没有操作，寄风的手机屏幕缓缓熄灭。

其实，他倒也不是一开始就对"师哥"两个字情有独钟的。

寄风侧仰着头，窗外的风景飞快地从眼前掠过，他浅褐色的眸子渐渐阖上。

他好像梦到了几年前。

对大多数高三生来说，高三的课程沉闷且枯燥，英语阅读的关键人物 Tom 和语文背诵天团唐宋元明清，每时每刻都在脑子里打架，只有每天午夜十二点以后的夜才是安静的。

偏偏寄风是个例外。

常年征战各类数学竞赛拿回来的奖状，成功地为他换来了一张城大的免试录取通知书。

这张烫金的红色通知书，是很多人梦寐以求的终点，可对于当时的寄风来说，它不过是他书桌上用来垫平板电脑的一张纸罢了。

他理想中的终点，是和他的朋友们一起去美国芝加哥拿一个联赛团队金牌。

可是……

“我的自主招生学校不太理想，我妈想让我再努力拼一拼帝都的学校。”

“加州伯克利的威廉安导师接受了我的项目入组申请，他要求我这个月内做一份详尽的文献综述，所以很抱歉，我……”

“不是都已经拿到保送名额了吗？还有必要这么拼吗？”

“我没空。”

……

前不久还一起血战题海，不眠不休，共同摘得国内最强赛事金牌的竞赛小队，在成员陆续获得了保送名额之后，因为各种各样的问题，终是没有办法再聚齐。

与其说是没有了冲击世界赛的勇气，不如说是忘记了他们沉迷数学的最初的心愿。

录取通知书寄到的那一天，寄风住的这幢楼因为电路检修问题集体断电。

同电灯一起暗下去的，还有寄风的心。

他靠在窗边，借着屋檐上的应急灯，给远在澳洲开会的父母打电话。

轻微的英语讨论声中，寄承冷峻的声线被无线波镀上了一层遥远又陌生的金属质感。父亲轻描淡写的一声“知道了”，直接把寄风攒了一肚子的话给堵了回去，也浇灭了他的自豪感。剩下的那三分委屈，则在拨打母亲电话时，听到的那句“对不起，您拨打的用户不在服务区……”中自我消化。

倒不是他们真的不关心寄风，只是，在大人的眼里，货真价实的荣誉更重要，夸奖则不然。

也是这个晚上，还有三个月才十八岁的寄风，学会了权衡和自我消化。

第二天，他被参加竞赛时认识的兄弟江上寒拉去一条街之隔的一中踢球。

金黄色的银杏叶铺了一地，校园眼保健操的音乐被阳光晒软，穿情侣装的大学生在街边的树下拥吻自拍，快门声惊走了躲在校园围墙边偷偷买零食的初中生。

江上寒突然笑着喊了一声什么，寄风顺着他的视线望过去。

彼时刚好有风吹起落叶，大眼睛，波波头的小姑娘熟练地踩着路肩蹦过来，从身后捧出一小块巧克力蛋糕。

“喏，天恩颂的最后一块熔岩芝士蛋糕，给你留了一口。”

“咦？你还带了朋友……那就再分一半，你俩一人一口好了。”

小姑娘自说自话地分着蛋糕，嘴角浅浅的梨涡若隐若现。她忽然抬起头来粲然一笑，厚厚的齐刘海下，一双杏眼清澈明亮。

寄风愣了神，听觉却格外灵敏起来。

“小孩子要有礼貌！还不叫人？”

“那我应该叫什么？叫师哥吗？”

“叫哥哥！叫什么师哥！说！是不是又偷偷买了言情小说看？”

“你管《天龙八部》叫言情小说？”

……

一个急刹车将寄风从回忆中拉了出来。

阳光刺目，寄风睁开眼睛。身边的小姑娘歪着脑袋睡得香甜，被玻璃折射出的橘黄色光晕把她暖暖地包裹在里面。

她左颊的梨涡浅浅的，与记忆中的样子重叠了。

江越白一手拎着包，另一只手端着半开的电脑挤开玻璃门，正上方的空调口吹出的风猛地向她袭来，让她原本就蓬松的头发直接开了花。

江越白泄气地闭了闭眼，甩了甩头继续往里走。

“姐妹！这里！这边这边！”

路过墙上著名的印象派名画，江越白抖了一下肩膀。循着声音望过去，她意外地看到了坐在老位置上，戴着耳机，半撑着脑袋做沉思状的意中人师哥，以及坐在他前面的卡座里，正努力把半个身子探出来，朝她挤眉弄眼，夸张地招手的荞麦。

魔方大赛前期有相关的准备工作要做，外联组除去她和荞麦，其他三位小哥哥是大二和大三的学长，他们包揽了和某校园网指定运营商交涉冠名权的关键任务，把校园周围的交涉任务交给了两位学妹。

“情况怎么样？”等江越白把头发收拾好，荞麦立即迫不及待地开了口。“嘘——小点儿声，不要打扰别人。”江越白伸手指了指后方，然后她两手一摊，摇了摇头，问荞麦：“你呢？”

荞麦叹了一口气。

分头行动之前，两人其实是做过规划的。

程夕掌握着学校南门最繁华地带的旺铺（小吃店）老板的微信，她慷慨地全部分享给了江越白。而荞麦的小叔是万达广场的某部门经理，在小叔的建议下，万达三楼的大玩家游戏城成了她的首要攻克目标。

理想很丰满，现实很骨感。

显然，两个人的初次出征都遭遇了滑铁卢。

门口再一次循环播放起提神醒脑的《常回家看看》，一个身着T恤的青年冲了进来，他的右腿撞上她们的桌子，发出不小的动静。

江越白抬起头，只看到一抹蓝色的背影。

荞麦扶稳了桌上摇摇欲坠的花瓶，挽着江越白的手扭过身子看热闹。

“咝——痛痛痛！”青年龇牙咧嘴地抱着腿原地跳了几下，随后迅速地在寄风对面坐下，“我就说你肯定在这里，老宋还不信。”

寄风扯下耳机，有些头疼地揉了揉眉心。

白杨：“师哥，你咋不接电话？”

“……静音了，没注意。”

“嗐，你还是赶紧看一下手机吧，老宋……”

寄风没有理会聒噪的白杨，他快速地将文档保存，又将几篇论文的重要部分做上标注，弄完这些，他的目光终于离开了电脑。

“您这样废寝忘食的学霸偶像实属我们的榜样，不知道小人有没有荣幸先打探一下今年校级选拔的题目……”

寄风的视线越过白杨，看到了正撑着脑袋，对口若悬河的白同学行注目礼的江越白。

寄风换了个坐姿：“你们什么时候来的？”

话音才落，一只白乎乎的四脚兽从沙发跃上桌子，翘起的尾巴傲娇地扫过电脑屏幕，直接一屁股在寄风的臂弯里坐了下来。

咦？！

江越白和荞麦默契得同时瞪大了眼睛。

“我这不是……”白杨麻溜儿地接话，说了四个字之后才反应过来，寄风口中的那个“你们”并不是指自己。

注意到寄风的目光，他也回头看了过去。

咦？右边的这个学妹好生眼熟！好像在哪里见……是在程夕的手机壁纸还是电脑上？不对，真人应该也见过的。

江越白哪里知道白杨的这些心理活动，见他一直望着自己的眼神由好奇到恍然大悟再到匪夷所思，连带着她自己也紧张起来。

虽然对于江越白的脸，白杨的印象并不深，但是对于自己和程夕的关系，他可是有十二万分的自信。既然是能够成为程夕壁纸的好闺密关系，那自然也应该听说过他白杨的大名！

一瞬间，白杨满怀自信地开口：“我是程夕的兄弟，你应该认识我吧？”

啊？她应该……认识吗？

这个身形，这个说话的音调，和喋喋不休信口开河的风格……

确实挺熟悉的。

江越白陷入了沉思。

“学长你好，我们就……打个招呼。”荞麦有些尴尬地挥着小手，目光死死地盯着白色猫咪。

虽然没有直接接触过，但荞麦显然也是认识寄风的。只是此时她一半的智商被猫咪分走，另一半的智商艰难地分析着寄风话中的意思，一时间有些摇摆不定。

短暂的沉默过后，江越白对上白杨自信的目光，咽了一口口水，犹豫地开口：“叶……叶老板？”

“呵——”寄风没忍住，伸出一只手掩住了嘴巴。

白杨疑惑地瞪大了眼睛，随后陷入了悲伤的自我怀疑。他这身高，颜值，智商，是叶磊能比得上的吗？

再说了，他有那么娘？

白猫受了惊，不满地扫了扫尾巴，轻盈地从桌上一跃而下。荞麦这个猫奴的眼睛瞬间放光，征求了寄风的同意之后，她迅速地从江越白身后挤了出去，满足地撸起了猫。

江越白连忙道歉：“对不起，对不起，我有点儿脸盲，所以……所以一般都不主动打招呼……真的对不起，我请你喝奶茶吧。”她不由得回想起前几次不美好的脸盲经历，觉得自己尴尬得不行，快被脸盲症逼成社恐了。

见白杨依旧有些郁闷，江越白将求救的目光转向寄风：“师哥——”

这声“师哥”大大地取悦了寄风，他突然明白了当初江越白拦住他追星告白的原因了——原来是脸盲症啊。他不由得心情大好。

于是他指挥白杨去吧台拿菜单，随后指了指被荞麦抱在怀里的白猫，替她开口解围："老板今天有事不在，它代班，所以你这个称呼理论上也没错。"

又问江越白："你们呢？来喝下午茶？"

江越白还在为认错人尴尬，听到寄风的话，她顿了一下，把她和荞麦目前遭遇的困境如实向他道来。

"我听明白了。"寄风点点头，又对江越白招招手，让她坐到这一桌来。

白杨无故受他差遣，虽然很不愿意，但是腿和手怎么就不听使唤呢？

"你们的大方向应该是没有错的，不过，有两个点你们在犹豫，导致收效甚微。"寄风从电脑底下抽了张纸出来，接着说道，"首先要确定的，是你们的心理需求和目标区间。"

"广义上的心理性需求是指——基于实验设计者的心理特征而特有的心理满足情绪。简单来说，就是你们要先定一个预期收获，比如，你想要从黑泷堂奶茶店的老板手里要来多少赞助，是具体的钱，还是一定数量的奶茶。目标区间不用我多解释，类比实验中的被试群体，若数量多，范围广，从某种角度上来说，不仅会没有针对性，而且会加大工作量。"

江越白若有所思地点点头，但她依然有些疑惑："老板不会无缘无故地答应投资，如果他们提出要求的话，我好像也做不了主……"

"这也是一种心理需求。或者说，是人对于平衡关系的需求，每个人都有，具体的情况和分寸你可能要和你们部长或者……社长商量一下。"

江越白恍然大悟："所以奶茶店的老板更愿意供应奶茶，既把奶茶带进了校园，还扩大了店铺的知名度！"

妙啊！

江越白眨了眨眼睛，心中对寄风的崇拜又多了几分。

白杨从吧台折返回来，已经在边上站了一会儿，听两人讨论完，这才把菜单放在江越白面前。

他挠了挠后脑勺，小声地开口："这好像是之前市建模队校园选拔赛的一道题？"问题情境、设置的条件都是相似的。

建模？江越白愣住了。

初次听到"数学建模"这个概念时，她条件反射地把这四个字，与高级数学公式和复杂的概率关系等联系在了一起。尤其是她拜读了寄风的那些论文之后，她的这种想法更强烈了。

可是，现在他们只是在说生活中非常简单的一件小事啊，这也能和建模扯上关系？

寄风点点头回应江越白的质疑，大致向她介绍了一下："数学建模可以应用于各行各业，根据实际问题来建立模型，综合信息，列出假设结果。"

又回答白杨道："市场调研属于很常见的问题，之前也确实有过类似的题目。"

只差一个目标预期和最优成本，江越白和荞麦这次的问题就能成为一道具备操作可能性的现实问题了。而这两点，也恰恰是她们目前需要考虑的。

"那就简单了。给我两个小时，我来帮你们算一下最优方式。"白杨是建模的骨灰级爱好者，闻言不由得跃跃欲试。

然而来自学长的冷水兜头浇了下来："不需要。"

"虽然我不主张题目脱离实际，但是眼下的情况确实不需要想得这么复杂。"

寄风对江越白补充道："建模的很多环节你并不清楚。如果你有兴趣，我以后可以给你单独分析，但是现在不需要。"

没必要把简单的问题复杂化，将复杂的问题简单化才是数学家们要做的事情。

白杨撇了撇嘴："可是那道题和现在的情况也太相似了吧！"

简直就像量身定做的一样。

"再强调一次，建模来源于现实问题。"寄风淡淡地说道，"那道题是我根据现实情况改的。"

这个酷装得就有点儿过分了！

白杨沉默不语，又转念一想：师哥就是师哥！这追女生的招数，属实高级！

又交流了几句，寄风将纸笔递给江越白，给她和荞麦留下思考的空间。他刚解除电脑屏保，想要继续刚才的思路，余光瞥见大门被拉开，风风火火地又冲进来一个人。

已经打起了瞌睡的白猫迅速打了一个滚站起来，朝门口跑去，蹭着来人的裤脚，发出小小的咕噜声。

宋子归单手捞起白猫，另一只手举着几张纸，一眼扫到寄风的身影，明显松了一口气，大步跨过来。

"社长好！"

见到偶像，江越白的注意力瞬间转移了过来。她的手伸进包里，下意识地就要去找魔方。

偶像答应教她的空转，不知道今天有没有时间！

宋子归匆忙和两个学妹打了个招呼，连忙把手中的单子放到寄风面前。

"快签快签，还有半个小时校办就关门了。"

寄风皱眉。

宋子归眉心一跳，暗骂了寄风几句，但是面上还是难得地挂起了谄媚的笑容，看得白杨一阵恶寒。

宋子归缓了缓气息，刻意将语气放缓，甚至用上了敬称："尊敬的主席大人，您面前的是魔方社通力撰写的大赛企划方案，知网查重率低于百分之三，已获徐指导、郭副书记以及院里其他领导的批准，现只需要您抬起尊贵的手——”

江越白掏魔方的手停住了。

寄风也觉得一阵恶寒，他轻轻“啧”了一声：“宋子归，我再给你三秒钟。”

阴阳怪气，天打雷劈！

宋子归清了清嗓子，跷起腿：“魔方大赛的场地审批书、资金预算要你签个字。”

顺利地要到了签名后，宋子归看了一眼表，又拍了拍寄风的肩膀，转身就要离开，却硬是被寄风拽住了。

“你干啥？我再不走，校办真要关门了！明天是周末，他们不上班啊！”

寄风摊手：“你的学妹有问题要向你请教。”

宋子归低头，正对上两双炯炯有神的眼睛。

与江越白、荞麦两人交流过具体的赞助方式以及魔方社的预期资金需求后，宋子归转身就跑，顺便拉上了在一旁看热闹看得正欢的白杨：“你一千米跑多少分钟？”

“三分多——”

宋子归把文件往白杨怀里一塞，撑着膝盖，朝他做了个加油的手势：“冲！”

“脚不由己”的白杨一脸生无可恋地接下了这门苦差事。

咖啡店内，荞麦对江越白道：“那我赶紧去啦？去晚了我怕我叔叔就去接我妹妹放学了。”说完荞麦收拾好书包，起身离开了。

只剩下两人一猫，江越白就更舍不得走了。

这算是她第一次见到建模的具体情境，也是离他的领域最近的一次。

她有些兴奋，忍不住开口：“所以，用已知的数据去计算未来不同的结果，有效规避损失，这才是建模的精髓？”

寄风失笑：“从数据的角度来说，每一种结果都有其必然性和合理性。至于风险和损失什么的……那是投资人的事情。”

江越白似懂非懂，她转着笔思考着寄风的话，偷偷打量聚精会神工作的师哥，觉得自己好像……更喜欢他了。

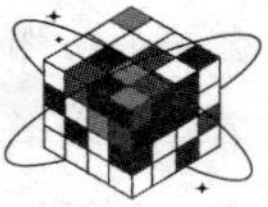

第十章

作为现代高新技术的重要组成部分，数学建模课程起源于美国，在二十世纪八十年代被引入中国大学课堂……近年来，团队建模竞赛形式兴起，建模成为不同学科交互的一种方式，强化了数学学科的功能化地位。近十几年，来这项竞赛的规模正以平均年增长百分之二十五以上的速度发展……

截稿前，编者收到了来自大洋彼岸的喜讯：由中国枫城城市大学的一位导师及两位同学，以及科技大学的一位同学组成的中国队，在本次全美建模联赛中再创佳绩……

在科学技术迅速发展，计算机日益普及的当下，编者憧憬着越来越多的青年人加入数学建模队伍，在各行各业开花结果！

江越白用食指扫过最后一行楷体小字，轻轻呼出一口气。

她合上杂志，封面上黑色粗体的“青年周刊（建模特辑）”几个字低调又醒目，似蕴含着无穷力量。

虽然她还没有探索过建模的世界，没有亲临过颁奖现场，但光看着这些文字，想象着寄风意气风发的样子，她的心中就无比兴奋。

“……距离下课还有三分钟，下面请每排的第一位同学帮我收一下作业，大家记得用胶带或者便利贴在自己的魔方上做一下标记。”

讲台上，老师的声音随着伴着麦克风间歇发作的电流声回响在教室，惊醒一众或睡或趴的学生。

“这次作业也算一次点名。”老师慢悠悠地补充，“众所周知，我的课只有平时成绩。”

思凡匆匆忙忙关掉手里的视频，从包里掏出魔方，手忙脚乱地拆包装。

四处都是抱怨声和哀号声，思凡淡定地把包装纸和说明公式书揉进包里，随后明目张胆地把自己崭新的魔方和江越白放在桌角的魔方交换了一下位置，再掏出便利贴写上自己的名字。

这节课的重点是学会还原第一面，以江越白的水平来说，这就属于降维打击了。知道这节课的学习目标之后，江越白早就把魔方还原好了。

她看了一眼思凡窃喜的表情，又扫了一眼PPT上呈现出来的图案，挑了挑眉，提醒思凡：“你这个审题能力……”

思凡本来还在庆幸，闻言一抬头，这下傻了眼——PPT上呈现出来的图案，是红色面的“十”字图形，倒确实是学拼单面的必经步骤。

若作业是复原一面，那只要把复原成功的魔方打乱其他几个面就行了。这搞个“十”字图形出来……

不得不说，姜还是老的辣啊！

课间广播问答节目的标志音乐响起，选了魔方课的同学们三三两两地走出教室。

江越白戴上耳机，从包里掏出一本《多元应用统计分析》开始看。

除了魔方课，江越白和思凡还一起选修了中外美术鉴赏课——毕竟奚宇是江上寒的朋友，得捧他的场。巧的是，教务老师今年将这两门课排在了同一间阶梯教室，而且是一前一后的上课顺序。这也就意味着，她们不需要挪教室上课，连座位都不用挪。

思凡掏出手机捣鼓了半天，转头问江越白要身份证："为了你的寄师兄，快点儿交出身份证。"

江越白一脸蒙。

思凡不屑地指指江越白压在胳膊肘下的英语论文，那上面密密麻麻地标满了各种音标以及中文翻译。

她又把手机屏幕展示给江越白看，是英语四级考试的身份核对页面。

"以你现在这个英语水平，难道要抱着有道翻译去建模？"思凡无奈地摇摇头，"江小姐，我去帮你签字。"

教室里越来越空，周围也安静下来。江越白重新戴上耳机，继续研究生涩难懂的专业知识。

数学的大一课程中，有一门就叫"概率与统计"，所以在题目中看到"欧氏距离""矩阵的迹"以及"特征函数"这些概念的时候，结合着课堂笔记和自己的理解，她基本也能看懂。

直到她看到"$\bar{x}$和(n-1)S的抽样分布"，这道题对现在的她来说，显然有些超纲。

江越白又薅下几根卷毛，开始翻教科书和参考文献。

校园的户外广播里，正播着树洞类节目，舒缓的背景音乐里，温柔的少女音小姐姐一封一封地读着来信——

"学姐，我是大一的学弟，是哪个学院的不能透露，因为特征太明显了……我是以区状元的分数被城大录取的，虽然这个名次有幸运的成分在里面，但是从前我一直希望自己成为聪明人里最勤奋的，勤奋人里最专注的，我也一直这么要求自己，直到我进入城大。

“我是工科类专业，在大一就已经有了实践课程。在完成小组作业的时候，我发现我的伙伴们都是无师自通类型的，我还在消化吸收课堂内容的时候，他们就已经能举一反三完成了实验，而且还分工明确。

“最可怕的是，我发现班里大部分同学都是这样的，他们自信又出色，只需要课上那一点点的时间，就能够掌握全部知识了……这让我长久以来建立起来的信心有点儿崩盘……”

好不容易搞明白一个公式，江越白又换了套题列了个思路，果然顺手很多。她揉着脖子，又伸了个懒腰，刚好听见广播中的那句“只需要课上那一点点的时间，就能够掌握全部知识”。

江越白不置可否地笑了笑，在书里放上一张“星黛露”书签，开始收拾东西。

兄弟啊，你身在全国排名前五的顶级院校，思考到底是别人聪明还是自己笨这种问题，不觉得有点儿矫情了吗？

不要避讳别人的天赋，也要正视自己的努力。

努力少女江越白掂了掂怀里的“知识”，从倒数第三排往前挪。

魔方课就算了，奚宇的课还是要往前坐的。

刚在第一排坐好，又给思凡发微信告知了一下，再抬起头的时候，奚宇已经到了。

奚老师今天穿了一件白色的毛衣，腰线上有两颗精致的墨绿色扣子。

既然坐了第一排，那肯定不能在堂上明目张胆地研究建模，那就只能做线性代数的家庭作业了！

江越白喝了口无糖乌龙茶，苦得她直皱眉，刚放下杯子，就听到奚宇喊她：“越白。”

江越白乖巧地凑过去，就看到奚宇拿出一张彩色打印的宣传单递给她。

简洁的排版，水墨画风格，标题一看就是大师题字。江越白大致扫了一眼，看到“丰子恺杯”四个字后就心下了然。

这就是十一放假时奚宇提到的那个绘画大赛，当时她还以为奚老师只是随口一提，没想到这个机会还真落到她头上来了。最近她忙着魔方社外联以及学习建模，如果不是奚老师告诉她，她可能真就错过了。

“谢谢奚老师！”江越白连忙把宣传单收好。

“之前看过你的画，很有灵气，要好好把握这个机会。”奚宇又给江越白提出了几点专业方面的建议，最后说道，“考虑一下我刚才说的，再注意一下色彩，整体上会更好。提交期限以及方式在这张纸的背面，不要忘记了。”

“好的好的，谢谢奚老师！”

“嗯。”奚宇摸了摸江越白的脑袋。

上课的时间快到了，教室门口显得拥堵起来。大概由于奚老师颜值高的关系，这堂课的上座率比魔方课可高多了。

江越白小心翼翼地揣着她的宣传册回到讲台右侧的位置上坐下，正撑着脑袋发呆时，目光瞥见教室门口走进来一个人。

周围同学的脸上挂着不同的表情，有的烦躁，有的喜悦，他们脚步匆匆，或推搡嬉笑。在这喧闹又青春的氛围里，一脸平静的他就显得格外突兀。

他踏着在广播的音乐进门，轮廓清晰，身形修长。

微风夹杂着室外除草后留下的青草味道吹进来，江越白打了个哆嗦。

她盯着寄风那特征极其明显的下巴，回想到军训时江上寒给她的留言。

她的确是见过他的。

江越白这样想。

带着青草味的记忆呼啸而来。

江越白清晰地记得，那是在她上初三，即将中考的那个清明节。

她刚过完十五岁生日，身高蹿到了一米五五，体重也飙到了一百二十斤。重点是，下个月就要进行体育中考了，不仅要测身高、体重、体脂率，还要选测跳绳、跳马、跳远、仰卧起坐、肩肘倒立、实心球……以及八百米。

中考体育的四十分计入中考总分，而在各项考核中，如果每项都能达到“优秀”，那么就可以获得满分，反之，就相应扣分。

当时游泳还没有纳入中考体育测试的范畴，每个女生都要跑八百米。

好在，女生的八百米和男生的一千五百米，只有“合格”和“不合格”两个选项。

八百米的优秀线是三分四十五秒，而江越白的最好成绩，是三分四十八秒。

不合格，等于中考扣分，等于一分千人。

江越白觉得自己身上的每一两肉都在哭。她拍拍小肚子决定减肥，坚信减肥能使她健步如飞。

跳绳的动静把家里的晾衣架震倒之后，她被她妈赶了出来，又被正好出门打球的江上寒捡到，带到了最近的光华小学去锻炼。

江越白记得，那个时候的江上寒已经是枫城城市大学的风云人物了。那天午后她的好哥哥和他的“狐朋狗友”在操场上踢球，她则绕着操场一圈一圈地跑着。

正是万物勃发的季节，校园里的草长得那一个叫飞扬跋扈。

趁着假期，园艺工人进来打理景观，有个大叔开着割草机哼哧哼哧地割草。雨后的空气里夹杂着潮湿的泥土味和铁锈味儿，割草机工作时，还会有湿漉漉的青草味儿混进来。

每当她跑不动了，停下来盯着扬起来的草屑发呆时，江上寒还会朝她挥一挥手，嘴里高喊：“甜甜！跑起来！跑起来！”

倒不是她不想跑，她是真的跑不动了。

前几天下雨，没法出门锻炼，在家运动又太闹腾，她就只能靠少吃来减肥。

长身体的年纪不吃饭，极容易引起低血糖，就像她一样。

呕吐的感觉阵阵袭来，明明还睁着眼睛，眼前却只见白光，周围的声音突然听不真切，耳中只剩下尖锐的长鸣。

江越白脚一软，直挺挺地向后摔下去。

好不容易缓过来之后，她躺在还有些潮湿的塑胶跑道上，手脚冰凉，连爬起来的力气都没有。

这个时候，一只手用力地把她整个人都提了起来，带着她走了几步，在最近的石凳上坐下来。接着一瓶打开的水出现在眼前，握着瓶子的手骨节分明，手指修长，手背上随意地贴着一个创可贴。

江越白用手抱着瓶子，小声地道谢。也不知道是不是她的手太冷，她觉得这瓶水竟然是温的。

嗓子很干，但是她实在是没有力气喝水。

其他人也围过来了，七嘴八舌地嘘寒问暖，他却格外安静。

江越白侧身抬头看去，午后的阳光透过树叶间隙洒下来，勾勒出他的眉眼。从江越白的角度，只能看到他的下巴。斑驳的光影里，他轮廓清晰，身形修长。

“甜甜！甜甜！你别——”江上寒从远处飞奔过来，嘴里还在念着什么，江越白皱了皱眉，她听不清楚。

割草机的声音突然停了。

眼前的画面由模糊变清晰，江上寒还在说着什么，可是画面闪得太快，来不及抓住。

此时，十八岁的江越白顺着十五岁时的视线，屏息看去，江上寒正在和他说话。嘴唇的动作被放慢，话中的某两个字更是被刻意地放慢，从口形来看，被喧嚣的风声隐去的那两个字分明就是寄风。

上线性代数的老师难得拖了几分钟堂，等到江越白赶到图书馆的时候，二楼和三楼都已经没有位子了。

江越白爬上四楼，掂了掂怀里厚厚一沓的书和笔记，站在走廊上看了一会儿贴在墙上的独立自习室收费标准，然后大手一挥，刷卡进了单独的“包厢”。

在不同的区域，独立自习室的大小也有不同。大一些的活动室专门用于进行小组合作，讨论作业，需要提前预约，而像江越白所在的双人自习室是规模最小的一种，收费比较低，而且不需要预约，先到先得。

江越白按照作业的轻重缓急，把书本在桌上摆放整齐，随后揉了揉眼睛，从包里掏出还剩一半的咖啡和坚果棒，趴在桌子上恢复体力。

之前光顾着跑赞助和学习建模了，她完全忘记了放假冲掉的数学分析课要在这周补上。作为数学系挂科率最高的一门课，光是完全弄懂书上的几道例题，就让她熬到了凌晨。

有的时候，江越白不得不感叹自己在某些方面的运气，包括但不限于在狼狈的状态或各种意料之外的状况下，偶遇暗恋的师哥。

江越白踮着脚站在两排亮灰色的书架之间，把手里的书放回到原来的位置。

她看了一眼手机上被放大的条形码，用手指沿着书脊第三遍点过去，依然没有发现自己想找的书。

“0522.3，0522.6，0524.8……咦？”

不对啊！江越白疑惑地在手机上再次确认了一下这本《仿生智能计算》的库存情况，的确是有一本没有借出去的。那应该是还没有入库，那她就在这里等一会儿好了。抱着这样的想法，江越白戴上卫衣的帽子，倚着书架蹲下来。她摸出手机给不停骚扰她的思凡回消息。

十五分钟前——

天上下凡三圣母：“还有三个小时就要吃午饭了。”

天上下凡三圣母：“今天不是很想吃食堂。”

三十九秒前——

天上下凡三圣母："请你去外面吃麻辣盛宴？"

江越白懒懒散散地打字。

江小白日做梦："看到我的昵称了吗？"

江小白日做梦："想吧。"

天上下凡三圣母："哇，不睡觉也不吃饭，你这是要成仙。"

江小白日做梦："你不知道吗？仙女都是喝露水，不睡觉的。"

天上下凡三圣母："那不是巧了？天上地下的仙女都归我管。"

聊天界面上方显示"对方正在输入"的字样，江越白又想出几句损人不利己的话来，手指在键盘上打字打到飞起。

"越白？"

熟悉的男声从头顶传来，语气中还带着点儿分不清是惊讶还是惊喜的情绪。

乱七八糟的数字和字母在聊天窗里生成，江越白手一抖，就这么发送了出去。

江小白日做梦："那是王母不是三圣母 shs!WQEsia"

天上下凡三圣母："？"

天上下凡三圣母："完了，这喝的是花露水。"

天上下凡三圣母："毒性太大了。"

……

"师哥，好巧啊。"

江越白撑着大腿站起来，蹲得太久，站起来时有点头晕，她连忙扶住书架，缓过劲的时候扫了一眼自己被程夕称为"病号服"的穿着，以及快被她踩成拖鞋的运动鞋，默默地转了转脚踝。

这算什么呢？江越白自暴自弃地想，反正寄风几年前就见过她体重一百二十斤，毁天灭地般砸在塑胶跑道上的样子了——如果他还记得的话。

一时间，江越白也说不清自己现在的心情，到底希望寄风记得的是追错星的她，还是跑步晕倒的她——反正都不是啥好经历，也罢，也罢。

江越白不再纠结。

“导师有项目安排，过来借一些资料，有点儿费神。”寄风一边轻描淡写地提起已经让他们团队头疼得三天没睡好觉的大项目，边把手中的书按照编号放回到指定的位置上。

江越白扫了一眼他放回去的书，可不就是她一直在找的那本《仿生智能计算》？

草绿色的封面上，以人脑为中心，环绕着几个五颜六色的小球。虽然不厚，但一看就很难“啃”。

注意到江越白的眼神，寄风疑惑了两秒，随后了然：“你是在等这本书？”

江越白点点头，也没打算隐瞒：“这两天在努力地补习这些知识，按照大神说的，这应该是我接下来要看的第三本书。”

江越白的答案非常出乎寄风的预料，他又将它抽出来几寸，露出标题和作者，突然有些好奇：“大神都给你推荐了哪些书？”

“《多元应用统计分析》《数学模型》这两本我已经看过了，还有就是《运筹学》《神经网络的43个案例》这种……”

寄风皱眉：“哪里的大神？”

江越白声音变小：“豆……豆瓣……还有知乎……”

寄风叹了一口气：“你应该直接来问我。”

“这些书对现在的你来说，暂时还深了些，不如先看看这几本。”

寄风半弯下腰，快速地将底下两层书名浏览了一遍，随后抽出两本递给江越白。

他的手掌很宽，手指修长，明明是两本挺大的书，被他拿在手里倒显得挺袖珍的。

“这本《MATLAB揭秘》相对来说比较基础，等你看完了之后可以再来找和它一个系列的《MATLAB速查手册》以及《MATLAB从零阶到进阶》。”寄风缓声道，“系统的学习能够帮助你快速入门。”

“睡不着的时候就看这本，助眠效果还不错。”

那本书有着蓝黑色的封面，上面一行花体的英文大字。江越白大致翻译了一下，应该是历年来的美国建模联赛的优秀论文集。

纯英文的，果然助眠。

俗话说：“学好数理化，走遍天下都不怕。”但没人告诉她还要先学英语啊！

“师哥啊。”江越白将两本书抱在胸前，声音有些闷闷的。

“嗯？”听到“师哥”这两个字，寄风的心尖被勾了起来。

“你觉得，我以英语四级的水平去学建模的话，会不会被老师赶出来？”

寄风失笑：“这个和四级、六级其实没有什么必然的联系。”随后含蓄地提醒她，“只是大部分的软件、方程式以及编程码都是英文的，专业性比较强，所以英语算是一门必备的语言工具……而且，最高级别的比赛，是在美国进行的。”

见江越白垮着个脸，寄风安抚她道：“这些书够你看一阵子的了，有不会的随时可以找我。”

手机在口袋里振了一下，寄风寻思着应该是导师又下达任务了。

“随时吗？”江越白突然开口。

“那现在可以吗？”猛然察觉到自己这样开口非常唐突，江越白又矜持地解释道，“前两天就一直有几个问题，没好意思打扰你。”

她的声音越来越小，脸也有变红的迹象。他刚才还说工作让他有点儿费神，那肯定很忙吧？这样是不是太冒失了？

就在她以为要被拒绝的时候，寄风开口了：“好啊，但是这里好像已经没有位子了。”

“有！”江越白眼睛都亮了，“在四楼，我租了独立自习室！”

寄风揉了揉江越白的头，拿着手机走出了阅览室。

虽然他手头的工作让他的每一分每一秒都非常重要，但是，眼下有比这更重要的事。

过了几分钟，寄风从底楼借了台笔记本电脑上来。他坐在江越白的对面，让她先写一会儿作业，自己则打开电脑，插上U盘，快速地修改起文档来。电脑端微信的声音不断响起，他手指翩跹，表情严肃，间或皱起眉头，露出思考的表情。

江越白咬着笔头，用余光偷偷地打量寄风。

好像真的打扰到他了。

阳光透过百叶窗照进来，光里能够看到飘浮的灰尘。

手中的书被保存得很好，可能只是因为借阅的人实在太少。

撇开竞赛不说，数学建模毕竟也是数学系挂科率超高的学科，属实让人闻风丧胆。它不仅对参与者的专业能力和综合素质有过硬的要求，高强度的工作又要求他们保持思维的敏捷性、绝对的专注，具备良好的团队合作意识。

提到数学建模，学生往往敬而远之，又加之现在的环境如此浮躁，投身建模的成员年龄已经开始出现断层。

那师哥，又是靠什么坚持到现在的呢？

若有若无的皂香传来，江越白认真地回忆自己初三那年的事情，企图在时空的裂缝里，再唤醒一些与寄风有关的回忆。

打字的声音突然停止。

“抱歉。”

江越白疑惑地“嗯”了一声，这才意识到寄风是在为没有关微信提示音的事情道歉。

这有什么关系？反正她也没在学习……

但解释自己的小心思肯定是不可能的，江越白只能尴尬地摆手否认。

一时间空气有些凝滞。

寄风把电脑合上，搬着椅子坐到江越白身边：“不是说有问题要问我，我来看看。”

温润的声音中掺着几分沙哑，他的语气和缓，江越白如梦初醒，连忙掏出自己的笔记本，从笔袋里掏出黑、红、蓝、绿四种不同颜色的笔，规规整整地放好。

寄风勾了勾嘴角："设备还挺齐全。"

明明只是一句陈述句，不知道为什么，江越白却硬是从中听出了一点儿嘲讽的语气来。

这不由得让她联想到龚老师的一句名言——人菜瘾还大，学渣文具多。

自认学渣的江越白翻开笔记本，真诚地侧头发问："这道题……插值拟合我已经完成了，但接下来这里，是用高斯混合聚类，K-均值聚类呢？"

寄风没有立刻回答她，而是从自己的包里抽出一张白纸。

一道参考书上的课后习题被工整地抄在笔记本上，下方有主人用不同颜色的笔做的思路草稿：模型的套用，算法的流程，甚至求解的推导，详详细细，清清楚楚。

她的字是真丑，好在不潦草，认认真真写出来也还能凑合着看。

就这么薄薄的一张活页纸，加起来不到四百个字，却是江越白钻研了三个课间和一个午休时间的成果。

快速地看了一眼江越白的思路草稿，寄风反而将笔放下了。

在征求了江越白的同意之后，他将笔记本拿了过来，翻到了第一页。

他津津有味地看着江越白之前的笔记。之前的笔记还有些混乱，有的步骤被划掉了好几次，到处都是有趣的颜文字，每道题写到最后的时候，字迹都会龙飞凤舞起来。

瞥到自己的字，江越白如坐针毡。

寄风又翻过一页，惊讶地发现她把每一个英文专用名词都做了标注，上面还打了好几个五角星。

他心上一软，偏过头去看她。

日光落在她的眉间，落在她琥珀色的瞳孔里，她的眼神清澈又纯粹，带透着一点儿紧张和期待。

寄风喉间一阵发痒，他连忙移开视线。

“直接讲题目会有些难，我们先从基本知识开始说起。”寄风侧过身子靠近江越白，用笔尖点了点第三页笔记的某个位置，“来，看这里……”

一开始江越白听得还算认真，但是随着寄风的语速加快，她的目光也从本子上挪开，余光瞥见寄风半开的衬衫领口之间，一上一下的喉结。

如果是他的话，即使是咽口水也一定很好听吧？

莫名其妙的念头冒了出来，江越白双手捂脸，只觉得自己的心跳声都变大了。

她根本没办法专心嘛！

察觉到边上人在走神，寄风坐直了身体。他重新翻回到江越白提问的那一页，把笔和笔记本都推到她面前，引导她再想一遍：“为什么这里要套用高斯混合模型？”

江越白咬了咬唇，翻了翻之前的笔记，然后流畅地回答：“因为以距离模型为聚类标准的方法不一定都能成功适用，所以这里应该统计混合模型进行聚类的方法，就是高斯混合模型。”

她恍然大悟，立刻提笔补全算法流程，偶尔有停顿的时候，寄风也会给出一点儿提示。

“这里需要有一个约束条件，所以——”

“设置拉格朗日函数！”

“Good job!”寄风夸道。他发觉小丫头比他想象的还要聪明，且勤奋。

这个小师妹，真的很有天赋。

思路越来越清晰，江越白感受到了从未有过的畅快和豁达，她仿佛找回了当初刚玩魔方时的心情。

百叶窗被风吹起，发出声响。寄风撑着脑袋，漫不经心地对江越白抛道："数分一定要好好学，那是建模最基础的东西。题目不会做的话，可以看看我给你的那本书，步骤和思路都会给你一些提示。"

正在奋笔疾书的江越白动作有一秒的停顿，随后快速地点头。

本末倒置，导致她作业都是熬夜补的，根本没空看书。但这种事，她可不敢和寄风说。

过度用脑会导致糖分的缺失，很快，江越白就饿了。

"师哥，你中午有什么安排吗？"

"暂时没有。"

"那我请你吃午饭呀。"

"好。"

得到肯定答复，江越白微眯着眼睛，压制住自己欲要上挑的嘴角，趁着寄风转身的间隙，双手在胸前握拳攥紧，然后向斜下方用力甩开，比出一个"耶"的手势。

正为自己无声鼓掌的江越白自然不会注意到，她所邀请之人上扬的尾音和因喜悦而耸起的肩膀。

学校食堂的边上新开了一家石锅拌饭，仅仅花了三天，就荣登程夕的必吃推荐榜。

还没有到下课时间，店里的人还不是特别多。

如果让江越白用一个词来形容今天的心情，她的回答是幸运。

看到宋子归端着一份辣白菜石锅拌饭走到他们这桌坐下的时候，这份幸运直接上升到了顶点。

偶像和男神坐在对面，江越白低头一边扒饭一边看手机皇历。

十月初八，大吉，诸事皆顺。

好耶！

但宋子归显然不是这么想的。

在他为了学校批复活动场地而焦头烂额的日子里，这两个人竟然背着他发展到了在工作日共进午餐的关系！

说好的公平竞争呢？这分明就是趁火打劫！实乃卑鄙小人也！

然后，寄风就被导师一个八百里加急电话喊走了。

江越白吃饱喝足后拍拍肚子，又去给思凡打包了一份五花肉石锅拌饭加豆腐汤，这才回到座位上。

她一只手伸进包里，有些兴奋地问："偶像，你一会儿有空吗？"

宋子归心头一喜："有啊。"逛街看电影玩桌游玩密室逃脱演剧本杀，或者只是简单的聊聊天，他都非常极其以及十分有空！

但——

"那你可不可以抽个几分钟，教我一下盲拧？"江越白把放在包里的手抽了出来，一个魔方出现在两人中间，"我之前研究过，但始终不得要领。"

头一次，宋子归对自己的人格魅力产生了质疑。

"……那先让我看看你掌握到了哪种程度。"

"如果不看时间的话，我还是能复原成功的，就是有时候会遇到需要奇偶校验的小情况。"江越白熟练地复原着魔方，在试到第三次的时候，问题终于出现了。

奇偶校验，就是在盲拧快要结束的时候，出现两棱互换以及两角互换的特殊情况，此时仅用一般的公式并不能将魔方复原。

"但如果在这里再套用奇偶公式的话，效率就有点儿低了。偶像，你有什么比较好的方法吗？"

宋子归摇了摇头："盲拧中会有百分之五十的概率碰到奇偶校验，这是没有办法避免的。但如果想要提高效率，减少时间，我倒是可以教你。"

桌子已经被收拾干净，宋子归用手指蘸了一点水，在桌子上画了三条线。

"三阶魔方的盲拧，大致可以分为三种方法：上手容易但繁琐的四步法，性价比较高的M2OP法，还有适配性强，但对新手极其不友好的三循环二步法。”

江越白点点头。她之前跟着公开课学了一些盲拧的知识，四步法的步骤拆分详细，她觉得上手简单，于是就学了这种。

“只是感兴趣的话，其实你的水平已经完全够了。但如果想要参加竞赛，那就必须要学会三循环二步法。”

宋子归接过江越白的魔方，分步讲解着不同的翻棱编码以及单循环缓冲公式。

江越白盯着他的手指，逐渐跟上他的思路，突觉茅塞顿开。

刚刚学会新技能的江越白简直对魔方爱不释手，回宿舍的路上一直在低头研究，嘴里不停追着宋子归问步骤，连差点儿走进了男生宿舍都不知道。

一个男生斜挎着篮球从宿舍里飞奔出来，扶起倒在花坛边上的自行车，长腿一抬，跨了上去。秋风吹鼓了男生敞开的运动服，卷起地上被踩碎的梧桐叶。

宋子归突然停下脚步：“小白。”

“嗯？”

手中的魔方被抽走，江越白的视线被迫跟着上移，然后和宋子归的眼神对上。

流心芝士色的阳光落在发梢，他的眼神格外认真。

“小白，你相信一见钟情吗？”

怎么突然问这么奇怪的问题？江越白有些不解。

此情此景，却让她又不由得想起与寄风初次相见的那个蝉鸣聒噪的午后，那条树木高大，空旷悠长的林荫道。

她郑重地开口：“姑且算是相信吧。”

“那么小白，我喜欢你。”

他眼中一片温柔。

风声渐弱，时间仿佛定格。

和偶像共处时兴奋心情如潮水般退去，转而变成一份强烈的惊喜、无措，还有不安。

啪的一声，江越白手中提着的外卖盒落了地，豆腐汤洒了一地，有几滴汤汁溅到她新刷干净的小白鞋上。她惊呼一声，忍不住后退一步，避开宋子归的视线，边说着抱歉，边蹲下来收拾外卖盒。

看到她这样的反应，宋子归心下了然。他眨了眨眼睛，掩饰眼底的黯然，也跟着蹲下来。

江越白完全没有料到偶像会突然对自己表白，她花了好长的时间才稍微缓和心态，好让声音听上去不会发抖。

有酸酸的感觉从胸扩散开来，她想要解释，却不知道如何开口去回应偶像。

她迫切地想要说清楚自己的想法，但又担心和偶像好不容易建立起来的友情受到影响。

半晌，她将双手垫在膝盖上，闷声开口："偶像，我确实是非常喜欢你的，你是我学生时代以来的偶像和信仰，我喜欢看你玩魔方的样子，喜欢看你口若悬河的样子，也喜欢和你待在一起的时光。

"但是，这不一样。"她说。

这不一样。

宋子归沉默不语。

江越白盯着鞋子上溅到的汤汁，换了个说法："偶像，我知道你的偶像是迪丽热巴，但是——你会想和她谈恋爱吗？"

宋子归开口否认。

江越白接着说："我也是这样。"

"对不起，是我唐突了。"

面前的阴影消失，头上传来温热的触感。等到江越白再抬起头的时候，宋子归已经不在了。

停在屋檐上的鸟群飞走，逐渐消失在视线中。江越白托着脑袋发呆，心里十分苦涩。

第十一章

距离偶像突如其来的表白已经过去三天了，但是江越白还是没有缓过神来。

程夕一边改论文一边和她通着视频电话，几行摘要被她反复地删掉，重写，再删掉。

她终于被江越白折磨得不耐烦了："江小白，我怎么从前没发现你这么婆妈呢？我实在不太明白你到底在纠结什么。

"你不就是担心你和你偶像没得朋友做了，以后见不着他，年少的梦想无疾而终了吗？"

江越白咬着下嘴唇，轻轻地"嗯"了一声。

程夕松了一口气，把键盘敲得格外大声。

差点儿被她给绕进去了。

"拜托你好好想一想，你年少时期的梦想到底是你偶像这个人，还是承载在他身上的某种精神？换句话说，如果没有宋子归，你就不来城大了？

"你要真敢这么想，在你妈打你之前，我肯定会先给你两个'大比斗子'。"

江越白有些纳闷：“但是……‘大比斗子’是什么东西？”

“大嘴巴子。”程夕没好气地说道。

“虽然这样有点儿像在夸你，但你真的只是来城大念大学，幸运地参加了个喜欢的社团，然后顺便追星成功了而已。”

而已……

人生赢家的剧本而已，来两颗花生米，她也会写。

“但还是有点儿尴尬。”

程夕无语凝噎：“我的好妹妹，你该不会觉得宋子归会在你这棵矮脖子树上吊死吧？”

江越白摇头。

“这不就完了吗？你心里没鬼，人家避着你干啥？如果恰好没考上城大，恰好你偶像已经毕业了，那你岂不是到现在还只能抱着那几期节目过日子？最差就是回到原点，好歹你还能见到你偶像的脸，不像我，只能在梦里和我偶像相见。”

江越白突然觉得程夕说得很有道理。

被她这么一通臭骂加打岔，江越白的心情好了不少。

程夕耐心耗尽，单手按住删除键，把第八版摘要全部删掉，跟江越白说了一声“拜拜”，迅速地挂断了电话。她摇摇头，再一次敲下“摘要”两个字，感叹道：“还是年纪小，还是缺少爱情的历练！”

此时，江越白的心情已经开朗多了，她把偶像碰过的魔方小心地放进柜子里，从书架上掏出之前寄风借给她的数学分析笔记。

由于教材编写者的变更，今年的数分书也更新了一版。新版本减少了大篇幅的算法解析，加大了习题的篇幅，有很多之前例题的内容都被直接移入了课后习题。

开学时候的内容较为基础，她还能够学有余力，腾出时间来玩魔方，学建模，眼看着期末考试临近，内容变深，她就有些招架不住了。

魔方大赛的活动场地申报已经批复了，刚才和程夕打电话的时候，群里正在疯狂地催各组的工作进度。

给手机充上电后，江越白找到最近几个还没有完全确定下来的老板，一边研究数分书上寄风留下的笔记，一边和老板打电话。

不得不说，有了寄风和白杨这样的专业人士指导，她现在的沟通话术虽然说不上游刃有余，但也上升了好几个等级，已经拿下了一个咖啡店、一个水果店、一个奶茶店。

现在电话里正在谈的这个，是离学校最近的一家桌游店，听说他们的老板也是从城大毕业的。

“好的，那么就这样说定了，我下午来店里再找您详谈。”

Yes！又成功了！

挂掉电话后，江越白骄傲地跷起二郎腿，用脚背钩住桌子下的横杠，靠着椅子一杯向后仰，舒服地伸了个懒腰。

插在插板上的充电线被拽了起来，随着她的动作滑到一边，把数分书给撇到了地上。

书是侧着掉下去的，书脊朝上，书页散开，像一朵花一样。

江越白连忙坐正，抓住数分的书脊往上一提，书离地的时候，有大大小小好几张纸飞了出来。

是附在书里的知识链接，以及一些思路草稿。

她赶紧收起了自己的得意忘形，把散落的纸张收拾好，翻开书本，准备核对内容一页一页重新塞回去。

整理到第四张的时候，江越白“咦”了一声。

这是一张和数学毫不相关的纸片。

正方形的米色便签纸上，抄了八个字——月遇从云，花遇和风。字迹苍劲有力，十分好看。

这句话，江越白好像在看程夕手机的时候看到过，但又不是很确定。

于是她将纸片小心地夹在书里，掏出手机搜索了一下，发现出自太宰治的《人间失格》，纸条上没有抄全，剩下的半句是：今晚上的夜空很美，我又想你。

月色很美，我在想你。

迟钝如江越白，也明白这是一句表白。

师哥已经有喜欢的对象了？不会吧……万一不是他写的呢？

又仔细地辨认了一下字迹后，江越白的心揪了起来。

没错，就是寄风的字。

不会吧不会吧？刚刚拒绝了偶像告白的她，难道也要被师哥拒绝吗？

她命里难道缺爱？

但是这纸片并没送出去，是不是就说明这可能只是一段暗恋？她还是有机会的，毕竟数分都是大一时候的教材了。

江越白解开外套的扣子，一手撑着脑袋，一手捏着纸片的右下角，侧着脑袋继续看着。

等等，这后面，好像还有字。

江越白将纸翻了过来，在这八个字的正后方，同样的位置，写着八个字——桑榆非晚，柠月如风。

她彻底傻眼了。

这句话的意思是，想要开始，什么时候都不算晚，所以要珍惜青春，奋勇而为。这是她高中学《滕王阁序》的时候，语文老师讲到的内容。

她刚进大学的时候，也曾在朋友圈发出这句话勉励自己，刚好是她发"认错偶像有多尴尬"那条状态的上一条。

巧合！肯定是巧合！

但也不必……这么巧吧？

强烈的心理暗示开始作祟：万一，他就是看了我的朋友圈呢？

万一，他就是特意写给我看的呢！

不然，那天在图书馆，他为什么要刻意提起这本书！

心中的喜悦仿佛要炸开，江越白把纸片揣进兜里，推开椅子站了起来，椅子脚在地上划拉出一道刺耳的声响。

心中有一个声音在不停地催促她——去问他！去问他！

江越白找出寄风的微信聊天框，平时十分敏捷的大拇指此刻却有些不听使唤。

可她要怎么开口呢？

宿舍的大门被推开，王沁儿走了进来。

“小白？你在宿舍呀？我正找你呢。”

江越白和王沁儿的眼神对上，脑子却没转过来，没有答话，只是点点头。

“你要出门是吗？”王沁儿接话道，“之前我看到寄学长的数分书在你那里，我有一道题的思路不太明白，可以借他的书来看一下吗？”

她怎么知道师哥的书在自己这里？

江越白依旧点头，还是没有说话。

她估计着王沁儿应该也没有什么事情了，就继续向外走。

她急着去给寄风打电话。

王沁儿显然没有想到江越白能答应得这么果断，愣了一下。

临走到门口，江越白才突然反应过来，自己刚才没有表达清楚。她连忙回头：“书就在我的桌上，有几张纸我还没塞进去，你就放在那里好了。”

“小白，这本书你用完了吗？如果你不需要了的话，到时候我就直接还给寄学长。”

江越白的手停在门把手上，皱起了眉。

什么叫不需要？

“我看你最近一直在看书，以为你已经看完了，正好我也有两道题要去问寄学长，你不用了的话，我可以顺手帮你还一下。”

怎么感觉王沁儿今天怪怪的？

江越白：“哦，我还没看完，你用完了再放回我桌上就行。”

就在她以为话题可以结束了的时候，王沁儿又开口了：“小白，你和学长的关系很好吗？”

这试探的语气，这旁敲侧击的问题，还左一个学长，右一个学长的，勾起了江越白的胜负欲。

“挺好的。”

是挺好的，而且马上还能更好！

走出宿舍，江越白迫不及待地解锁屏幕，就在她准备拨打语音电话的时候，一通本地电话又打了进来。

就硬是不让她找师哥！

“你好。”

她没好气地接起电话，三秒钟之后表情瞬间阴转晴，大脑直接发出高温警告。

和对方再一次确认了要求之后，江越白挂掉电话，双手捏着风衣下摆原地转了个圈儿，然后低下头，闭着眼睛大喊了声：“Nice!”

她的画获奖了！并且会在下周展出！

太阳渐渐西斜，群鸟从远处飞回，盘旋在电线杆上方。

想到她画的内容，江越白冷静下来，还没给寄风拨出的这通电话，突然没那么着急了。

数院四楼会议室。

PPT 上正放着这次的几个选题，徐陆行和他的几个学生围坐在桌子边，桌上摆放着大大小小十几份初稿。

这些都是被毙掉的国家级科研项目的申报预案，而终稿，此时正被徐陆行拿在手里。在最后一页的右下方，他郑重地签上了自己的名字。

“那么这段时间辛苦大家了。”徐陆行开口，“接下来就是参与人员的筛选了，不过，这个先不急。”

“人员不是够了吗？”研究生看了看周围，伸手数了数人数。

陈池摇了摇头：“那你要把我和寄风排除掉，我俩纯粹是来做苦力的。”

科研项目的周期是两到三年，他俩明年就一个去美国，一个去澳大利亚了，所以最初的申报名单上压根就没写他俩的名字。

他们真的是纯苦力。

“现在的学生越来越浮躁，愿意沉下心来做科研的确实不多了。”想到去年收上来的惨不忍睹的作业，徐陆行摇了摇头。

寄风开口道：“最近倒是物色到了一个好苗子。”

“哦？”

手机振动了一下，寄风滑开锁屏。

江小白日做梦：“师哥，下周六有空吗？请你去看画展。”

寄风回了一个“OK”的表情，抬头向徐陆行示意：“下次带来给您认识一下。”

今年是丰子恺美术大赛恢复举办的第三年，由于大赛的标志是一片银杏叶，因此举办城市特意选在了号称”南方银杏之乡“的枫城。

一个以枫树命名的城市，竟然被称为“银杏之乡”，也是挺有趣的。

前期比赛已经结束，接下来就是后期的作品交流时间，由于交流的项目较多，所以分设了不同的会场，不仅邀请到了诸多业内大咖来坐镇，也展出了前期大赛中的优秀作品。

展馆的地址选在了西郊的刘海粟美术馆，这里毗邻高架，左右都是高级住宅区，远眺可以望见不远处的香槟湖公园，交通便利，可谓闹中取静。

江越白和寄风约的时间是傍晚五点，因为她作为展品的作者，需要一直待在场馆内，于是两人相约在美术馆门口碰面。

连着下了几天的小雨，空气中弥漫着枯枝湿冷的味道，温度也急转直下。

大约是天气的缘故，虽然是周末，但来看展的人并不多。

路边地势低洼，雨水在这里汇集成一片水洼，倒映出茂密的银杏华盖，留了一池热烈的银杏黄。

下午四点四十分，寄风到了。他穿着亚麻色的大衣，里面是一件纯黑的高领毛衣，露出同色系的围巾一角。

在门口做了简单的登记，将雨伞寄存好后，寄风顺利地进入了美术馆。距离两人约定的时间还有十分钟，他也不急着去找江越白，反而照着引导顺序静心地欣赏着画作。

美术馆里的灯光很暗，灯光打在灰色穹顶上，营造出了夜空的氛围。

米白色的墙壁上，陈列着装裱好的展品。每一件展品的下方，都特意标上了作品名称、作者姓名、参赛组别以及一句话作品介绍或是创作灵感。

一幅水墨牡丹前，两个女生正把脑袋凑在一起小声说话，一人手中拿着纸笔，另一人的手臂上挂着一台微单相机。

过道很窄，路过她们的时候，寄风听到了两个人的对话。

“……这牡丹花的花茎，应该是大师用指甲勾出来的吧。”

“不应该吧？你来看看这朵，我倒觉得是用别的硬物……”

两人认真讨论的样子，让他想起了之前在图书馆听江越白分析建模思路时，她专注又认真的样子。

寄风勾起嘴角，放缓了脚步。

穿过连廊，又转过两个拐角，终于到了美术馆的核心展厅，人也多了起来。稍显嘈杂的空间里，寄风站在幕布的下方，光和影的交界处，目光穿过人群，准确地找到了另一头，正背对着他的江越白。

大概和画作的主题有关，江越白的画前聚集的人以青年为主，且多是大学生。

被人群遮挡的缘故，寄风没有看到她画的到底是什么。

一个扎丸子头的少女攀住江越白的胳膊，时不时地指着画作的某个地方，兴奋地询问着什么。

江越白侧身站着，嘴角噙着一抹笑意，耐心地挨个回应他们。她的神情有些拘谨，但眸中的光是藏不住的。

大概听到了满意的答案，女生夸张地给了江越白一个拥抱，然后和她告别，牵着自己的伙伴去看下一幅作品。

橘色的光从画的上方照下来，在她的脚边投下一个圆形的光晕。

寄风慢慢地走近她，看她踩在自己的影子上，背对着他，沉浸在自己的世界里。

或许是因为热，她脱下浅灰色的呢子衣，将它搭在手上，棕色的高腰A字裙摆像是掀起的半朵浪花。

她习惯性地用一只脚的脚尖踢了踢脚后跟，黑色的小皮鞋反射出暖色的光。

她掀起袖子，抬腕看表，随后又低头查看手机，露出苦恼的表情。

就在她握着手机准备转身的时候，他来到她的身后。

“师妹，你在找我？”

此时正好是五点整，听到斜后方传来声音，江越白转过身去，特意编好的半披肩鱼骨辫随着她的动作在肩头晃动：“师哥？原来你已经进来了啊，我还怕你找不到地方。”

他笑了笑，偏过头去，终于看到了这幅画的内容。

白色的纸张上，似乎是用心电图绘就的背景，上面还有一个人。

灯光正好落在人物的脸上，从寄风的角度，并不能看清画中人的眉眼。但是在他心中，答案呼之欲出，像渴望春雨的嫩芽。

注意到寄风的视线，江越白心里紧张起来，她的手死死地攥住大衣，演练了无数次的话堵在喉咙口，怎么也说不出来。

别㞞啊！快说话啊，江小白！

江越白单手握拳，敲了敲自己的大腿。

寄风张了张口：“你——”

“师哥，我想问你一个问题。”江越白打断了他的话，她抱着豁出去的决心，迅速开口，“师哥，你数学这么好，那你能帮我解开这道几何题的答案吗？”

即使事先已经在心里重复了不下百次，可真到了关键时刻，江越白又不想说那些俗套又刻意的句子了。于是她退后两步，指了指墙上的画作。明晃晃的灯光照进她的眼瞳，似乎周围的谈话声都变小了。

寄风正对着画作站着，清晰地看到了画上的人脸。他喉结微动，把双手都从大衣的口袋中抽了出来。

江越白越发紧张了：“其实我想说的是——”

“还记得亲和数吗？”

这回，轮到寄风来打断她的话了。他声音温暖，像是被水汽浸润过，向前走了两步，攥紧拳头又悄悄放开。

江越白一愣，下意识地回答：“毕达哥拉斯？”

公元320年左右，古希腊数学家毕达哥拉斯发现了人类认识的第一对亲和数，但这和她的画有什么关系吗？

寄风看出了她的迷惑，安抚地向她微笑着说道：“在不知道怎么回答的时候，你可以先反问我。”

可你肯定知道啊……江越白有点儿不爽，但还是配合地开口：“那你知道亲和数吗？”

“亲和数是一种古老的数，它们通常成对出现。假设有亲和数a和b，那么a除本身以外的所有因数之和恰好等于b，反之亦然。毕达哥拉斯发现的亲和数，是220和284。”

没等她作出反应，寄风接着开口：“那么师妹，你最喜欢哪一个常数呢？”

常数？怎么又扯上常数了？

寄风笑着提醒她："刚才说过了，在不知道怎么回答的时候，你都可以先反问我。"

"你最喜欢的常数是什么？"

"220。"寄风斩钉截铁，"好了，小白，我已经回答完了，现在轮到你了。你最喜欢的常数，是哪一个呢？"

前因后果连成线，她脑子里灵光一闪，难道……难道寄风他……

"我希望你的回答是——"

"……284。""284。"

两人异口同声。

展厅里不知什么时候放起了音乐，悠扬的长笛吹动了扰人的光线，吹进了人的心底。

他解出了她的画。

她答上了他的题。

这是心有灵犀的默契，也是一种圆满。

静默良久。

"不是说带我看画展？"寄风帮江越白顺了顺刘海，顺手捞起她快垂到地上的大衣，搭在自己的胳膊上。

"可你还没看我的画呢。"

"有我好看？"

光影交界，江上寒双手叉腰靠在柱子上，看着不远处影子交叠的两人，满脸不爽。

他家的好白菜终究还是被猪拱了。

奚宇："舍不得吧？"

江上寒嘴硬道："我巴不得她早点儿嫁出去呢！这下寄风见到我就要喊哥哥了，我高兴还来不及！"

奚宇的视线追随着二人，看到江越白正兴致勃勃地给寄风讲解每一幅画，虽然寄风的脸上写着"听不懂""不感兴趣"，但他注视着江越白的眼神温暖又专注。

“这不是挺好的吗？”

“嗯？”

“话说回来，你们江家人的思路都是这么富有……创意的？”奚宇斟酌着用词，“我记得之前期末考试，你给我交的是写了函数的直角坐标系。”

“可惜你没看懂，还判了我不合格，于是我又多修了一年。”

提起这个，江上寒就觉得窝囊。

某个咖啡馆里，梳着丸子头的女生端着最喜欢的榴莲千层，坐到男朋友的身边，无视他嫌弃的目光，迫不及待地打开手机和他分享照片。

“你不是说你数学特别好吗？那我就来考考你，这道题的答案是多少？”

照片中，赫然就是江越白的画。

画里的男生清俊儒雅，他身后有几个奇怪的几何图形，上面还标着数字。

男生莫名其妙：“这不就是画吗？哪里来的数学题？”

“好心提醒你，这是一道几何题，这些图形看着奇怪，其实是仿照心电图画的，数字就是心跳。”

女生一脸得意道：“怎么样？做不出来吧？”

“下面就让我来给你揭晓答案。”女生说着，翻到下一张照片——木质画框的下方，有一块白色的小牌子：

作品：《几何》

作者：江越白

作品简介：我想提笔算一算，想你几何。

数学啊，真是理性又浪漫的学科。

两个灵魂相撞的那一天，江越白的朋友圈最新状态获得了八十二个点赞，热度高得令她有点儿恐慌。

她扔下手里的魔方，拿起手机又把朋友圈的状态看了好几遍。

江小白日做梦：“总有些惊奇的际遇，比方说当我遇见你。”

配图是她的奖状。

评论区是清一色的祝贺，当然也有几个敏感的吃瓜群众，对她的文图不符的文案表示质疑。

“挺正常的吧？没有问题的吧？他们应该不会看出什么来吧？”

江越白用手肘捅了捅程夕。

“哎，别碰我……思凡快来帮我抓一下人，我的防御塔快掉啦！”

天大的事都没有她的晋级赛重要，程夕敷衍地安慰了江越白两句，对她的焦急不以为然。

思凡甚至还揶揄她：“你又没干亏心事，心虚什么？难道是嫌我们寄学长拿不出手？”

江越白拿脚去踹她：“狗嘴里吐不出象牙。”

晋级赛结束，被大腿成功带飞的程夕兴奋地给思凡点了杯奶茶，然后对上江越白殷切的目光，冲她摇了摇手指。

有蛀牙的人，自己心里还没点儿数吗？

“别用那么可怜的眼神看姐姐，姐姐又不吃这一套……但如果你能把那天在展馆发生的事情讲给我们听，或许我可以考虑一下。”

江越白翻了个白眼：“我选择——自己点。”

她打开微信，扫了一下桌角的点餐码，快速地给自己点了一杯无糖阿华田。

思凡拉着江越白的袖子撒娇地晃了晃：“小白，讲给我们听听嘛！讲嘛讲嘛！”

江越白向来吃软不吃硬，被缠得没办法，只好从那幅画开始，细细讲来。

说到亲和数的时候，程夕已经在发呆了，等到江越白开始解释那句“想你几何”的双关意思的时候，程夕的目光已经完全放空。

思凡则把脸陷在抱枕里，一脸憧憬地直呼浪漫。

文科生程夕认真地总结：果然还是不能找理科男，再帅的理科男都不行！

故事讲完了，阿华田也喝了一半，程夕揉揉手腕，就又继续抱着思凡的大腿上分去了。

江越白靠在一边盯着微信发呆。手机突然一振，被置顶的聊天框上出现一个红色的“2”，江越白心头一喜，快速点开。

师哥：“终于把这次建模选拔的题出完了。”

师哥：“现在有空吗？”

江小白日做梦：“有，和室友在南门喝茶。”

寄风看了一眼手里的袋子，想要见到江越白的心情越发迫切了。

师哥：“那你在大学生活动中心门口等我，十分钟到，给你带了礼物。”

礼物！江越白兴奋得跺了跺脚。

“寄风啊？”程夕扫了她一眼。

“嗯嗯。”江越白掏出小镜子，给自己补了个口红，又在耳后抹了点儿香膏，对着镜子左看右看，又转过身碰了碰程夕，“我的妆没花吧？”

程夕屏幕一暗，正好抬头：“还真是……女大不中留。行了行了，快去约会吧。不过，必须在十点前回宿舍，不然我就给叔叔打电话说你谈恋爱了。”

“知道了，知道了。”

江越白收拾好东西刚准备离开，就听到程夕在后面小声地喊她：“江小白，脱单愉快呀！”

大学生活动中心设在五食堂的楼上，钥匙归校社联管理，几乎每一个社团都会在这里开展活动。

江越白惦记着寄风给她带了礼物，觉得自己空着手不太好，于是又小跑着回了趟宿舍，把之前给江上寒准备的生日礼物拿了出来。

哥哥什么的，在这种时候就是工具人。

她提着小包走在草地边的路肩上，猜测着寄风会给自己送什么礼物，再三告诉自己要表现得体，不要太激动，不能显得没见过世面。

她怎么都没有料到，寄风带来的竟然是这样一份"大礼"。

江越白神情呆滞地接过纸袋拆开，眯着眼睛估算了一下面前书本的厚度，僵硬地扯了扯嘴角。

打开盖子的保温杯升腾起袅袅的雾气，杯子上的莎莉鸡正嘲讽地看着她。

空调的风从侧面送过来，袋子发出轻响，绿色的封面被暖风吹开，露出扉页上的几个大字——全球学霸联盟整理：大学四级英语实战。

"啊，这……"

苦在心，口难开。

寄风憋着笑，一本正经道："下个月你就要四级考试了，找了套题给你练练手感。"

"倒也不必……"

"今天晚上建模社团正好在这里活动，所以在那之前，我都会陪着你做题。"他甚至还坏心思地补充道，直接断了江越白的退路。

江越白把包里的鸡血藤手环扔到寄风怀里，没好气道："给，礼物。"

看看我的，再看看你的！有第一次约会约在自习室的吗？有第一次交换礼物送四级卷子的吗？

就这？浪漫？

江越白捏紧了拳头，真想立刻去药店买一瓶眼药水，好好给直呼寄风“浪漫”“千年一遇理工男”的思凡洗洗眼睛，顺便也给自己滴两滴！

寄风看着她两颊微红，气鼓鼓的样子，忍不住捏了捏她的耳垂。

然后她的脸唰的一下红到了脖子。

他在江越白身边坐下，从书包里掏出一个长方形盒子摆在她的面前：“买卷子的时候凑运费买的，本来想给一个刻苦写卷子的小姑娘做奖励的，没想到人家好像不太领情啊……”

耳垂上似乎还残留着粗糙的触感，看到眼前的乐高魔方套盒，江越白有点儿意外，又有点儿兴奋，觉得刚才自己的行为颇有些无理取闹，但偏偏自己不能先投降。

于是她傲娇地拍了拍盒子，掩饰住自己期待的眼神，倔强地说道：“哪个小姑娘这么不懂事？改天我替你好好教训她。”

娇艳的口红被她吃进去一点儿，她小巧的鼻头泛出薄薄的粉色。寄风抿住嘴，不配合她演戏，将她的娇嗔和撒娇照单全收。

寄风不动声色地把鸡血藤手环套上左手，另一只手推开魔方套盒，从袋子里取了一套英语真题卷出来。

“做一套，就陪你拼乐高。”

“好耶！”

卷子被她的胳膊压出一道折痕，寄风伸手将它抚平，然后起身去替她接热水。江越白咬着笔盖抬头，目光落在他的左手，紧蹙的眉头慢慢展开，眼睛也眯成了月牙形。

一起学习，不也挺好的吗？

夜幕低垂，华灯初上。校园里散步的人多了起来，有音乐系的学生在操场上抱着吉他随机点歌弹奏，闪光灯聚集起来的点点荧光在树下若隐若现。

砰的一声，薯片一脚踹开大门。

“哎？有人已经到了？”眼镜探了脑袋进来，疑惑地问。

梁旭手里捧着好几本还没有开封的书，背上背着一台电脑，胳肢窝里还夹着一根长卷轴走过来。看到门已经开了，赶紧走进去，手一松，东西一股脑儿全散落在桌上。

看到两个人还在闲逛，梁旭忍不住抱怨："帮帮忙，楼下还有东西没搬上来呢。"

"不着急，不着急，这种事情留给学弟学妹们去做。"

薯片从包里掏出一包芥末味薯片，熟练地撕开包装，捏起一片薯片扔进嘴里，咸辣的味道从喉咙径直蹿进眼眶，直冲天灵盖。

"咦，这里怎么有份四级试卷？"梁旭把桌子上的东西收拾好，发现了被压在下面的卷子。

"可能是之前有人落在这里的吧。"周周捡起来大致看了一眼，忍不住感叹，"错得还挺多。"

等到他们把东西规整得差不多，今年新入社的几个新生也都到了，几人围坐在桌前聊天。

"我们是不是还缺一个人？"

六点二十七分的时候，寄风出现在门口。

"不好意思，来晚了。"

周周挂掉正给寄风拨出的电话："哎哟，我的社长大人，你可算来了，就等着你——"

她的话音渐渐变小，因为她惊讶地发现自家从不喝奶茶的社长大人手里竟然提着一袋奶茶。

一袋奶茶！

难道是看到他们太辛苦了，买来犒劳他们的吗？

她还未完全消化这份惊讶，就看到社长大人微微欠身，从他身后走出来一个鬈发的圆脸萝莉。

第一次聚会的时候，江越白是跟着魔方社一起活动的，聒噪的白杨今天刚好又不在。所以在众人眼里，江越白是一张完完全全的新面孔。

周周恍惚想起今年社团确实是新招了个女生进来的，只是名字叫什么来着……

“她是？”

寄风推着江越白的后背往里走：“她是江越白。”

被剥夺了台词的江越白嘴角一抽，然后快速地接过寄风手里的奶茶放在桌上：“大家好，我叫江越白。”

薯片咔嚓一声咬碎一个洋葱圈，觉得今天的社长有一种些反常。

“因为社团冲突，我缺席了第一次集体活动，心里实在是过意不去，所以这次给大家带了奶茶！”

江越白找到空的位子坐下，一边给大家分奶茶，一边融入他们的话题。

周周将签到表收好，满足地嘬了一口芒果西米露，一边给她介绍成员，一边将成套的教材分发给大家。

和其他社团的轻松休闲氛围不同，从拿到书的那一刻开始，周周就开启了授课模式，满满的干货兜头灌下，浇得新人们眼冒金星，直呼“慢一点儿”。

半个小时后，周老师终于合上书，喝了口奶茶。

有人长舒了一口气，还有人已经瘫倒在了桌子上。

薯片扔下手里的零食，拍拍手上的碎屑，半开玩笑半严肃地开口：“听了周老师的课，有没有人想要退出社团呢？入社有秃头的风险，现在后悔还来得及。”

即使是开玩笑的口吻，当一句话变着法子重复三遍，再迟钝的人都会有所察觉，更何况能考进城大的人。

又讲了几页教材，一个穿荔枝衬衫的男生挺直了背，将手头的东西原模原样地整理好，然后推回到周周面前。

他的眼神认真又坚定，一看就是经过了慎重考虑。

“抱歉，我可能要提前退出了，我们大一的排课非常满，我怕我会把两边都耽误了。”

说得确实没错。

建模的专业性很强，且入门的过程漫长又枯燥，的确会霸占掉初学者们很多的时间。

接着，又有两个成员选择了退出，其中一个女生甚至没有找到体面的借口。

但对他们的选择，建模社的所有人都给予了足够的尊重。

等寄风将三人送下楼，周周这才小脸一垮，直接瘫坐在了椅子上："我就知道……"

和周周比起来，薯片就乐观多了："别呀，周姐，这不是还留下来俩吗？已经超额完成任务啦。"

眼镜看看正在埋头苦思冥想，嘴皮都快啃破的江越白，又瞅瞅右边正在快乐地喝奶茶的卷毛男生，颇有些后继无人的绝望感。

"周周姐，你是不是讲得太快了一点儿？说不定讲慢一点儿还能留下俩呢。"

不是他悲观，实在是这俩人看上去一点儿也不像能挑大梁的样子啊。

梁旭："不怪周周，今年的比赛时间提前了，我们的时间也很紧张。"

窗外路灯的暖光铺满了一地橘黄，广播台的定点节目又开始了，时不时有学生骑着自行车路过，车声一串串飞上楼来。

眨眼之间，冬天就要来了。

此时江越白一手扶着温热的阿华田，一手在纸上写写算算，嘴里还叼着被咬扁了的吸管。

突然，她挺直了后背，把笔丢了，打了个没有声音的响指。

她迫不及待地和身边的卷毛分享本子上的答案，然后向周周招手示意。

卷毛看了一眼她的过程，一言难尽到："你这手狗爬字……"

周周和眼镜他们围过来，惊讶地发现江越白的答案竟然是正确的，连中间套用的公式和原理都没错，就是字丑了点儿。

要知道，这些原理对于才大一的江越白来说，可都是超纲的。

周周把惊讶装在肚子里，转头再去看卷毛。

他打开面前的笔记本，一手漂亮行书书写的过程挑不出一点儿毛病。

所以，人家根本不是不会做，而是早就写完了，只能无聊地喝奶茶了。

“妈呀！”

眼镜没忍住，喊出了声。

合着留下的两个是高手啊！是直接拉出来就能用的那种。

薯片又抄起一包乐事，正准备打开，就听到眼镜的声音，登时就把乐事揣在怀里，凑过来一探究竟。

“你们的基础都不错，应该学了挺久的吧？”

卷毛的答案一看就是准大神级别的了，江越白要逊色一些，但也还算不错的。

卷毛先开了口：“我父亲就是教建模的。”

哦，刻在DNA里的天赋，羡慕不来。

江越白捧着阿华田，悄悄地喝了一口，等到暖意蔓延到胃里，她这才开口：“我学了大概有一个月了。”

一个月就能有这样流畅的思路，也是非常不错的。

梁旭点点头。

薯片好奇地开口：“自学的吗？”

现在的小姑娘都好厉害！

江越白摇摇头。

“哎？那是谁教你的？”薯片忍不住追问。

他本来都准备好分享私藏的网易公开课视频了，没想到江越白竟然是有老师的。

江越白抿唇，没有说话。

去送客的寄风不知道什么时候已经回来了，他低着头在后面的桌子上翻找东西，但是看了一圈都没有，不由得有些纳闷。

拿起最后一本书，依然没有。

他开口："有人看见这里的四级卷子吗？"

周周闻言，连忙从自己的包里掏出卷子递给寄风。

她忍不住发问："社长，这是你的？"

"不是。"

意料之中的回答，引人深思的内涵。

"有红笔吗？"

周周又把红笔递过去，她更好奇了，但是她不好意思问。

没人注意到，江越白的身体突然绷紧，吸管都要被她咬断了。

卷子答得其实还不错，但也仅限于选择题。当寄风的目光落在主观题，尤其是作文上时，他露出了和周周看到卷子时一样的表情。

遣词造句先不说，主要是这字……实在是让人无法忍受。

寄风把红笔夹在食指和中指之间，扶着额头叹气。

都说字如其人，可江越白这手字到底是哪里出了问题？

"小白。"寄风叫道。

被点到名的江越白同学闭了闭眼睛，在他喊第二遍之前，迅速地凑了过去。

这是社死现场吧！

江越白可怜巴巴地望着寄风，只差把"求求你不要在这里说"写在脸上了。

因为过于紧张，她直接打破了两人的安全距离，双手搭在寄风的手腕上，惊呆了身后的吃瓜群众。

寄风的目光落在自己的手腕上，那里有一个深褐色的鸡血藤手环，再上面是江越白白皙的手和粉色的指甲。

他开口："今天算你过了。"

谢天谢地！

江越白松了一口气，这才发觉两人的姿势和距离过于亲昵，可能有些不妥，正打算抽出自己的卷子离开，一回头，这才发现自己有点儿天真。

眼镜僵硬地开口："所以江越白的老师——"他没再说下去。

"是我。"寄风点点头，而后又补充，"但我不单是老师。"

在场的人早就被寄风调教得一个个鬼灵精似的，闻言立马就明白了自家社长的意思。

周周忽然想起那一袋江越白买的，却挂在自家社长手里的奶茶和两人进门的先后顺序……甚至更久远一点儿，社长在不经意间对这位新人表现出的关心……

"咝——"

"嘭——"

薯片低头，发现自己竟然生生把乐事的包装给压爆开了。

嗯，柠檬味的。

第十二章

寄风的操作不仅让给他当牛做马好多年的社员猛吃了一把狗粮，也着实惊到了江越白。

回到宿舍后，江越白难得地陪着何紫敷起了面膜，然后一脚踹开了想要听八卦的思凡，靠着上下铺的楼梯，一本正经地和男朋友发微信。

师哥：“吓着了？”

师哥：“他们比较热情，我叫他们下次注意。”

江越白默默吐血，想到自己脸上正敷着面膜，连忙又绷住表情。

怎么谈恋爱之前没发现师哥这么闷骚呢？

不过，倒确实给了她很大的安全感。

江小白日做梦：“这都不算什么。”

江小白日做梦：“毕竟还有什么能比第一次约会就做四级卷子带来的冲击力大呢？”

寄风回复得很快。

师哥：“那别人一般都做什么？我没谈过恋爱，你要好好教教我。”

原来，这是师哥的初恋啊……江越白的嘴角止不住地上扬，在感觉到面膜向下滑的瞬间又迅速恢复面无表情。

但是，她怎么知道？！约会这种事情肯定都是男生主动啊，毕竟她那么矜持！

沉浸在美好爱情里的江越白这会儿压根忘记了，好像是她先追的寄风。

在她发呆的时候，寄风又发了一条消息过来。

师哥："欢乐谷明天有音乐节晚会，我刚才看了一下，还有票。"

虽然没有经验，但他真的在好好学。

江越白满足地晃了晃脑袋，额头上的面膜随之翘起一角。

江小白日做梦："不，我只想学习。"

江小白日做梦："师哥救我，我觉得我数分快要挂科了。"

可惜的是，江越白第二天抱寄风大腿补习、划重点的计划还是落空了。

在薯片的强烈建议和周周的积极响应下，梁旭终于咬牙从社团小金库中拨了一部分资金出来，同意了他们第二天的团建活动。

"这个活动好像有点儿突然。"卷毛显然没有睡醒，他揉着眼睛找前台要了杯咖啡。

众人一本正经地解释："是为了欢迎你和小白。"

顺便再庆祝一下社长脱单？

卷毛挑了挑眉，看破不说破。

"所以，我们今天是要来玩密室逃脱？"眼镜听着里面传来的此起彼伏的尖叫声，盯着墙上的主题广告问道。

除了仅有的两个恐怖主题，其他几个海报的颜色十分鲜亮，一看就是纯解谜的类型。

嗐，解谜对他们来说可太简单了。

"考虑到大家擅长的领域，所以我订的是——"周周的食指在空中晃了两下，戏剧性地落在了一幅恐怖海报上。

海报的主题是“守灵人”，难度为四颗星，时长为一百二十分钟，提示为中度恐怖，有NPC，换装、大型器械，适合十四周岁以上的人。

重度“谈鬼屋色变”患者江越白哆哆嗦嗦地开口：“不是说，考虑到了大家擅长的领域？”

“擅长领域的指向性很明显，解谜呀。而且我看过评价了，这个场不恐怖的，NPC（非玩家角色）还怪帅的。

“大家最近的压力都比较大，所以特意过来让大家放松放松。”

周周一本正经地胡说八道，语毕还不忘向寄风投去一个“你懂的”的眼神。她心道：社长大人啊，我能帮的就到这里了。

但江越白是真的害怕，她从小到大一共就进过两次鬼屋，一次把牵着她的江上寒的胳膊掐紫了，一次叫得嗓子都哑了，鬼屋老板还免费送她一瓶水。

有了这么刻骨铭心的回忆让她真的非常想要拒绝这个活动，但是看到周围的人都一脸淡定甚至有些期待的目光，她只得把这些话咽回肚子里。

头被轻轻揉了一下，寄风的声音在头顶响起：“我是第一次玩密室逃脱，不如先换一个简单一点儿的，比如旁边那个三颗星，剧情向的龙门客栈？”

社长都开口了，周周只好作罢。和前台交涉了一下，她有些苦恼地折返回来：“这些场次都被预订完了，只剩下这个和明思女校了。”她指了指墙上最右边的那幅海报，接着说，“但是明思女校也是有NPC的恐怖场。不过，我问过了，明思女校可以把难度降到最低，一般来说，NPC不会追人。”

寄风低头询问江越白的意见。

这还是她第一次参加建模社的集体活动，她实在不好意思让大家扫兴，于是她抿唇点了点头。

开场的时间马上到了，前台将对讲机的使用方法教给他们后，又拿出几张挂牌来让他们自己抽取。

江越白看了一眼自己抽到的名字和剧情简介。

姓名：朱红

故事背景：西元2011年，位于古都建宁檀香山下的明思女校闻名全国，各地的女孩慕名前往，但从某一天的学生意外坠楼案开始，校内接连发生师生离奇死亡事件，不久，学校被迫关闭。

任务：你们是枫城报社异闻组的成员，在此次探险中，你们要前去追查事件的源头。

她回头看了看寄风手里的东西，发现除了姓名不一样，任务和故事背景都是相同的。

在工作人员给他们戴上眼罩的时候，江越白突然灵光一闪，忍不住开口问道："给我们姓名牌有什么用呢？"

大家也不会互相叫游戏名称，难道……

"因为会有个人任务呀。"

什么？！之前怎么没人告诉她？

可惜没有时间再给她思考了。毛茸茸的眼罩一戴上，世界瞬间只剩下了黑色。

"别怕，我在你后面。"寄风安抚地捏了捏她的耳朵。

江越白的心奇迹般地平静了下来。

她双手搭在周周的肩膀上往前慢慢挪动，听力也变得格外灵敏起来，她能听到衣服与墙壁摩擦发出的沙沙声，头顶似乎飘过了一片东西，冷风吹在她的后颈，温暖的空气随着吧嗒的关门声被锁在外面。

脚步停住了，江越白的心跳也快停了。

救命啊！她不想玩了！

“现在大家可以脱下眼罩，找一找周围有用的信息了。请注意，你们这次的目标是找出离奇死亡事件的真相，并且将真相公布于众。”

场控的声音从音响里传出，江越白如释重负。

她脱下眼罩环顾四周，他们所在的是一间教室，桌椅杂乱地堆在地上，门窗紧闭，并且窗户的外面被用红色的纸贴住了。头顶仅有一个颤巍巍的电灯作为光源，还时不时地发出电流声。

外面是什么，他们并不清楚。

卷毛也是第一次玩恐怖类的密室逃脱，但他的心很大，他随手拽了一把椅子坐下，琢磨着广播里的话：“除了要找真相，还要公布于众，意思就是我们必须还要逃出去喽？”

“那是肯定。”密室老手周周已经开始打着手电筒找线索了。

“他的意思应该是，会有人阻止我们逃出去。”寄风开口。

终于慢慢适应了周围的环境，能够正常思考，听到寄风的话，江越白的大脑直接死机。她咬住下唇，本能地靠近寄风，近得能闻到他身上的洗衣粉味道还不够，直接攥住了他的风衣衣角。

“没事的，这和鬼屋不一样，和恐怖片也不一样。”寄风安抚她，“这里的NPC都是人扮演的，是真的人，不要怕。”

说罢，寄风顺势拍了拍她的肩膀，让她半倚在怀里站好，然后带着她开始研究面前的告示。

看到她这么害怕，周周也有些不好意思：“对不起啊，小白，我没想到你会这么害怕。”

江越白摇摇头，强迫自己冷静下来。起码现在还没有NPC出现，这就只是一个简单的密室，只要解题解得快，NPC就追不上她。

“总之，我们尽快出去。”

卷毛随手摸了摸额头，然后站起来，目光停在窗户上的一个小孔上。他忍不住走上前，把眼睛贴近小孔——一只眼睛突然出现在小孔外。

卷毛倒吸了一口冷气，直往后退。一直关注着他的行动的江越白双手捂住口鼻，依然抑制不住地鬼叫出声。

众人闻言望去，眼睛并没有消失，反而目不转睛地看着教室里的人来。随后“眼睛”开始用力地敲窗，时不时地发出低语。

直到这时，密室的氛围才真正恐怖起来。

周周忍不住对着对讲机道：“现在我们要怎么办？”

“学校里聚集了许多无法转生的冤魂，它们时常在校园内游荡，请探险队成员在鬼进入之前找到藏身之处，比如讲台下、柜子里、书桌下、窗帘后，都可以。”

对讲机挂断，屋外的“眼睛”依然在撞窗户，指甲摩擦的声音刺耳又令人心悸。

众人迅速四散开来。

寄风拉起江越白的手，撩开窗帘闪了进去。窗帘很长，正好能够遮住二人的脚。

窗户终于被撞开，沉重的脚步声伴随着粗重的喘气声传过来——是个女鬼。

江越白回过神来，发觉自己正背对窗帘趴在寄风的怀里，下巴刚好抵着他的肩膀，鼻腔中满满的都是他的味道。

手心湿热，她想要抽出来，却被寄风握得更紧了。

“嘘——”

脖颈处感受到轻柔的呼吸，江越白身体一僵，瞬间不敢动了。

女鬼在教室里巡视了一圈，没有发现什么人的踪迹，这才猛地一下摔上门，离开了。

确认了安全之后，大家重新聚集在教室中间，气氛安静得有些诡异。

“她为什么把窗户砸了，又从门出去呢？”

“这不直接给我们把门打开了吗？”

确实。

他们从教室出去，空荡荡的走廊上一点光都没有，左边和右边分别是美术和音乐教室，薯片和梁旭正在讨论去哪边。

队伍的后面，寄风紧紧牵着江越白的手，一直没有松开。

“我们刚才出来的时候在地上捡到了一张报纸……”

梁旭推了推眼镜，把报纸上的内容读给大家听。报纸上写了名为徐晓燕的女生的基本情况，以及她跳楼的线索和原因推断。

“我们现在找到了最初自杀的女主人公，现在要做什么呢？”

根据女生死亡的时间，他们打开了音乐教室的门，随后找到了一本残缺的笔记本，几个人开动脑筋，很快就找到了新的提示：“每当五个教室的灯同时被点亮，选择之书就会出现，但总有些人啊，做不对选择。”

这应该就是进来之前说的单人任务。

不过，漏洞在于，一共五个教室，但他们有七个人。

江越白和寄风已经默认锁死，选了比较近的科学教室。周周虽然是女生，但她胆子最大，于是和梁旭分在一组。剩下三人一人一间，对讲机留给了被迫单人行动，但胆子很小的薯片。

薯片壮胆似的怒吼声被关在门外，教室内一片黑暗，唯有中间桌子上的蛇形灯管亮着。

寄风笑着捏了捏江越白的手心：“你在这儿不要动，我先去看看那边是什么。”

言下之意：你先松手。

江越白哪里肯放！

“我跟你一起。”鬼知道一会儿门后会不会再跳出个东西来，她可没办法一人招架。

大约是江越白在一开始就和场控人员求过情的原因，NPC 并没有太为难他们这间教室。

反观其他教室，卷毛被拿着电棍的鬼追得吱哇乱叫，薯片被迫和女鬼玩起了走廊追逐游戏，连周周和梁旭也被房内逼真的骨骼构架拼图吓得不轻。

只有她和寄风所在的教室里，岁月静好。

寄风撑着脑袋看着江越白的侧脸，突然觉得有些遗憾。怎么到他们这里，就没有惊悚片段了呢？

碰巧，解谜到最后，箱子里的又是她最擅长的魔方。

在按下计时器后的二十秒内拿起魔方并完成魔方复原，即可给教室通电，仅有一次机会。

按照常规思路，应当是在教室里再找一个已经复原成功的魔方，一拿一放就可以了。

但那是常规思路。

江越白揉了揉手腕做着热身运动，手起魔方落，灯亮了，一本日记本掉在她的脚边。

这是徐晓燕的日记本。

其实是很容易联想的故事：被人欺负，徐晓燕选择自杀，复仇的种子生根发芽。但故事里也提到了一个叫张远的校外男生，他会给她包扎伤口，会为她打抱不平，但同样也没有好结局。

寄风看了看自己胸前挂的名牌，若有所思。

他抽到的人物，正是张远。

所以鬼不来骚扰他们，大概也有这个因素？

十五分钟后，大家终于结束了密室游戏，他们瘫倒在大厅的沙发上，听着场控人员给他们一一复盘。

“虽然你们中有两位玩家成功逃离明思女校，但是游戏人物判定失败。”

“啊？为什么啊？”

“如果解到最后，会给你一把钥匙……”

游戏的最后，他们获得了两把钥匙。钥匙能打开回家的大门，同样也能让迷失的亡魂回家。江越白选择了救赎徐晓燕，寄风选择了祝福张远。

游戏的结局过于文艺，几个理科男“哦”了一声之后，迅速开始分享恐怖氛围，寻找游戏漏洞。

寄风靠在沙发上，一手护在江越白的腰后，另一只手在桌子下牵着她的右手，从手指到手掌，一寸一寸地把玩。

看来，以后还是要多搞团建。

凭借绝好的皮囊以及有趣的课堂内容，奚宇的中外美术鉴赏课的上座率一直都不错。

北风在教学楼间穿梭，发出怒号般的声音。

江越白用书本拂开桌上枯黄的碎叶子，坐下后还不忘环顾四周，看是否还有更好的座位。她用一条黄黑格子的流苏围巾把自己的脸裹得严严实实，只露出两只明亮的眼睛。

她的脸色有点儿苍白，眼下的青黑越发明显。

这么小心谨慎，显然不是来好好听课的。

思凡在她身边坐下，迅速掏出代数作业，痛苦地挠头：“小白，高代作业你做完了吗？”

“昨天和师哥自习的时候做完了，你有哪道不会吗？”

“这道，主要是这一小题，好难哦。”

“啊，这道我也没太弄明白，师哥说有个定理超纲了。”

思凡双手撑着桌子坐起来，狠狠地白了江越白一眼：“姐妹，你看我像是来听你秀恩爱的吗？”

江越白哽住。她不是，她没有，她字字属实。

教室渐渐坐满了人，交谈嬉闹的声音却很少。

临近考研和四六级，再加上掰着手指就要到期末了，大家看起来都很忙。每天早晨六点半，图书馆前就排起了等着占座的长队，通宵自习室也拥挤了起来。

江越白每天奔波于教室、自习室和寝室三点之间，疲惫却快乐。

不仅要写必修专业课的小作业和选修课拿学分的大作业，而且建模选拔赛就快开始了，她还要学习建模知识。

除此之外，筹备许久的魔方大赛终于要在今天晚上举办了。

“筹划了这么久的活动，就三个小时啊。”思凡用笔盖戳戳本子。

当时看小白左一个电话，右一个电话的，她还以为比赛要很长时间呢。

“严格来说，其实比赛挺早以前就开始了，每个组别都举行了小型预选赛的，是其他部门负责的，我不太清楚。”江越白拆了一只新的魔方出来，放在手里把玩，“考虑到舞台效果，今天晚上还是以展示为主的，只有决赛，这样观感应该会好一些。”

“哦。”

思凡对魔方之类的显然不太关注。她正在追的动画每周五更新，今天的剧情正好到了最关键的部分。她关心的是动画里的大反派到底是不是女装大佬：“那为啥我晚上也要去？”

崭新的魔方在江越白的手里转悠，但她不太满意这只魔方的手感，或许是太新的缘故，手感上有点儿涩。

“因为给我安排了一个串场节目，如果演砸了没人给我鼓掌，我会很尴尬。”

一听这话，思凡立马把作业推远。她解开外套，瞪大双眼，张开嘴巴，飞快地鼓起掌来，而后双手合拢放在嘴前做欢呼状：“哦！我的天哪！小白你怎么这么优秀，！我真是太荣幸了吧！”

“怎么样？样够不够？”她问

前排的女生投来诧异的目光，江越白脸整个儿埋进围巾里，自闭了。

原先为了舞台效果，她特意斥巨资买了一个带亮片的演出专用魔方，但是磨合了一段时间后，她觉得这个新魔方可能会砸了她的招牌。

于是她给何紫发了条微信消息，让她一会儿来看比赛的时候顺便把她小方带来，还特意说明了小方的特定标志。

江越白有个鲜为人知的癖好，那就是爱给自己的东西取名字，比如她的魔方有叫“小方”“小绿”“小透明”的，袜子叫“青蛙一号”和“飞机二号”。

江上寒曾经取笑她取名水平还不如幼儿园的孩子。

“为啥非要用‘小方’呢？”

“据不完全统计，我有大大小小二十多个魔方，但小方是最老的一个。怎么样，我是不是很长情？”这是偶像参加《大脑》的同款魔方，也是陪伴她练习比赛直至高考的那一只。

思凡嫌弃地摆摆手：“有点儿恶心了。”

和其他老师的抽查点名不同，奚老师惯常用签到的方式来考核出勤率。

签到表会顺着座位传下去，每个人按照顺序写上自己的名字和日期。方式简单，但每节课都有，而且谁也不知道他会不会核对第一天的笔记。

上课的预备铃已经响了，但是寄风还没有来。

江越白打开手机，发现寄风十分钟前就给她发来了消息。

师哥：“导师这边有事耽误了，可能要迟到一会儿。”

这会儿的工夫，思凡已经签好到了，她把签到表递到江越白的面前。

江越白提起笔签了自己的名字，寻思着要不要顺便帮寄风签到。

不知道少一次出勤会不会影响师哥拿学分啊？

要不她就代签了？

反正他一会儿也是要来的嘛，这样也不算逃课。

就算被奚老师发现，以他们之间这么硬的关系，就一次，应该会原谅她的吧？

黑笔在她的手中转了个圈。

还没有完全摸透学校套路的大一学生，尚且认为在选修课中，满勤是非常重要的一环。

“小白，好了吗？”思凡催她。

“嘘——”

思凡话音刚落，只见江越白提起笔，在自己的名字下方郑重地写上了“寄风”两个字。

下笔的时候，她回想了一下寄风之前的签名，那帅气飘逸的行楷她肯定是学不来的，她只能尽量横平竖直，写出最端正的“寄风”。

就像他第一次出现在她面前，给她留下的感受一样。

她把签到表捏在手里，看着挨在一起的两个名字，心里涌出满足的感觉，就像是喝了鲜榨果汁，甜滋滋的。

如果师哥看到她写的名字，一定会露出无可奈何的表情吧？

江越白忍不住用手机将他俩的名字拍了照，然后再将签到表往后传。

是时候把练字提上日程了。

就从“寄风”两个字开始练起吧。

十五分钟后，寄风从后门进来，他一眼就看到了在后排装乌龟的江越白和思凡，大步走到江越白身边坐下，将两个袋子放到她们面前。

虽然是最早知道江越白和寄风关系的人，但思凡并没有和寄风单独接触过。在她的眼中，寄风除了是闺密的男朋友，更是数院的榜样，是偶像，是大神！

所以在接收到来自大神的投喂之后，思凡分外惊喜：“哇哦！”

趁着思凡发呆的瞬间，江越白已经迅速扒开两个袋子，看准了那杯阿华田，霸道地将它揽到了自己面前。

然后，思凡就看到正在低头回消息的大神，头上像是长了眼睛一样，左手慢慢地往前一探，准确地抓住了江越白的手腕。接着，他放下手机，将阿华田递给思凡，又将另一杯果茶递给江越白。

再然后……

思凡看着江越白不情不愿地嘬了一口果茶，眉毛迅速皱了起来，委屈地盯着果茶标签上红色的“无糖”字样看了一会儿，转而怒瞪着大神。

非礼勿视，非礼勿听。

思凡正襟危坐，吸了一口奶茶，说实话，奶茶到底是甜是咸她也没尝出来。

最后……

思凡的余光瞄到，大神又开始回复消息，只是他并没有松开抓着小白的手，反而往上挪了几寸，握住了她的手，又轻轻地揉了揉她的指节。

江越白又把头缩回了围巾里，乖得不像话。

思凡打了个嗝，饱了。

这时江越白的手机振动了起来，是何紫打电话来了：“小白，你的小方放在哪里了？我翻了柜子，但没有找到啊。小黄人、太空人、小绿和小透明都在，但是我没看到小方啊，你看看你是不是带走了？”

挂掉电话，江越白有一瞬间的茫然。

小方只是个魔方，又没长脚，能跑到哪里去？

她仔细地回想着最后一次见到小方是什么时候，又把书包翻了个底朝天，始终没有找到小方。

对于江越白来说，小方已经不仅仅是一只魔方了，小方承载了她最初的梦想，见证了她的努力。小方于她，就像小智和皮卡丘，奶奶和她拄了十五年拐杖，大爷和他盘了半辈子的核桃。

因此，这节课剩下来的一个小时十二分钟，就显得格外难熬。

选修课五点四十分下课，魔方比赛六点正式开始。

作为工作人员，江越白还需要先去后台对赞助商送来的奶茶以及物品进行确认和接收。

同时，作为串场节目的表演者，她还要进行简单的换装和化妆。

路灯已经亮起，举办比赛的活动厅里，热场音乐已经响了起来。。

何紫依然没有找到小方，只得拿了江越白平时训练常用的小黄人，先给她送过来。

后台，江越白正在核对送来的奶茶数量。虽然已经入冬，但由于之前急于赶路，再加上工作繁琐的缘故，她的额头上渗出了汗水。

她撑着腰站直，眉头又蹙了起来。

小方到底放在哪里了呢？

后台的门帘被撩起来，一个裹着大衣的女生弓着腰，双手撑着大腿重重地喘着粗气道：“越白！你看看，是不是……这个？”

江越白偏头看去。

女生的刘海紧紧贴在满是汗水的额头上，看似刚刚剧烈跑动过，她的脸颊通红，因为鼻炎，她只得张大嘴巴拼命呼吸。在她的手掌上，安静地躺着一只小巧的魔方。

魔方的四周有比较明显的磨损痕迹，其中一面的正中间，贴着江越白特别定制的印有“白”字的特殊贴纸——是小方。

“沁儿？”

江越白诧异极了。

就算让她猜十次，她都不会想到是王沁儿给她送来小方的。

“早上倒垃圾的时候，我在整理杂物堆时看到的，之前看到你玩过，猜到可能是你误扔了。回去的时候听到盒子（何紫）在和你打电话，我觉得可能是这个，就给你送过来了。”

听她提到杂物堆，江越白这才恍然大悟。

每两周的周四下午，学生会的生活部会来宿舍检查卫生。

城大的宿舍卫生标准极其严格——垃圾桶里不能有垃圾，桌上不能放东西，洗漱间台子上不能放洗漱用品。

上有政策，下有对策。

于是她们在阳台的晾衣架下放了一个矮架子，最上面放一个拆快递剩下来的纸箱。如果生活部的学姐来了，她们又刚好没有整理桌面，只需要把多余的东西都放到快递纸箱里，等学姐走了再收拾就好。

垃圾也是一样。

她昨天下午去取新魔方回来，确实是把之前装魔方的盒子拿出来了。再之后，查寝的学姐就来了。她可能就是在那时，把小方混进了纸箱里吧。

重新将小方握在掌心，她的心底涌上一种失而复得的喜悦。

想到自己之前和王沁儿那些隐秘的小矛盾，想到王沁儿其实连这个魔方叫什么都不知道，想到活动厅和宿舍之间的距离……是她狭隘了。

江越白收拾好心情，从刚核对过数量的奶茶里取出一杯龙眼椰奶递给王沁儿："快拿着，顺口气。你来之前应该先和我说一下的，这样我就能跑着去见你了。我代表自己和我的小方，非常感谢你，沁儿。"

王沁儿喝了两口奶茶，终于缓过来一点儿了，她捋了捋刘海，又指指一边排列整齐的奶茶："没关系吗？"

她们这样偷喝，真的没关系吗？

"没事。"江越白朝她眨了眨眼睛，拉着她往活动厅走去。

还有五分钟就要开场了，活动厅的大灯熄灭，只留了昏黄的小灯，最前方的泡泡机开始运作，从后面看过去，大厅里乌泱泱的一片黑脑袋。

江越白径直把王沁儿带到第二排，让她坐好。

"我坐这里没关系吗？"

江越白失笑，指着空位子的椅背示意她看。

嘉宾席都是事先空出来的，预留的座位上都贴了名字，方便对应落座。

思凡看到江越白和王沁儿，连忙向她们招手："沁儿，你可算来了！给你打电话你怎么一直不接？”

王沁儿对思凡笑了笑，看到边上还空着的两个座位上分别贴着自己和何紫的名字。

奶茶的温度从手掌蔓延至全身，她的眼眶突然有些发胀。

你看，从来都不是她一厢情愿。

第十三章

魔方比赛即将正式开始，暖场嘉宾也已经在后台准备了。活动厅二楼的总控室里，宋子归正在第三遍核对今晚的活动流程。

先前外联部拉到的赞助圆满完成指标，也让后续的宣传工作得以顺利进行，再加上有宋子归这个大招牌，活动厅里坐得满满当当。

“社长，有人在微信墙上反映说坐在中间第五、六排的同学明显感觉灯光比较晃眼，看不清屏幕。”

宋子归放下手机，透过总控室的玻璃向下望去。

为了舞台效果，魔方社特意向学校借了两台追光灯，分别放在活动厅的左右后方，两束灯光交会的地方正好是第五排。

“今天怎么没穿你那双大红色球鞋？”寄风不知道什么时候来了，他斜倚在导播台边，挑剔的目光落在宋子归的穿着上，然后难得地给予了好评，“今天你的穿着是我见过的最正常的一次。”

宋子归嗤之以鼻：“开玩笑，哥哥可是一级服装搭配师。”

主要是这次活动，他们的调子太高，阵仗搞得太大了，把城大学生发展处的主任和其他几个相关教授给吸引过来了，不搞得正式一点儿，着实不好交差。

寄风也懒得和他废话：“开场表演结束就要社长致辞，胖子和竹竿满世界找你。”

他走到门口的时候正好碰到忙得脚不沾地的两人，于是他这个闲人就被委托过来催宋子归。

“消息这么多，哪里来得及看？开场节目要八分钟呢，我把这个灯光的事情处理好了就下去。”

寄风挥挥手转身。他还不知道自己的座位在哪里，得趁着灯还没完全熄灭，抓紧入座了。

“哎？”寄风转身的片刻，宋子归突然想起了什么。“你要是没事，就来给我做个灯光总监呗。”

他调侃道：“之前迎新晚会那一次，我听说你救急救得很好啊。有了上一次的经验，今天肯定更得心应手，到时候帮你的小白把光补得足足的，你今天要不要再试一下？”

你的小白。

自己说出口的话，却让他心里泛出微微的酸。

“那不行，我还有大事要做……不过，倒是可以稍微帮你监一下工。”寄风神秘地挥挥手。

“最后一年了，宋社长。”寄风折回去走了两步，朝他伸出右拳，“祝活动圆满成功。”

宋子归碰上他的拳头：“结束了一起喝酒！”

从二楼的总控室下来，开场节目正好开始，是魔方拼图秀。

这个节目由魔方社的六名成员合作完成，他们会根据大屏幕上展示出的图片，各自完成手中的魔方部分，最后拼在一起，凑成屏幕上的图案。

先是简单的气球和台灯，再到略为复杂的动漫人物机器猫，最后甚至出现了富含层次的人物素描，所用的魔方也从六个变成了十六个。

当八分钟的节目结束，六人快速地将魔方全部还原成功的瞬间，观众席抑制住的欢呼声彻底爆发。

气氛刚好的时候，宋子归走上了台。

“感谢六位亲爱的成员为我们带来的精彩表演，感谢领导和嘉宾的莅临，也感谢下了课就匆匆赶来捧场的大家，我是魔方社的宋子归，大家晚上好！

“你以为刚刚的表演就是魔方全部的魅力了吗？不不不，千万不要眨眼，这才刚刚开始……”

此起彼伏的欢呼声和话筒的回声穿透墙壁在后台回响，荞麦握着手机在楼梯边转了好一会儿，终于等来了寄风。

“学长，你怎么从外面进来了？小白在前面帮忙，和我说你在总控室，让我在这里等你。”

寄风停住脚步：“去后面帮了个忙。”

毕竟，要论如何给女朋友打出美美的光，没人比他更有经验。

“刚才来了一位老师，但是座位比较紧张，所以就把之前给学长你留的位子让给老师了……”

为了让表演更具观赏性，这次活动的节目以及比赛流程，大都是含有观众互动环节的。

江越白有自己的小九九，所以特意给寄风留了一个前面靠走道的座位，就是为了能够在自己擅长的领域和他进行一次互动。

就像他平时教她建模一样。

她的计划，荞麦也是知道的。因此，她有些抱歉，又有些遗憾。

寄风回道：“应该的。”

荞麦：“我再带你去后面找找座位吧。”

虽然远了点儿，但总比待在后台强。

“别担心，我有位子。”寄风解释道，“你快去忙吧，我自己从侧门进去就好。”

寄风沿着走廊来到侧门时，宋子归的激情演讲已经结束，主持人开始介绍比赛的裁判以及规则，社员们正在往台上搬比赛用的桌椅、道具。

寄风找到贴有自己名字的座位坐下，目光在台侧搜寻了一番，很快就找到了正握着对讲机原地待命的女朋友。

他往后仰靠在椅背上，眼角微弯，眸光也温柔起来。

对寄风来说，如果是为了看比赛，哪个座位都没有总控台的视野好。

但他是来给女朋友捧场，顺便传递一份微不足道小惊喜的称职男朋友，怎么能没有一个“凑巧”的位子呢？

宋子归策划的活动就像他的人一样，花哨但正经，专业度极高，观赏性和娱乐性也极强。能够进入决赛的选手都有两把刷子，再加上比赛当中也会穿插精彩绝伦的魔方表演，时间过得飞快。

紧接着，就是江越白参加表演的节目了。

“如果蒙上双眼，你是否还能通过强大的记忆力和逻辑推导能力将魔方复原呢？下面，请欣赏由江越白和杜越带来的表演——平衡魔方。”

顶灯熄灭，在纯白的追光中，江越白和杜越依次走上舞台。

自从上次向宋子归请教了盲拧的技巧后，江越白也改变了自己的步骤，就抽出每天睡前的那点儿时间练习，也有了不错的进展。可对于舞台来说，仅仅只有盲拧这一个项目，还不够吸睛。

于是，宋子归又找来了魔术社团的社长，向他借了一个人——平衡的天才，杜越。

一块夸张的红布铺在三张课桌上，上面整齐地堆着几个魔方，白色的追光打在一个青瓷托盘上。

江越白走上前，拿起摆在托盘上的搞怪眼罩：“我将为大家展示的，是魔方的一种复原技术——盲拧。”

“顾名思义，一会儿我将会用绸带蒙住眼睛，然后进行魔方复原。我的技术还有很大的不足，还希望大家多多包涵。”

这虽不是江越白第一次登上舞台，但是以表演为目的，上台展示魔方，确确实实是初次经历。

灯光明亮刺眼，她只能看到底下乌泱泱的一片黑色的脑袋，以及空气中被灯光放大的浮尘颗粒。

她忍不住攥住自己的衣角："下面，就请我的伙伴取出魔方，然后随机找一位观众将我的魔方拧乱。"

话筒从手上递出去的那一刻，发出了一声尖锐的呼啸。

和拘谨的江越白比起来，杜越可是舞台的老游击队员了，他握住话筒先讲了一个笑话，轻松化解了话筒杂音带来的尴尬，然后一只手托住装着小方的托盘走下舞台，随便找了一个人来拧乱魔方，并放回托盘中。

"好，下面我需要一个不认识我的人来帮我检查一下这个魔方——哎，竟然有这么多人吗？看来是我的本职工作做得还不够好。"

江越白的双手分开放在桌子上，大红色的桌布衬托得她的手白得反光。她的手指微微用力，红布就皱了起来。

台下的氛围十分轻松，她却无比紧张。

在她耳中，杜越与观众互动的声音逐渐减弱为单一的电流声，她的眸光无法聚焦，只得偏过脑袋，茫然地在观众席上搜寻。

她看到举着相机的程夕，看到冲她做加油手势的宿舍三姐妹，直到身穿烟灰色大衣的寄风出现在她的视线里。

有匪君子，风雅独绝。

即使灯光刺目，人潮汹涌，只一眼，她就看到了他。

四目相对，他平静的目光传递着安抚的力量，江越白的心仿佛被放进了一片柔软的云中，安宁又惬意。

"好，下面让我们把时间交给台上这位玩魔方很厉害的同学。"

杜越端着魔方走上台，故作夸张地询问她："江同学，你看起来真的很紧张。"

江越白收回视线，将眼罩戴在头上，很配合地回答他："是你看错了。”

她的眼罩图案是洋葱小人的颜文字表情，眉向上翘起，轻蔑的眼神向右看齐，正好对着杜越。

看她的状态已经调整好了，杜越也松了一口气。

“下面，江同学将会有十秒钟的时间记忆魔方，而后戴上眼罩进行魔方复原，在她复原魔方的这段时间里，我也会完成我精心准备的平衡大秀。”

倒计时开始，江越白掀开眼罩，当她的手碰到魔方的那一刻，鲜明的颜色迅速烙印在脑中，手指无意识地模拟着复原动作，时间和空气仿佛定格了。

三，二，一。

空调的热风吹起江越白的发尾，她将眼罩拉下来蒙住眼睛。

背后硕大的屏幕上，时间每过一秒，黑色的数字就会闪烁着跳动一次。但在她翩飞的指尖，时间都被忽略了。

寄风双手交握着放在膝盖上，望着台上自信又厉害的姑娘，脸上不见分毫担心。

一朝展技，技惊四座。

当江越白复原成功，按下计时器暂停按钮，取下面罩的时候，杜越也刚好完成了他的平衡魔方作品——他将不同形状的七个魔方分别以一角着力，而后又将其他魔方以刁钻的角度放在底层的魔方上，一层叠一层，看似完全不可能摞起来的几个魔方，在他手中奇迹般地达到了平衡。

最后，江越白小心地将自己的魔方递给杜越，在杜越把小方置于顶端的刹那，观众席爆发出了热烈的掌声和欢呼声。

声浪冲击之下，魔方塔轰然倒塌。

表演成功了。

江越白悬着的一颗心终于落了下来，她把颜文字眼罩攥在掌心。

在雷鸣般的掌声和震耳欲聋的欢呼声中，她的嘴角扬起自豪的弧度，对上寄风的视线。

纵使人潮汹涌，我也只望你一人。

江越白以为这一天已经够圆满了，没想到还能够更圆满。

比赛的最后，是颁奖环节。

除了今晚角逐出的名次奖项，之前线上举行的魔方创意大赛的获奖作品，也会在今天公布。

创意大赛采取的是参赛人员自主上传，网友票选的形式，既是为了唤起大家对魔方的热情，也是为魔方比赛做预热。

全场的灯光终于亮起，大屏幕上开始展示优秀作品。

江越白和荞麦一边整理托盘上的花束、奖状和小礼品，一边看屏幕，忍不住感叹当代大学生深不可测的脑洞和奇思妙想。

“这个一看就是计算机系的学长，这用编程做出来的立体动态魔方在一众静态照片中显得格外突出。”

“变废为宝手工人！”

“这位做陶泥的大神才是真硬核啊！”

“这个怎么才四百票，低了低了……”

两个人你一句我一句，简直就是行走的弹幕。

但再怎么智能的AI，也都有短路，出现漏洞的一天。

“天哪，这个拼图才是真厉害吧！是挂在美术馆里，我愿意花钱买回去的程度了。”

“……这拼出来的像是个人名啊？”

良久没有听到江越白的回应，荞麦忍不住向她投去疑惑的目光：“小白，你哑巴了？”

“哑巴”江越白此时正歪着脑袋，原本托在腹部的托盘被她捧起来放在胸前。她的嘴唇微微嘟起，眸里水汪汪的。

就这一会儿的工夫，她连耳垂都红了。

甜在心头口难开。

顺着江越白的视线，荞麦重新看向大屏幕。她的目光从魔方拼成的字母上挪开，缓缓下移，落在了右下角的署名上——数学与应用数学专业，1701，寄风。

“获得魔方创意赛的作品有——生物工程专业刘子涵同学的《魔方细胞》，音乐表演专业……数学与应用数学专业寄风同学的《Astrid》。下面有请获奖同学上台领奖，请学生发展处的谢主任为他们颁奖。”

“不会吧！”

荞麦这才反应过来，她快速整理好托盘，站队前还特意用右胯顶了顶江越白的肚子。

她可总算知道，寄风听到自己没有位子了之后还这么淡定的原因了，合着人家早就给自己安排好了。

这一次啊，寄风是在大气层！

“好呀，江小白，秀恩爱都秀到比赛上来了。”

江越白挑了挑眉，她没有说话，笑意却从眼角眉梢溢了出来。

Astrid，神圣的美丽，这是她的英文名字。

她手捧鲜花和荣誉，站在舞台的边缘，看着寄风从椅子上站起来，从容地整理了一下被压皱的大衣衣角，跟随队伍走过来。暖色调的衣服将他的五官衬得更加俊朗，衣袖的纽扣在灯光下熠熠生辉。

第一次约会就让女朋友做四级卷子的直男是他，在三百多人面前隐晦表白的浪漫男友也是他。

江越白特别想要感谢荞麦，如果不是她非要拉着自己来做礼仪，她就失去了见证惊喜的这一刻。

熟悉的颁奖音乐响起，江越白跟在谢主任的身后为大家一一献花，最后停在寄风面前。

谢主任与寄风握手，把奖状交给他后，江越白紧接着把小花束也递给寄风。

接过花束的时候，他的指尖触碰到江越白的手背。像羽毛一般的轻盈触感，让她的耳垂唰的一下又红了。

下台离开前，她轻声说道："手机没电了，一会儿结束了在后台等一下我。"

寄风微微低下头："等你。"

小朵的桔梗从花枝上落到寄风的手上，又飘旋到江越白的足间。

她小心地绕过去。

月遇从云，花遇和风。

如果今天没有见到月亮，我一定会很想你。

八点半，居家办公的江上寒连续收到了三个好消息——基金涨了，油价跌了，调休的申请通过了。

他忍不住把腿跷上桌子，翻出老皇历来一看究竟："好日子啊，诸事大吉！"

为了庆祝活动的圆满成功，宋大社长大手一挥，决定自掏腰包大出血一次，邀请所有的社员到南门的胡子烧烤店消费。

寄风作为社员亲属，社团的直系财务管理者兼社长的亲密室友，多添他一张椅子，一点儿也不过分。

对于2017届的大四学生来说，等到明年，他们就要离开校园开始实习，再一次重返校园恐怕就是毕业典礼了。像今天这样的活动，他们也是参加一次，就少一次。

所以，他们抓住大四上半学期的尾巴，在新的一年到来之前，尽量狂欢。

因此，眼下虽然并不是毕业季，各个烧烤摊的生意却好得出奇。

好在社里的学姐早就订好了位子，一群人呼呼啦啦坐了好几大桌，扑面而来的热气熏得江越白手心都开始冒汗了。

胖子和竹竿从外面抱进来两箱啤酒，攀着宋子归的肩膀直呼不醉不归。

荞麦坐在最里侧的一张桌子，占着身边的空位，正在朝江越白招手。

桌子之间的距离很窄，还有羊肉串的签子伸出来。寄风伸手将江越白护在身前，单手扶着她的腰往里挪。

“嘿，老三，今天你可别想从我这里竖着走出去。”

“……做你的春秋大梦！”

耳边是嘈杂的人声，周身是弥漫的烟火气。

江越白的后脑勺紧紧地贴在寄风的胸膛上，浅浅的柠檬味包裹着她，驱散了眼前的热浪。

他们坐的位置正好夹在两面墙中间，不会有人来往，显得清净不少。

桌子上有好几张不认识的面孔，江越白望过去，正好撞上韦艳学姐投过来的暧昧目光，又看到她身边正给她抽纸巾擦手的学长，这才反应过来，这一桌，应当是特意另加的“家属桌”。

“保密工作做得这么好，竟然都不告诉我。”

刚坐下，江越白就忍不住捶了好几下寄风的左胳膊。

恋爱以来，除了回宿舍睡觉、分开上课和找导师吃饭，两个人其他时间都黏在一起学习、吃饭。

江越白怎么也没有想到寄风竟然背着她准备了这么一出。

不过，还怪惊喜的。

寄风抬手，顺势将她的手握进掌心，修长的五指慢慢探进她的指缝，然后抓牢，还在膝盖上轻轻敲了两下。

“忙了一晚上，饿不饿？”

“还真有点儿。”

桌上的烧烤散发出诱人的香气，面包片被烤得金黄，菇类拼盘放在桌子的正中间，服务员端着小半只羊腿，费力地放在桌子上。

荞麦单脚跪在椅子上，左手椒盐粉，右手辣椒面，大厨似的为大家分串。

“小白，要辣椒吗？”

“少一点儿少一点儿！一点点就行。”

“行，来接。”

看着被烤得流油的“掌中宝”，江越白的胃不争气地叫了一声，她下意识地想要伸手去接，手一动，寄风的手也跟着抬起来。

她犹豫了一秒，舍不得松手。正当她打算侧身伸左手的时候，寄风接过了“掌中宝”，放在了她面前的盘子上。

大衣的袖子拂过桌面，蹭上了一点儿橘黄色的椒盐油星，江越白瞄了一眼，只觉得心疼极了。

这时候，扬言要不醉不归的一群人终于挤到了最里面。

宋子归把衬衫袖子撸得老高，露出白皙却精瘦的手臂。他握着一瓶开动的啤酒，手指在空中转了个圈，准确地停在了——空调的正下方，正是江越白和寄风坐的地方。

江越白脱了外套，露出里面白粉色的花苞领口，头发长长了一些，柔软地贴在脸颊两侧，她的脸颊被热气熏得红扑扑的。寄风眼眸低垂，侧过头对她说了句什么，她笑得眼睛都弯成了月亮。

宋子归仰头灌下一口酒，微苦的口感清醒了他的大脑。

视线再扫过去的时候，他就又恢复成了亲切又疏离的“城大桃花树”，笑着叫道：“寄风，你给我过来喝酒！混在一群女生中间喝饮料，有没有点儿出息！”

听见这话，寄风放下了装着白开水的杯子。他松开江越白的手，脱下外套，慢条斯理地叠好，放在椅子上，又掏出手机放在她的掌心，替她顺了顺头发。

“一会儿如果导师给我来电话或者微信，就帮我和他说……”寄风沉吟片刻，“就说我智齿疼，挂水去了。”

“密码是 0728。”他补充。

江越白收好手机，替他仔细卷好袖子，还不忘打趣他：“不怕老板扣工资？”

寄风扶着她的背从她身后跨出去：“怕，所以只好推你去做挡箭牌。”

等着的人显然有些不耐烦了，起哄得更加厉害了。

江越白向嘴里扔了两粒毛豆，盐水泡过的毛豆又嫩又脆。她嚼了两下，还从里面尝出了甜味。

0728，是她的生日啊。

“磨磨叽叽的，喝个酒而已，搞那如胶似漆、难舍难分的样子给谁看？”宋子归往寄风怀里塞了两瓶酒。

冰凉的瓶子在他的衬衫上沁出一片水渍，寄风不动声色地又将一瓶还给他：“家教严，不让多喝。”

如此明目张胆地秀恩爱，是可忍，孰不可忍？

宋子归暗骂一声，单手绕过寄风的肩膀，直接锁住他的喉咙，瓶口对瓶口，发誓要和他拼个高低。

隔了些距离，江越白和荞麦听不清他们交谈的内容，但他们时不时望过来的目光，还是让荞麦的好奇心冒了头。

刚出炉的烤生蚝分到眼前，荞麦看都不看一眼，直接推开，顺便还抢走了江越白的筷子，剥夺了她的进食权。

“江小白，你教教我，我去哪里能再找到一个和寄学长一样浪漫的大帅哥？”

在后台听江越白解释了寄风作品的含义，她羡慕地喝了一大杯不加糖的柠檬水。

“也不浪漫吧……”

主要比较硬核。

“那……只要是帅哥就行，要是还能教我做数分题就更好了。”

江越白的目光直直地盯着蒜蓉烤生蚝：“你抬抬头，这里多得是能教你做题的大帅哥。”

“好嘛，等我吃完再问嘛！生蚝冷了就不好吃了，先吃先吃。”

再不吃就没有啦！

“瞧你那出息。”

荞麦松开手，从边上顺了两小瓶饮料。

白色的包装上胡乱地画着几条蓝色的长线，成分表都是韩文。

她打开一瓶尝了一口，又将另一瓶递给江越白：“味道有点儿像雪碧，但是又有点儿呛。”

江越白刚解决掉两只生蚝，确实有点儿腻得慌。

她看着手中从没见过的饮料，又凑到荞麦那边闻了闻味道：“是酒吗？我怎么感觉还有股奶味儿。”

“……不是酒吧？这么一小瓶。”荞麦又尝了一口，觉得有些上头。

邻座的学姐解释道：“这个叫可尔必思，不含酒精的，只是乳制品。”

乳制品？那就更不能喝了。

江越白遗憾地摇摇头。

学姐不知道她的情况，只当她是不喜欢汽水味儿：“那试试果茶吧，你想喝点儿什么？”

“有西瓜汁吗？”

月色入户，店里的气氛欢愉又融洽。

烧烤的炉子早就已经关了，浓密的烟渐渐散去，快到宿舍熄灯的时间了，聚餐的人三三两两地结伴散去，店里就只剩下了魔方社的人。

宋子归终于被灌趴下了，寄风拍了拍他的后背，让竹竿和其他几个人先送他回去，自己则去老板那里替宋子归埋了单。

等到他攥着空了的啤酒瓶回到自己那桌的时候，就看到江越白半挂在荞麦身上，像条没有骨头的鱼。

他的酒瓶还是最初的那一个，他的小姑娘却好像有点儿神志不清了。

“喝酒了？”寄风一边询问荞麦，一边小心地把江越白接过来。

明明店里已经没有那么热了，但她的身上还是暖融融的，像一团小太阳。

“我发誓，一滴酒都没有沾。”荞麦也有点儿无奈。天地可鉴，这桌上一滴带度数的饮料都没有啊。

大约是感受到了寄风的气息，江越白艰难地睁开眼睛，然后搂着寄风的脖子，乖巧地蹭了蹭他的下巴，声音软绵绵的：“你来接我啦？”

分明是醉了。

不怎么平顺的头发蹭得寄风下巴很痒，他换了个姿势，让她躺得更舒服些。

“都喝什么了？”

荞麦指了指面前的杯子：“西瓜味有点儿淡的西瓜汁。”

寄风腾出一只手拿过杯子，掀开盖子，里面的液体是比较淡的粉红色，他尝了一口，确实是比较淡的西瓜味，就是香精味儿有些重，而且还带着点儿奶粉的味道。

正好胖子过来确认人数，看到江越白这样子就随口问了一句：“小嫂子这是喝醉啦？要我帮你喊辆车吗？”

大约是想要回应一下“小嫂子”这个称呼，江越白扭动了一下，半直起身子，打了个哈欠。

荞麦笑：“喝西瓜汁就能喝醉的，我还是第一次见。”

胖子开口道：“老板说这个季节的西瓜都不新鲜，而且果汁太冷了，所以就给你们换了西瓜奶昔。”

果然如此。寄风叹了一口气，让胖子倒一杯水过来，又捏了捏江越白的脸颊，向荞麦解释道：“见笑了，小白她醉奶。”

走是不可能走回去了，寄风喂江越白喝了几口水之后，把大衣披在她身上，轻松地把她背了起来。

“学长，要找个人陪你吗？路上还是挺暗的。”荞麦问。

江越白乖巧地趴在他的背上，双手抱得紧紧的，热气呼在他的耳边，让他感到格外安心。

“没事，我背着她慢慢走回去。”

寄风踩着落叶慢慢走远，橘黄色的路灯下，他们的影子被拉得很长。路旁高大的银杏树紧密地挨在一起，凉风吹过，落下一大片枯萎的金黄。

回宿舍的路不远，他却感觉像走了很久。

走到半路的时候，江越白就已经醒了，只是脑子还不大清醒。她聚精会神地盯着寄风的右脸，觉得他好看极了，于是她撑着寄风的肩膀往上移了移。

寄风无奈地用手护住她的背：“小白，你不要乱……”

话未说完，他的右脸触到一片温热——江越白将脸贴了过去。

温热撞上冰凉，寄风的视线都垂了下来。他把江越白放了下来。

“怎么不走了？”

青黑的天，橙黄的树叶，超喜欢的人。

江越白仰着头问，下一秒只觉得天旋地转——寄风把她揽进了怀里，宽大的风一把她的后背遮得严严实实。

他存心逗她：“你怎么不走了？”

江越白皱眉：“是我在问你。”

寄风捏捏她温热的小脸：“我也在问你。”

一来一回，她思考得就更困难了。

那干脆就不想了！江越白开始耍无赖：“你就仗着我喜欢你，跟我耍无赖！”

寄风的眼里满含着柔情，他的声音仿佛在香醇的红酒里泡过，诱惑又迷人：“你喜欢谁？我怎么不知道？”

江越白把头仰得更高，皱眉道：“你好笨哦……我当然是……喜欢你啊。”

青灰色的天突然不见了，男朋友怎么看都很帅的脸逐渐靠近。

她望向他的眼眸，能看到街旁的路灯投射在其中的橘黄色的光点，也能看到他眼中的璀璨星河。

唇上一片温热，她闭上了眼睛。

香浓的西瓜味在唇间蔓延，明明是轻柔的触碰，却又带来一点电流的酥麻感。

寄风用力搂住她的腰，像是要把她揉进身体里。

“我也爱你。”

骤然刮起的寒风，也染上了三分春色。

第十四章

有一个沉迷学习，把又高又帅的男朋友当成学习工具人的女朋友怎么办？

在线等，挺急的。

英语四级考试已经开考一个小时，寄风坐在六号楼下的紫藤萝长廊里发呆，手边还放着江越白的复变函数作业。

本科时期的最后一个寒假，又要留在学校度过了。

受多种因素影响，建模美赛推迟到了明年。这下，组建队伍以及集训的时间就充裕多了。开明的杜教授特意向学校申请了寒假留校集训的资金和场地。而作为杜教授的打工人，寄风也被委以重任。

干枯的藤蔓交织着攀上斑驳的连廊，深秋的暖阳从枯藤间漏下一地橘黄的光斑。

不远处，提前交卷的学弟着急忙慌地骑着自行车飞驰而来，风鼓起他的卫衣外套，车轮卷起一地落叶。

虽然还没有到收卷的时间，但交卷的人越来越多，到四点半的时候，校园里的人流量更是暴涨。

四点四十分，是城大各个食堂开饭的时间。

寄风换了个背风的位置，听路过的学弟学妹们谈论这次考试的内容。

又等了一会儿，才看到江越白裹着她的小蜜蜂围巾，不太情愿地朝长廊挪过来。

大约是发挥得不太理想，她把围巾围得又高又紧，脸被遮得严严实实，只看见无神的双眼和皱起的眉心，后脑勺的头发全都露在围巾外面，鼓成一个小包。

寄风替她松开围巾，捏了捏她的脸颊："抽到的题很难？"

江越白沉默地噘嘴，捧起了自己的复变函数教材。

寄风牵起她的右手塞进自己的口袋，拇指轻轻摩挲她的手背。他回忆着刚才听到的作文题目，挑了个最难的问："是未来太空基站？"

"不是……是四大发明。"

"发明的单词怎么说？"

"……invention吧？不然就是intervention。"

"所以你写的四大发明是啥？"

江越白停住脚步，把脑袋重新缩回围巾里："四大发明啊。"

她的声音有些含糊，语速又快，寄风没听清。

她只好小声重复了一遍："就……Star Farming啊……"

寄风偏过头，眯起眼睛思忖了一秒，而后嘴角扬起微妙的弧度。

他犹豫了一会儿，开口道："严格意义上来说，出卷老师也要感谢你为中英互译做出的杰出贡献。"

说完，他再也无法压抑自己的笑声。

江越白转过身，气愤地把教材按进男朋友怀里，严肃地警告他："不——许——笑——"

"好，不笑。"

嘴上这么说，但他的五官和表情，每一寸每一毫，都透着忍俊不禁。

广播台刚好在播英语角的节目，导播 Linda 马后炮一般给大家分析着四六级考试的技巧。

江越白听在耳里，苦在心里。偏偏她还要嘴硬，傲娇地说道："我不管，我的翻译就是最牛的！"

话音刚落，手机就响了起来。

闺密七七的声音以力拔山兮气盖世的气势撞击着她的耳膜，惊起栖息在头顶树梢上的麻雀。

"江小白！你看看现在都几点了！"

江越白皱着眉把手机从耳边移开，一把捞过寄风的手腕："坏了！"

漂亮的月相表上，时针不偏不倚，刚好指向五点。

"美丽的七七女士，您的订单马上送达，已经为您更换了配送员，请您少安毋躁！"

江越白匆匆挂掉电话，拉着寄风朝校门口猛冲。

今天，是她参加英语四级考试的日子，也是她的闺密姐妹团们来枫城参加小偶像握手会的日子，更是黑珍珠日料店在万达开分店的日子。

原本按照计划，她应当在四点半的时候交卷出门，富婆七七会在四点五十分准时取号，五点的时候，她们会在日料店大门口会合。

都怪"四大发明"占用了她太多时间，最后因为过号，他们不得不重新排队。

打了一把手游、两把麻将、三把炸金花以及 N 把斗地主之后，她们终于进入了包厢。

原本大家是想带着江小白的帅气男朋友一起玩的，但当寄风从江越白的书包里掏出三本《微积分教程》，并且一本正经地把它们当作见面礼物送给三个人的时候，七七和菲菲只觉得嘴里的瓜子都不香了。

江越白冷静地看着手里的一把烂牌，勉勉强强凑出一个“三带一”：“收下吧，收下吧，这是来自学神的关爱。”

七七伸手把单牌压在《微积分教程》上，郑重地推回去，妄图蒙混过关：“别耍赖皮，把你的东西收回去。”

在学校里要饱受高数折磨，出来见闺密，除了吃狗粮，竟还要被高数纠缠！

“不行！”

学霸江越白磨磨叽叽地把牌都收回去，又随便甩出来一张烂牌，单指按住书，又把它推了回去。

“好姐妹有难同当。七七，我希望你也能感受一下约会收到数学书的心情。”

七七白了她一眼，没说话

“怎么样？你现在的眼神透着一分快乐，二分酸爽，三分痛苦，四分郁郁寡欢。”

“Shut up（闭嘴）！”七七冷冷地说道。

三个女生一台戏，直男梦总终于受不了了，他去自动售货机里买了两瓶可乐，递给寄风一瓶：“学神，去玩篮球机吗？”

“好。”

江越白和他们三个已经是十年的老朋友了，听说她谈了恋爱，他们都很想来认识一下这位第一次约会就送四级卷子的男朋友。

原本以为对方是个戴眼镜，穿衬衫的标准理科系学长，菲菲甚至还给两人带来了自家炒的芝麻。

见到玉树临风，起码也应该是戏剧表演系出来的寄风后，七七和菲菲倒是松了一口气。

但是梦总不这样认为。他和江越白上初中就认识了，她是一个什么样的人，大概没人比他更清楚。

如果说寄风只是一个平平无奇的传统学霸，情商从小脑直通直肠，倒也没什么。

问题就在于，他过分优秀了。

虽然说江越白也很出色，但是寄风的优秀，以及从江越白口中听来的两人相遇、相知到告白的故事，让他有种她被套路了的感觉。

情场老手梦总皱了皱眉。

“如果你要说套路，准确意义上来说，也没有错。

“说不定，你可能也见过我。”

器械上的字母亮起，寄风屈起手肘，微微踮起脚，下巴扬起漂亮的弧度。

哐的一声，篮球落到篮圈里，器械上的分数快速跳动。

“第一次遇见小白的时候，我上高三，她还只是个……灵活的小胖子……”

红色的数字不断闪烁，之前兑换的游戏币很快用完了。

一杯可乐的时间，足够寄风向梦总讲明白他的真心和那些刚刚好的偶然。

那是下午四点半窗外屋脊上飞鸟啄起的晚霞，是五月操场树荫下摔红的膝盖和浓郁的青草香，是学校梧桐大道上阴差阳错的惊鸿一瞥，也是他在人生第二十三年精心筹划的命中注定。

“叫号啦！吃饭——”

晚霞像锦缎一样铺开，浓烈的薰衣草香气盖住了青草香，惊鸿一瞥的目光在这里定格，她的这一招手，就是命中注定。

事实证明，鱼香肉丝里没有鱼，老婆饼里没有老婆，女神可能是男扮女装的。因此，即使是大众点评上推荐的年度必吃黑珍珠餐厅，好评也可能是刷的。

菲菲满怀遗憾地踏进高铁站，告别时从包里掏出从魔都迪士尼买的最新款圣诞达菲，给江越白的小包又换了个挂件。

风从大厦两侧灌进中间的小巷，高铁狭长的车身从头顶飞驰而去，只留下一道灰色的残影。

寄风伸手接过江越白的书包，沉甸甸的，里面全是数学书。

“接下来去哪儿，小学霸？”

“我还有线性代数的作业没做完。”情商掉线的江越白目光锁定自己的玉桂狗书包，实话实说。

有一个沉迷学习，把又高又帅的男朋友当成学习工具人的女朋友怎么办？

急！很急！八百里加急！急急如律令的急！

寄风眼睫微垂，单手提着包的带子，另一只手掏出手机。

他今天穿了一件帅气的皮衣，黑色的皮扣收住腰腹，衬得他身材挺拔又修长。可爱又迷你的书包挂在他的身上，竟有一种微妙的融合感。

八点半，又高又帅的男朋友就站在面前，左边是枫城最繁华的夜宵城，右边是灯火通明的电玩世界。

如此良辰美景，正适合花前月下……

“唉，竟然输给了一本数学书。”寄风默默叹息了一声，阴阳怪气道。

如果A的所有特征值模小于1只是充分条件……哎？师哥刚才说啥？

思路被打断，刚好手机响起来。

江越白接起电话，耳边是梦总平静无波的声音：“求求你刷一下朋友圈，挂了。”

江越白一头雾水地打开朋友圈往下刷了两下，然后僵住了。

寄风的微信头像十分显眼，十五分钟前，他发了一条朋友圈：女朋友太爱学习了怎么办？急，在线等。

她一眼就看到了这条状态底下十八个点赞和清一色的评论，还全是熟人的ID。

眼镜：“当然是选择原谅她。”

薯片：“当然是选择原谅她。”

周周：“当然是选择原谅她。”

宋子归：“别秀了别秀了！狗都被你杀没了。”

梦总：“学神辛苦了！！！”

……

江越白情不自禁地“啊”了一声，不忍心继续往下看。

十五分钟前她在干什么？是不是在等地铁的时候又没忍住，问了他一道建模题？

这也太让人笑话了吧！

江越白嘟囔：“爱学习有什么错？还不都是为了某个人！”

为什么拼命学建模？还不是为了和你站在同一个领奖台上，成为能与你比肩的人。

“嗯？”

“嗯什么嗯！”

寄风低下头，用温暖而干燥的手掌蹭了蹭她从围巾下露出的后颈：“生气啦？”

“我生什么气！”

寄风轻笑着哄她：“别生气啦，没看出来我是在秀恩爱吗？”

轻柔的吻落在脸颊，寄风语气温和地哄她，很快就将江越白心里涌出的那些小情绪给抚平了。

一个吻就能搞定，她是不是太好哄了——这么想着，江越白默默地转过身，双手捏住寄风的领子，踮起脚尖——怎么着也得再来一个嘛。

今年的春节来得特别早，因此放寒假的时间也不得不提前。

元旦刚过一周，各学院各专业就相继发布期末考试的时间安排了。但江越白的生活和平时相比，并没有太多变化，除了越来越厚的笔记本，以及越来越触目惊心的体重。

陆续送走了其他学院的同学之后，数院大一最后一门专业课的期末考试，终于结束了。

这一天，枫城迎来了新年的第一场雪。

古朴的教学楼盖起了雪顶，边缘处露出苍青的砖瓦。高大的松树簇拥着楼房，松针不堪重负抖落些许雪屑，洋洋洒洒地落了一地。

等到江越白考完试出来，地上已经积了厚厚的一层雪。

“呀，好凉……”江越白摸了一把后颈，裹紧了红色的达菲围巾。

枫城位于三省交界处，淮河以南一到冬天，必下大雪。

对于出生江南的江越白来说，这还是她第一次真正意义上见到鹅毛大雪。

雪花落在掌心，倏忽间就被体温融化成水。江越白搓了搓右手，把书包扔在教室门口，飞速地从教学楼前的灌木丛上抓了一大把雪，团成团朝思凡扔去：“思凡！接招！”

刻在灵魂里的熟悉感让思凡下意识朝右侧跳开一步，雪团从耳边擦过。

思凡转过身来，活动了一下手腕，脸上露出微妙的表情：“江越白，你这是在挑战东三省的底线！”

真正的东北人从不会为南方的雪折腰，穿貂长大的思凡随随便便抓几把雪就能堆个城堡。

雪越下越大，根据天气预报，恐怕要到下午才会停。南方的学生大多没有见过这么大的雪，因为考试的结束，刚才还空荡荡的操场和小花园，这会儿人也多了起来。

融化的雪水浸湿了土地，给落叶染上湿润的棕色。被白雪覆盖的花园小道，又逐渐被踩出原形，露出底下光滑的鹅卵石。

五颜六色的伞被随意地扔在一旁，穿着羽绒服，戴着手套的学生在雪地里放肆地撒着欢。

当然，更多的是捧着雪，到处找角度拍照的人。

朋友圈里随便一翻，全是关于这第一场雪的煽情文案。

思凡沿路团出一个个雪球，追着江越白一路从教学楼打到了图书馆，直到江越白被草丛绊了一个趔趄，两个人这才停止了打闹。她从自动售货机里取出一小瓶热咖啡，抛给江越白：“这几天下雪，回去的车票可能也不是很好抢。”

“上个月就喊你订车票，谁知道你拖到了现在。”

思凡撑着膝盖，在自动售货机的小屏幕上点来点去，闻言为难地摇头：“考试安排出来得太晚了，我本来想着枫城这样的大城市，车票应该挺好买的呢……唉，竟然全是热饮，一个冰的都没有。”

江越白卷起袖子，也不打开咖啡，就这么捧着焐手。热度慢慢传递过来，加之刚才剧烈运动了一番，她甚至有点儿冒汗了：“这个天气你要喝冷饮？”

“心情好，需要一杯‘冰阔乐’来让我冷静一下。”思凡摸摸耳垂，随后转头问江越白，“你站起来扭一扭，看看膝盖疼不疼。”

如果摔跤也能参加奥运会，那么江越白凭借刚才打闹时那一路的动作绝对能够代表国家参赛，且每一个动作都能让评委打出技巧4.0的高分。

“还好，不疼。今天我可穿了很厚的秋裤！”

“那就好。”

温热的咖啡被揣在兜里，雪有越下越大的趋势。

图书馆和宿舍是反方向，江越白的书包落在教室门口了，思凡找图书馆的阿姨借了把伞，牵着江越白往回走：“那你呢？昨天听你和你妈打电话，寒假不打算回去？”

江越白点头：“只是稍微晚点儿回去吧。前几天学校发的那个大学生创业创新项目，我有一个关于建模的小想法，学校的资源比较多，我正好整理一下。”

思凡打趣道：“难道不是为了我们英俊帅气的寄师兄？”

江越白斩钉截铁道：“不是。”

“真的不是为了我们温柔体贴的寄师兄？那你说，到底是什么样的寄师兄？”

江越白随手抓起一把雪，迅速地朝思凡的脸糊过去：“思凡，我觉得你确实是飘了。”

“哈哈！被我说中心事了吧？还不承认！”

两人打闹着，伞一斜，雪从蓝黑格子的伞面滑落，盖住了两人的脚印。

“我去！江小白，你恼羞成怒是不是？还敢打我！”

寄师兄到底是英俊帅气，温柔体贴，还是别的样儿的，两个人一路打打闹闹，直到回到教学楼都没有说清楚。

巧的是，她们在教室门口遇到了寄风。

思凡双手环胸作思考状，说道：“小白，我觉得文质彬彬这个成语也不错的。”

忍无可忍便无须再忍，江越白直接一个巴掌，朝着思凡的后脑勺招呼了过去。

思凡截住江越白根本没使劲的手臂，主动向寄风打招呼：“寄师兄，是不是等了很久！我要去图书馆还伞，先走了啊！”

正在刷短视频的寄风抬头望过来，向思凡打了个招呼，随后走过来，伸手帮江越白捋了捋被雪水打湿的刘海：“怎么不接电话？”

江越白的手机始终是关机状态，他只好到教室来抓人。人还没看到，倒是先看到了她的包。

“嗯？”江越白把手机从口袋里掏出来，按了几下屏幕都没有反应，只好又长按电源键，屏幕上出现了充电的标志。

明明早晨出门才充的电啊。

寄风拔下自己连在手机上的充电宝，帮她的手机充上电，塞进包里，顺便也把她的手揣进兜里：“苹果的电池好像并不适应这样的天气。”

江越白将五指伸进他的指缝中，和她冰冷湿润的手不同，寄风的手温暖又干燥。

江越白把手退出来一点儿，在他的掌心挠了挠，很快被他握紧。

“你见到雪怎么一点儿也不激动！”

“这样的景色，你在接下来的三年中都能看到，到了那个时候，说不定你就能和我有一样的心情了。”

江越白撇嘴：“才不会呢，我可比你浪漫多了。”

“不浪漫”的某人也不多解释，他打开手机，点开和江越白的微信聊天框。除了两通未接的语音电话，再往上翻，还有一条很长的转发通知。

江越白的目光黏在寄风给她的备注名“甜甜”上，心情雀跃得像那九十九摄氏度的蒸馏水，再多一度就该冒烟了。

她根本没空来研究这段长得一个屏幕都没写完的通知详情，满脑子都是那两个字。

师哥是怎么知道她的小名的？还是说只是碰巧？那不可能，师哥看上去不是会起这么腻歪昵称的人。会不会是江上寒告诉他的？等等，江上寒之前是不是说过，师哥其实挺早就认识她了？

“这是什么？”

寄风揉了揉她的后颈，让她自己看完。

凭借着一目十行的功力，她迅速抓住了“集训”和“建模”这两个关键词。它们很快就把“甜甜”从她的脑海中挤出，给江越白带来了一个不小的惊喜。

对于城大建模社来说，今年是非常关键的一年，正好又遇上客观原因导致比赛推迟，徐陆行教授连跑了三趟校长室，终于让学校松口，在寒假的前半段时间里，在校内开展建模的集中培训。

江越白有些兴奋：“我看上面要求建模社的全体成员参加，且最终代表学校参赛的人员会从这次集训的成员中挑选，那我岂不是也有机会参加建模比赛了！”

才学习了半年就代表学校出去比赛这件事情，江越白是不抱希望的，但人要有梦想啊！

寄风当然不会浇灭她的希望："当然了，但首先，你要把队组起来。"

建模比赛是以队伍的形式参赛的，一支队伍可以由两到三人组成，成员们之间的关系以及默契程度，也会直接影响到队伍的成绩。

对于江越白来说，最终能不能在集训中脱颖而出，去参加比赛都是次要的。首先，她需要拥有一支队伍。

这也正是最难的一步。

建模队伍的组建讲究默契和互补，并且大家的队伍相对来说都是固定的，没有特殊情况不会更换队员。比如周周、眼镜和薯片，也比如寄风、陈池以及梁旭。

寄风、陈池以及梁旭是三年的老搭档，他们屡次代表学校甚至国家，在国际大赛上获得奖项。而今年，很有可能是三位大四学生蝉联奖项的最后一年。无论出于多么大的私心，在组队上，寄风能够提供给江越白的也只有建议而已。

即便如此，江越白的喜悦依旧要满溢出来了。

雪花飘进屋檐，落在她的发卡上。

江越白牵着寄风的手，深深地呼出一口气来："说起来，我元旦时候许的愿望也实现了。"

"是什么？"

"想要在新的一年里，和你一起看初雪。"

晶莹的雪花落在她的唇瓣上，寄风低下头，在她的唇上抿了一下，又轻轻吮了一下，尝到了桃子味唇膏的味道。

他突然想起了一句话——霜雪落满头。

霜雪落满头，算不算白首？

要在短时间内组建出一支配合默契的建模小队，显然是有些异想天开。

江越白收拾好心情，如释重负般地从陈池的手里接过自己被打回的材料。

没关系，她才大一，她还有时间。

正想和卷毛一起离开，陈池从身后叫住了她。

“今年人才济济，竞争也比较激烈。考虑到大赛的实操经验，徐教授决定让你们再磨炼一年。”陈池扬了扬头，新剪的齐肩碎发的发梢晃出好看的弧度，“徐教授收到了你关于研究魔方建模的创新设计方案，他很感兴趣，想问问你，还缺不缺导师。”

江越白愣怔了三秒，直接蹦了起来。

枫城的雪纷纷扬扬下了三天，好不容易盼来了放晴的那一天，学校里的人也散得差不多了。

徐教授望着底下瘫倒一片的建模人，推了一下眼镜，关了空调。

教室里响起此起彼伏的哀号声。

徐教授清了清嗓子，板着张脸道：“我讲了这么多，你们到底能听进去多少？

“还有半个月就要去美国了，我看你们有些人现在连英文题目都看不明白！

“简直是浪费我的时间！

“浪费学校的资源！”

北风卷起几粒碎石子落在窗户上，发出啪啪的脆响。

“所以——今天的课就上到这里，约会的、吃饭的、睡觉的赶紧去，三十秒之内消失在我的视线里。”

徐教授终于绷不住表情，自己先笑了起来。

“徐教授万岁！”“好耶！”欢声笑语差点掀翻屋顶。众人蜂拥而出，江越白却留到了最后，是和徐教授一起出来的。

寄风来的时候，只看到了徐教授的背影，步伐轻快得与他的年纪极度不相符。

“你说，徐教授是不是因为自己想下班了，所以就给我们下课了？”江越白疑惑地问。

寄风没有接她的话，而是把一杯还烫手的蜂蜜柚子茶塞进她的怀里，接过她的电脑包。

滚烫的温度透过杯子传到手心，烫得江越白一哆嗦。

寄风笑着问：“心情看起来还不错？”

“大学生创业创新的项目，我提交了一个关于魔方和建模的课题，徐教授给我提了一点儿意见，希望我能够冲击一下市课题。”

“嗯？”

“也许我可以把魔方和准晶体、夸克联系起来，再做一些思考……前两天我还看到了一篇关于模仿和基因的文献……还有还有……”

“江同学。”寄风终于忍不住打断了她的话。

江越白嘬了一口蜂蜜柚子茶，偏过头看他。

寄风目光灼灼，轻轻地捏了一下她柔软的掌心。

“如果我是你的同学，听到你对专业知识侃侃而谈，我会仰慕你。如果我是你的导师，看到你对课题这么用心，我也会为你感到骄傲。但，我是你的男朋友。”

带着青柠味的吻封住了江越白的唇。

“看到你对我的魅力无动于衷，只会让我想要亲你。”

鞋子踩在雪地上吱嘎作响，江越白素净的脸颊上飞起两团红晕。

自此以后，她再也不敢单独和寄风讲学习。

三个月后，学思楼前的大草坪上，围着乌泱泱的一大群人。

被他们包围的地方，横放着一块巨大的红色背景板，地上散着几支彩色的马克笔。学生会的几个干事簇拥在一块儿交头接耳，时不时地朝人群外张望。

江越白背着书包从二楼的办公室里走出来，怀里揣着她枫城第四届大学生创业创新项目的立项证书。她把白色的小熊围巾随意地甩到背后，趴在栏杆上看了一会儿楼下的动静，随即就接到了思凡的电话。

江越白："我在教学楼这块呢，怎么了？"

思凡："那正好，办公室这边在找你。"

"我就在办公室这边呢，咋了？"听着思凡火急火燎的语气，江越白下意识地抬头看了一眼办公室的门牌。

不是刚才已经找过了吗？

"你先下楼！"

下了楼，又花了十几秒的时间，江越白才明白了思凡的意思。

每年春季，是各大院校使尽浑身解数，开启自主招生的时候。江越白作为前一年度自主招生的选手，又是一个长相如此娇软可爱的妹子，当然要被拉过来拍宣传册啦。

为学校做宣传，本来是一件骄傲的事情。

不过，轮到她是，气氛变得有些微妙了。

大约是凑巧，又或是大家看热闹不嫌事大的顺水推舟。

江越白侧过身，仰起头看着突然出现的寄风。他穿着一件米色的V领大衣，露出深色的毛高领衣，头发上了发胶，被打理成十分干练的模样，鼻子上更是少有地架着一副无框眼镜。

江越白来不及多想，摄像机镜头已经打开了。

"首先，请两位做一个自我介绍吧。"

女士优先，国际惯例。

江越白也不扭捏："我是城市大学2020级数学科学学院，数学与应用数学专业大一新生，江越白。"

她说完转头看向寄风。

"她是江越白。大家好，我是她的寄风。"

周围爆发出的哄笑声如浪潮般此起彼伏，学生会主席将脑袋从摄像机后面探出来，慌忙打手势："卡！"

"卡什么卡？这么好的桥段，偶像剧都不敢这么演，必须保留！

必须保留！”

“今年城大的招生靠这一段就足够啦！”

众目睽睽之下，寄风牵起了她的手。

十有九输天下事，百无一可意中人。

还好，茫茫人海之中，我把你认了出来。

尾声

6月21日，我校数学科学学院在新建成的风华报告厅举办了2024届毕业晚会，冯征院长、黄远航书记到场。晚会由学院建模队队长，应届毕业生江越白以及大一的刘烨主持。晚会的节目丰富多彩，除了歌舞和语言类的节目之外，还有一份跨越了一万四千多公里的惊喜。

在晚会即将结束之际，2021届毕业生，前城大建模队队长寄风身披华彩，手握流星而来，在会场六百多人的见证下，向江越白求婚。

他们相逢于豆蔻年华，相恋在城大的玉泉湖畔，如今携手前往大洋彼岸深造，共谱了一段美妙的佳话。

以下是二人对话节选——

寄风：江越白同学你好，我是你的粉丝。

江越白：此情此景，寄学长出现在这里，更像是来砸场子的。

寄风：我说过，不知道怎么开口的时候，可以先问我。不开口的话，我就要问你了哦。

寄风：甜甜，Would you be my someone？

江越白：If birds can fly.

——《城大专报》2024 年第 5 期，总第 428 期，P3，思凡撰稿

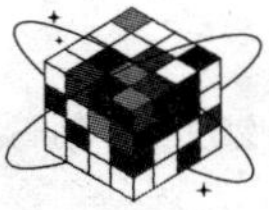

番外一 句是书中句，人是意中人

在城大的倒数第三个月，早已在国内建模圈小有名气的江队长，守在电脑前战战兢兢地等着查雅思成绩。

思凡把右手手指并在一起，堪堪遮住了屏幕上的成绩栏。江越白坐在角落里，电脑屏幕处在她的“攻击”范围之外。

可惜她的指缝有点儿宽，江越白还是瞧见了从指缝中隐隐约约透出来的数字“5”。

雅思的单科满分是9分。

“救命——”江越白哀号一声。

她不会又折在口语上了吧？

这都三次了！

明明这次戴着歪格子灰帽子的老头考官，在送她出门的时候朝她笑了，还安慰她：“Take easy.”

前台的咖啡机在运作，生椰拿铁独特的香气钻进江越白的衣袖，萦绕在她的鼻尖，让她回想起第一次查看成绩时的心情。

早在大四的时候，寄风就收到了哥大的录取通知。

世界排名前二十院校的录取通知含金量之高，无须多提。但在所有人看来，这早晚都是寄风的囊中之物。

江越白无疑也是高兴的，可是高兴之余，也多了几分担忧。

两人刚在一起的时候，就有意无意地聊过未来的计划。从寄风的话中，江越白知道，他是有意在哥大读完研究生的。

他的理想，从来不是平庸地随波逐流，拿个文凭。

那么她呢？

她才刚刚步入高校，还沉浸在家长、老师和学长们画的乌托邦大饼中。对现在的江越白来说，无疑是让她过早地开始思考自己的未来。

于是，四级刚过，江小白狠了狠心从压岁钱中抽了两千块，报了四月份的雅思考试。

万事开头难。在见识过了基本靠蒙的听力题、来不及看完的阅读题、压根不知道从何处下笔的两篇大作文后，江越白觉得自己麻木到无所畏惧了。

不过是 A、B、C、D 四个选项，百分之二十五的概率应该不会让她“死”得太难看。

然而，她还是低估了口语老师的压迫感。

直到现在，江越白依然记得她第一场雅思口语考试的考官。

那是一个有一头卷发，戴着圆眼镜的优雅女士，她会亲切地称呼你为“Lady”，会耐心地给你思考的时间，在你蹦出一个又一个词的时候，频频点头示意，也会挂着无害的笑容，无情地打出 4.5 分的神奇分数。

雅思考试的总分是 9 分，最终分数由听力、口语、阅读以及写作四项分数综合均分，而哥大的官网招生，雅思要求是 7 分。

虽然亚洲人的口语分数大多偏低，但是这个 4.5 分，着实也委屈了一点儿。

收到邮件过来的雅思成绩单的时候，江越白在市中心新开的一家简餐店里订了个座位，还特意提前点了个蛋糕。

平静中带点兴奋的神情，直接给想好了如何安慰她的寄风打了个措手不及。

枫城没有春天，属于夏季的，黏腻的潮热风蚕食着四月的傍晚，香甜的橙花香裹挟着清新的花露水味道弥漫在空气中，熏出天边一片金黄。

江越白梳着高颅顶的公主头，穿着粉白色的百褶短裙，搭配一件同色系的娃娃领中袖线衫，腰间还系着一条带金属光泽的流苏腰带，喊她一声“仙女”也不为过。

“穿得这么隆重，是要纪念在一起一百天吗？”思凡半撸起裤腿，叼着一支棒冰调笑她。

江越白正对着镜子不太熟练地描眉，闻言施舍给她两个大白眼：“和师哥在一起的每一天都是纪念日，好吗！”

“啧——”

“嘫……”何紫拉开床帘，抖掉一身的鸡皮疙瘩，回味了两秒，还是忍不住规劝江越白，“小白，咱不会说情话……”

可以不说。

在餐厅门口等了三分钟，寄风也到了。

“抱歉，错估了时间。”

他的导师下午使唤他来出入境管理办事大厅送份材料，他就顺便询问了一嘴办签证的事情，故而耽误了些时间。

虽然那里离吃晚餐的地方也不远，他还是打了个车，没想到依旧让江越白等了他一会儿。

让女士等候，可不是绅士的做法。

好在江越白并不在意这些：“走吧，我们进去。”

她熟稔地攀上寄风的胳膊，在工作人员的带领下，走进这间“3×3×3”。

“3×3×3”是过年时候新开的一家小资简餐餐厅，因小众的赛博朋克装修风格，以及独树一帜的魔方主题，两个月内在平台上的评分一路飙升，成了枫城新晋的网红餐厅。

这里的装修风格偏暗，收银台的后面布置成了别致的魔方展览墙。魔方、奖状、奖杯，甚至论文发表证书，让人目不暇接。

他们座位的正前方，是一面大白墙。此刻，上面正在投影《魔方大厦》。

看得出来，这儿的老板也是个魔方狂热发烧友。

要是放在平日里，江越白早就应该拉着他这里摸摸那里看看了。可是今天，她只是安静地坐在他的身边，专注地盯着面前的菜单。

眼中是透着高兴不假，但远达不到兴奋的程度。

她时不时询问着寄风的意见，纠结地咬住嘴唇，一看就是犯了选择困难症。

清新的橙花香钻入鼻息，是他过年时送她的手调香水的味道。

寄风不着痕迹地拧了拧眉。

他记得……今天是她出雅思成绩的日子？

未能从她脸上窥出情绪，寄风只好随意地挑起话题：“以这家店的火爆程度，应该要提前好几天订座吧？”

“还行啦，其实提前一天预订就可以了，只是这个位置会有点儿难订。”

餐厅的整体灯光偏暗，为了保障客人的私密空间，装饰墙体也比较密集。

只有这个位子是光线充足，又能够完整地看到投影的。“嗯……一个礼拜吧。”江越白边说着边从包里掏出她小巧的iPad来，她看出了寄风的欲言又止，解释道，“但只有这个位置，拍照是最好看的。”

谈话间，服务员已经陆续把菜上齐了。

面前摆着两个窄口长杯，里面分别盛着果绿色和梅子色的液体，顶部还些细碎的泡泡。

寄风有些惊讶：她这是还点了酒？

临走时，小姐姐还体贴地询问江越白：“女士，您的蛋糕要现在给您送过来吗？”

“嗯嗯！”江越白点头。

“好的女士，祝您用餐愉快。”

寄风更疑惑了：竟然还点了蛋糕？难道是他忘记了今天是什么重要的日子？总不可能是在一起第一百一十八天纪念日吧？

国际大赛上都能无比冷静的寄队长，此刻，心慌了。

反观江越白，她颇为淡定地举起了手中的酒杯，像模像样地和寄风碰了个杯。

她说：“今天是一个非常重要的日子，所以我提前一个礼拜就订了位子，还点了蛋糕！”

她每说一句，寄风心中的惊慌就多一分。

“让我们高举手中的酒杯”江越白鼓起勇气，抽出压在 iPad 下的雅思成绩单，“来庆祝——我通过雅思考试！”

暗紫色的光线下，浅绿色成绩单上的字迹看不清晰。

寄风有些恍然。

“Cheers!”

凉意入喉，柠檬的酸和苦芹的涩糅在一起，刺激着他的味蕾。

透过透明的杯壁，他看到了总分栏里的数字“5.5”。

他悬着的心终于落地，可紧随而来的，是心中比酒味更重的酸涩感。

大约是觉得有些丢人，江越白放下酒杯，用手盖住成绩单上的照片，一点儿一点儿往回移：“就……就考着玩，嘿嘿。”

手上蘸的水蹭到成绩单上，刚好在她照片的眼下留下一道水渍。

且不说雅思的有效期只有两年，单从两千块的报名费来看，“考着玩”这样的说法，寄风是半个字都不信的。

更何况他知道她从前有多抵触英语，连考四级都是他半逼着刷卷子的。

想到自己年后收到的哥大录取通知，寄风心下明了。

虽然刻意地回避这个话题，但是显然，小姑娘还是上心了啊。

一时间，喜悦、惆怅、满足，不同情绪填满了他的胸腔。

他的小师妹，温暖得像个小太阳。

寄风按住她退缩的手，把她拉进怀里。

“从来都没有人规定过雅思的过关分数。”寄风望进她的眼眸：“甜甜，祝贺你通过考试。”

江越白被他困在怀里，俯仰之间都是他的呼吸。

他的认可，像是一阵和风，轻而易举地吹散了那个4.5分带来的颓唐心绪。

在考试之前，她就已经做好了心理建设。她甚至认为，知道成绩后她已经表现得很好，很乐观，很豁达了——在这一刻之前，她的挫败都被她好好地藏起来了。

直到现在，她终于完全接受，并且打算正视这份情绪了。

她还有三年，怕什么！

酒意染上她的双颊，江越白笑着接上寄风的话：“祝贺我通过考试！”

话说回来，这里的菜品除了分量有点儿少，味道还是不错的。

江越白嘴里嚼着芥末虾球，捏着勺子朝土豆泥伸去，火山造型被挖掉了一个角，露出里面的黑松露松仁来。

寄风浅尝了一口，松仁的清香中和了口中残留的芹菜的微苦，是他以前没尝过的味道。

“我的阅读来不及做，不然应该能把总分拉高一点儿。”

江越白又往嘴里塞了一筷子青瓜沙拉，一板一眼地分析着自己的成绩。

“我已经想过了，听力和阅读是亚洲人最擅长的方面，也是考官无法压分的科目，只要我把这两门分数拉到 8 分以上，口语和作文的压力就能小很多。

“听说普通人全力准备的话，单科一个月能上升 0.5 分。

“我又怎么能算是普通人呢！”

她的右腮鼓鼓的，脸颊绯红，双眸水润，那灵动的模样，让寄风没由来地有点儿口渴。

他纠结了一会儿，还是忍不住开口道：“大部分的一流院校，都会有小分 6.5 分以上的要求。”

简而言之，就算阅读和听力的分数达到了满分，只要有一门小科的分数低于 6.5 分，就达不到这所学校的投档标准了。

啊！

咔嚓一声，江越白咬断了被做成魔方形状的火腿南瓜块。她咀嚼了两下，然后精准地剔出了里面的蒜粒——失蒜（算）了！

“慌什么？有我呢。”寄风轻笑着揉了揉她的头。

投屏的《魔方大厦》播放完毕，短暂的几秒后，又再次播放片头。

应该是设置了循环播放。

江越白捏着毛巾的一角，搓了两下食指，打开了 iPad 中的视频软件。

“二夕说最近好像有个综艺节目很下饭，咦？”她停住。

寄风凑过头去，看见屏幕中心弹出了一个“内存不足”的对话框。

寄风夹了一块奥利奥炒酸奶给她，江越白偏着脑袋张嘴接住，忍不住抱怨：“怎么又没内存了？”

江越白的 iPad 是她考上高中时舅舅送的，可以算是古董了。虽然只有 16G 的内存，却被保管得很好。

寄风并未在意她的话，只是专注地给她喂食。

他看了一眼江越白面前只剩半杯的玫瑰香槟，起身去找服务员要了杯温柠檬水。

回来的时候，他发现江越白竟然还在设置页面捣鼓。

她咬住嘴唇，眉心轻皱，面前是她平时最爱吃的芥末虾球，她却碰都不碰。

寄风把柠檬水推到她的手边，另一只手撑着她身后的椅子，探身去看。

江越白的半个身子都嵌进了他的怀里，他浅浅的呼吸喷在她的眼睫上，她还能够闻到他身上的皂香。今天好像是薄荷味的……

看到屏幕上的英文，寄风诧异地挑起眉毛，他顺手捞过 iPad 放在两个人中间，拇指抵在屏幕的下方，修长的食指上下滑动着。

“第一天用英文版，还不太熟练。”江越白有些烦躁地撇嘴。

都说大数据能够看透人心，可不是嘛，前脚收到雅思成绩单，浏览器后脚就给她推了老长的一篇文章——《学会这三招，14 天后我雅思阅读考了 8 分》。

虽说通篇都在炫耀，但那条“把手机语言设置为英语”还是准确地戳中了江越白的薄弱点。

她的词汇量，是真的比沙漠中的降水还要匮乏。贫瘠到她根本不能根据文字来操作，只能根据习惯和图标来。

这着实让江越白觉怪难为情的，她一口气喝完了那半杯玫瑰香槟，然后夺回了 iPad：“我们还是吃饭吧！不看了。”

“嗯。”寄风拖长了尾音，欣赏着女朋友白了又红的脸色，只觉得她这倔强又羞赧的样子太可爱了，尤其是这羞愤的小动作过分可爱。

他用五指按住 iPad，欺身过去，把江越白整个人都拥在了怀里。

鼻息间的橙花味更加浓郁了，寄风嗅着她颈间的清甜，蹭了蹭她的耳垂。怀中的人一阵战栗，手指下意识地拽住了寄风的袖口。

寄风眼眸微敛，翻过她的手，与她十指相扣。

江越白也仰起头，距离贴近，她的唇终于也沾上了薄荷的清冽气息。

江越白微喘着气，攥紧了他的前襟。

熄屏的 iPad 被触摸唤醒，显露出的壁纸是秋月下的大海。

海底月是天上月，眼前人是心上人。

“小白！江小白……江越白？”思凡歪着脑袋，戏谑地戳戳江越白红扑扑的脸颊，“想什么呢？脸都红了。”

脑海里又浮现出那天的情景，江越白啃了两下指甲盖，有几分心不在焉。

大不了接着考就是了！反正哥大是春季入学，她还有半年的时间呢。

“让我们快刀斩乱麻。”江越白眯起眼睛。

思凡歪着头眨了两下眼睛，然后双手快速地回到键盘上，拖着缩放键把图片放大了好几倍，然后她猛然松开手，扑到江越白身上，双手抱着她的胳膊兴奋地摇了起来：“小白！晚上我要吃万达新开的那家和牛寿喜烧自助，然后再喊上盒子去‘铜锣湾’唱个通宵，明早起来正好能赶上南门李记家的限量梅花糕！”

思凡的动作幅度有点儿大，带得桌子也晃了起来，江越白的电脑被晃到桌子边缘摇摇欲坠。

江越白连忙用手托住电脑重新放好，不明所以道：“为什么非要去唱个通宵？”

屏幕上的绿底黑字撞入眼底，她睁大了眼睛——口语 6.5 分！

她漏看了一个 6！

江越白左手在胸前握成拳，目光迅速往右边看过去。

“Nice！”在看到末尾格子中的“7.5”后，江越白的呼吸终于顺畅了起来。

她如释重负地合上屏幕，直起腰撩了一下头发，迫不及待地掏出手机，想要把这个消息分享给寄风。

消息编辑到一半，江越白抿着唇摇了摇头，又将对话框里的字全删了。

她与寄风分隔大洋两岸，有着十二个小时的时差。且不说现在消息发过去他看不到，江越白更想以后直接告诉他，自己会再次成为他的师妹的好消息。

毕竟，雅思过关，只是第一关而已，没什么好骄傲的。只是这一份迟来的“骄傲”，她也足足准备了三年。

前台的咖啡机又开始运转，一个穿着粉色裙子的学妹推门进来取咖啡，挂在门上的风铃发出清脆的响声，门外的大白猫借机溜了进来，在学妹的脚边打着转，湿漉漉的猫眼盯着她，撒娇地扬起尾巴。

真好啊！

江越白晃了神，仿佛看到了当年的自己。

“走，白姐带你去吃好吃的，叫上盒子和二夕。”

“想喝生打椰椰冰！”

“那我们去吃东门那家韩料吧，自带饮料吃自助餐好亏。”

“好耶！”

傲娇的大白被关在咖啡店内哀怨地挠门，风铃声被抛在身后，只有椰奶咖啡的醇香从门缝中钻了出来，陪了她们好远。

玉泉悠长，柳絮满天，神采飞扬的女孩们肩并着肩。

她们就快毕业了。

虽说三年雅思长跑已经冲过了终点线，但是要提交的其他材料，同样多得让人头大。

下周就是城大的建模预选赛了，江越白作为现任队长，不仅要关照建模队的新人们，“伸出佛脚”让他们“抱”，还要抽空来补齐复杂又繁多的申请材料。

就和三年前的寄风一样。

个人简介这种东西，说白了就是含蓄地把自己夸出花来。要多才，要每个领域都涉及，又要拔尖，还要显得谦虚。

难，真难。

保洁阿姨已经提着水桶来来回回走了三趟了，江越白的手指依然蜷缩成尴尬的爪状，悬在键盘上方久久没有动过了。

她内心纠结不已，眼神像是要把屏幕射出个洞来。

要不要……让寄风帮忙润色一下呢？这样会保险得多。

可是，这样就没有惊喜了……

“学姐，我们建立了一个势能场中的粒子模型，但是做出的近似计算好像有点儿问题。”大长腿学弟端着自己的笔记本电脑，凑到江越白身边。

江越白捞起一支笔给自己盘了个头发，用脚尖给学弟钩了一张椅子过来，示意他坐下：“我来看看。”

她冷静又睿智地分析着，丝毫不见初的莽撞模样。

长腿学弟得了她的点拨，一拍后脑勺，忙托着电脑回去和队友们讨论。

江越白隔着两张桌子望过去，热火朝天的讨论氛围和时不时爆发出来的笑声，让她觉得无比欣慰，甚至有些留恋。

八天后，持续两天两夜的选拔赛终于告一段落。

迈出机房，清晨湿润的气息扑面而来，扫掉了浑身的疲惫。

熹微的晨光洒楼宇之间，长腿学弟刘烨把包甩到身后，也不管大开的拉链，伸了个大大的懒腰：“机房的位子是真的窄，我这大长腿都无处安放了。

“哎呀！都多久没见过五点钟的城大了！”

说罢，还夸张地做了个吐纳呼吸的动作：“嗯！胸中的浊气果然锐减了。”

同队的双马尾学妹捞起自己的辫子，搓了搓，又闻了闻，嫌弃地丢开，顺便朝刘烨抛去一个嫌弃的眼神：“就你这个中二的样子，很难想象在毕业典礼上你会说出什么豪言壮语。”

“对哦！下个月还要主持队长他们这届的毕业典礼呢。”刘烨眨了眨眼，回忆了两秒，“我定不会辜负丁哥对我寄予的厚望，必倾尽我毕生所学，让我们院今年的毕业典礼成为无法复刻的经典！”

会不会成为经典，双马尾学妹不知道，但她觉得如果再不来个人转移话题，刘烨这货的“中二之魂”就要爆体而出了。

谈话间，江越白也从机房出来了。

她似乎有什么急事，单手推门的时候，另一只手也不忘在手机上敲来敲去，嘴里还在小声嘟囔着什么。

图一路风风火火，穿着一双玉桂狗大头拖鞋也能步履如风，差点儿撞到刘烨。

离得近了，刘烨才听清她在说什么。

“要死了！怎么都这个点了……

“为什么大家这么喜欢熬大通宵！

“害得我鼻子上都冒了个痘！

“……这个人，怎么不回我消息！”

这副碎碎念的模样，和平日里行事果断的那个学姐完全不一样。

她虽然已经不再参加这次的选拔赛了，但是作为带队学长，自然是要全程陪同的。碰巧这次的题目还挺有意思的，她便陪着他们研究了两天。

原本是想晚上回去敷个面膜，好好睡个美容觉的，但是机房中无日月，这一折腾，就熬了个通宵。

她恨啊！今天可是寄风回来的日子，也是梦总结婚典礼的大喜日子啊！

难道，她就要顶着鼻子上这颗痘痘去接他吗？去参加婚礼寄风，他们可都半年没见面了啊！

念及此，江越白打字的手都在抖。

完成比赛的其他同学陆陆续续从机房中走了出来，他们纷纷跑至江越白身边，迫不及待地和她分享自己的思路和结果。

这次的建模题目选题非常对口，是有关学校毕业典礼时需要用到的纪念品，以及进补货和盈利最大化的问题。

江越白没有心思和他们交谈，毕竟她还要回去敷个急救面膜，再好好洗一下她现在这油光可鉴的头发。

但，学弟学妹们实在是太热情了……

“哎，说到毕业典礼，学姐你到时候应该也会表演节目吧？听说当年你一手三阶魔方，把魔方社的大老爷们儿杀了个片甲不留啊。”

“哈哈哈，没那么神。”江越白笑得有些敷衍，手指选中刚才出机房时拍的一张晨光照片，飞速地编辑着朋友圈文案。

刘烨灵光一闪，见缝插针地问道：“学姐，你有没有兴趣来主持毕业典礼啊？”

大四，学姐，多才多艺，优秀毕业生……对啊！他怎么之前就没想到呢？

江越白刚想要推辞，手机上跳出了一条消息。

她眼睛一亮，飞速点开。

师哥：“抬头。”

她诧异地抬头。风乍起，樱粉色的花瓣抖落成雨，筛成诗人笔下的句子。

爬满紫藤花的曲径回廊处，站着那个白衣黑裤，丰神俊朗，令人一眼就心动的天才学长。

少年一如既往，而懵懂天真的少女已然翩然摇身，蜕变成了别人眼中冷静知性的榜样学姐。

江越白拔腿向他奔去。

四周的风景优美如画，此刻她眼中只有他。

寄风松开手里的行李箱，微微躬身拥住她。

她把头埋进他的颈窝，熟悉的柠檬香让她沉醉不已。

“慢点儿跑，昨天晚上才下过雨。”

“你来学校接我啦！”

“早晨露气重，你怎么还光着小腿？”

“呜呜，熬了两天，我的牙又开始疼了。”

“带你去吃早饭？”

“不去，我鼻子上长了好大一个痘，丑死了！”

寄风一手搂着她的腰，另一只手探到她的额前，想要看看刚才扎进怀中那一下撞击，有没有将她的撞红，但是怀里的姑娘压根不肯抬头。

“头发也没洗……”

两个人根本不在一个频道上，寄风无奈地叹了一口气，轻轻拍了拍她的背，想要把风衣脱下来给她披上。

“好了，带你去吃早饭。”

“不！先回去洗头。”

“先吃早饭，吃完你回去慢慢洗。”

“不！洗头！我感觉我都要馊了，一点儿也不下饭。”

“甜甜，我饿了。”

“……那好吧，先去吃早饭。”

身后，刘烨等人愣在原地，表情已经由最开始的诧异转为震惊，最后变成了羡慕。

不得不说，学霸的接受能力，也都是异于常人的。

娇气可爱的学姐依偎在高大帅气的男人的怀中，樱色的花瓣雨渲染出了浪漫的偶像剧氛围，暖风卷起墨绿色风衣的下摆，露出学姐白皙的小腿。

“莫非，这就是那位寄学长？”

“老是听他们说起两个人的爱情故事，今天总算见到人了。”

“难怪那么多表白的人，学姐看都不看，这学长简直帅得惨绝人寰！”

“嘁，你好肤浅。”

“还真是一对璧人啊。”

江越白盘腿坐在沙发上，低头刷着朋友圈。

她的肩上搭着一条粉色的草莓熊毛巾，湿漉漉的发梢还淌着水，顺着她的脸颊淌到腿上，背后更是湿了一大片。

电吹风的声音响起，头上传来温暖干燥的触感，酥酥麻麻的，顺着卷翘的发丝儿蔓延开来，江越白不由得挺直了腰板。

“头发倒是长了许多。”

江越白点开自己最新一条朋友圈，随口答道：“最近有点儿忙，还没来得及去剪。”

她的发质偏硬，每到换季的时候都特别容易打结，起静电，所以一直都留不长。

原本早该剪头发了，奈何最近的事情实在太多，觉得碍事时，她就随手拿支笔敷衍地盘起，久而久之，倒也习惯了。

“还挺淑女。”

寄风的声音从头顶传来，就算被电吹风的嗡嗡声盖住了一点儿，江越白还是听出了他话中的揶揄意味。

意思是她平时不淑女喽？

她忍不住小声抱怨：“一句好话都没有。”

寄风撩起她耳边半干的碎发，弯腰附在她耳边问：“什么？”

距离突然拉进，温热的气息吹在江越白的耳垂上，让她忍不住浑身一抖，鸡皮疙瘩爬满了小臂。

她娇嗔轻吟一声，侧身拉开距离。

寄风却仿佛发现了什么新大陆一般，变本加厉地在她耳边厮磨。

江越白的耳垂都红了：“我……我是说，我感觉这几天我都要腌出味儿来了。”

“嗯？让我闻闻。”

两人打闹了一番，原本抓在手里的吹风机变成了江越白肉肉的小手，淡粉色的指甲圆润又可爱。

江越白也不知道自己什么时候依偎进了寄风的怀里，姿势还如此暧昧。

两人正眼观眼，鼻观鼻时电话突然响起。

“你是今天几点的车啊？要不要我和七七来车站接你？她昨天喜提了尊贵的 BMW 车主身份。”

如此单刀直入，不带寒暄的开场白风格，一听就知道是菲菲。

“选拔赛今早才结束，这会儿刚洗完头。”江越白从寄风的怀中坐起来，单手撑着床铺下了地，“订了中午的车票，应该两点多到。”

“OK，到时候我和七七去接你。”

梦总大喜的日子，她是肯定要回去的。

江越白打开镜子的化妆灯，掏出一把修眉刀，美滋滋地说：“嘿嘿，是我们。”

“啊？”

“其他的下午见面再说，我要修眉了，就这样，拜拜。”

不给那边追问的机会，她快速地挂掉了电话。

手机屏幕逐渐暗下去，江越白深深呼出一口气，一手轻轻按在眉骨上，另一只手抄起修眉刀，微侧着脸，修起眉来。

寄风整理好衣服，提着她的拖鞋走到她的背后，望着她。

在寄风的预想中，化妆和绘画异曲同工，对于有深厚绘画功底的江越白来说，化妆应该不是什么问题。

但那也只是他的预想罢了。

“你别再盯着我看啦，我要修成高低眉啦！”

江越白的面前摆着一堆化妆用品，她描描画画了半个多小时，对着镜子研究半天，才终于点点头表示满意。

哑光的香芋色做眼部打底，消肿又提神，卷翘的睫毛混着几根纤长的仙子毛，山楂色的口红很好的修饰了唇形，视觉上缩短人中。

她右手的中指上还蘸着点儿银色带闪的高光粉，正犹豫着是不是要再补一点儿。

江越白侧头："师哥，好看吗？"

寄风单手在包里翻找东西，闻言毫不犹豫说道："好看。"

江越白追问："哪里好看？"

"哪里都好看。"

江越白无语凝噎。

白问了。

她想起了美妆大师何紫小姐的某句名言："你竟然妄图让直男评论咱们的美貌？他们上了十几年的学，语文老师只教会了他们'好看'这么一个形容词。"

她看了一眼时间，决定还是自己再琢磨一会儿。

不料，男朋友突然在她身边蹲了下来江越白诧异地低头，只见寄风手里握着一个粉色的小盒子，包装华丽又少女心十足，里面躺着几片精致的花瓣。

是她一直想要，但一直断货的某牌腮红。

她的脸上写满了惊喜。

"来吧，我的'好看'。"

他仰视着他的女孩，灼热的眸光落在她殷红的唇上。

寄风撑着膝盖站起来，蝶翅般的眼睫轻闪着停在她的鼻梁上。

阳光透过窗户照进来，为这凝结着几千公里的相思情意平添了几分浪漫。

上午的时光过得充实又荒唐，两个人匆匆赶车，终于在下午三点十分，坐进了七七的新座驾。

"好久不见啊，寄学长。"

菲菲坐在副驾驶位上，伸手摘下墨镜，瞄了一眼后座上的江越白，忍不住开口："江小白你到底是有多懒！今天这么重要的场合，你竟然连妆都不化？"

"要口红吗？我这里有。"七七从后视镜里看了她一眼，忍不住摇摇头。

“哈哈哈……”江越白尴尬地瞪了寄风一眼，愣是把“哈”字笑出了三个层次。

始作俑者浑身舒畅，一脸餍足，他轻笑着反握住江越白拧他大腿的手，转移话题道：“这车虽然是短轴，内部的空间倒是蛮大的。”

“寄学长好眼光。”听人夸奖自己的爱车，七七伸手点了一下屏幕，打了个响指，“而且后驱的车子吧，这个操控性就非常强。”

话音未落，红灯已然变绿。

七七一脚油门，发动机声浪直冲耳膜。

饶是系着安全带，江越白的身体仍控制不住地往后仰，车里的四个人都不约而同地挂上了微笑。

寄风撑着下巴侧头观察着江越白的表情，突然觉得是时候买辆车了。

梦总的夫人是个随和又热情的人，两个人是朋友介绍认识的，志趣相投，如胶似漆，恩爱得不得了。

他们被安排坐在舞台的右边，同一桌的还有不少之前的同学，江越白并不是唯一一个带家属的，因此并没有受到太多的关注。

“说起来，都这么多年过去了。”七七端着高脚杯，大红色的指甲明亮又耀眼。

“谁能想到当年那个在宿舍阳台高呼‘求脱单’的小胖子，竟然是这一桌里最先结婚的那一个呢？”

“所以说，谁能知道以后的事情呢？”

菲菲将目光从舞台上收回来，点了点江越白的手背，轻声说：“那你们呢？”

DJ 刚放完周杰伦的《告白气球》，主持人正在煽情地讲述着梦总和夫人的爱情故事，气球缓缓地从舞台周围飘起来，场景浪漫又梦幻。

江越白往嘴里塞了颗红枣："我还小呢。"

菲菲语重心长道："你是还小，那寄风呢？他是不是还要在哥大待好几年？虽然我对他的人品没有什么怀疑的，但……"

江越白面不改色地继续吃凉拌海蜇。

音乐声渐大，菲菲也不知道江越白有没有听到她说的话。

舞台上，新娘握着手捧花，挽着父亲，在灯光下款款而来，他们交换戒指，许下诺言，然后拥抱，亲吻。

金箔纸像雨一样落下来，闪着星光的仙女棒在舞台周围燃起来。

每一个女孩子，都应该拥有一场盛大又独一无二的婚礼。

头顶微痒，寄风拈起她落在头上的金箔纸，再自然不过的动作由他做出来，偏生带了几分暧昧和缱绻意味。

漫天的金箔雨下，江越白撞进了他的眼中。

四目相对，她怔住了。

心下一动，有些想法正在破茧成蝶。

离开的时候，江越白在门口同梦总夫妻道别。

他们看上去有些疲惫，脸上却带着幸福的笑容。看到江越白身边的寄风后，梦总的声音都明朗了起来："很高兴你能来参加我的婚礼，今天招待多有不周，你回来再请你喝酒。"

"下次就该轮到你们啦。"新娘子说道。

看着江、寄二人紧握在一起的双手，梦总由衷地祝福道："小白，你也要幸福。"

"一定。"

一个月后的毕业典礼上，江越白站在化妆镜前，不停地摆弄着礼服上的装饰蝴蝶结。她穿着一条露肩的缎面鱼尾裙，腰后松松地绑着一个不对称的蝴蝶结，露出她白皙柔软的后腰。

何紫握着一把高光刷，仔细地在江越白的锁骨处扫来扫去。

刘烨捏着几张纸过来和江越白对台词，毫不吝啬对江越白的赞美之辞。“学姐，你这一身也太好看了！”他忍不住感叹，“但凡男主持人换一个人，都配不上学姐的绝世容颜啊。”

“一边儿去。夸她可以，没必要把你自己也捎上啊。”

何紫侧身挡住刘烨的视线，在桌上的化妆箱里挑挑拣拣，对着一个皇冠和一条绸带犹豫不决。

皇冠无疑更好看，但是会不会太夸张了一点儿？

作为仅有的几个知道江越白计划的人，她可算是倾尽了毕生所学来给她做造型了。

“没事儿，就用这个吧。”江越白挑出绸带递给何紫，语气轻松又平静。

只有刘烨，注意到了她微微颤抖的指尖。

一直以来的疑惑又冒了上来。学姐到底为什么突然答应了给他做搭档呢？

太阳西下，音乐响起，报告厅外的签名板和红毯也安排好了。

大屏上播放着提前录好的毕业纪念片，草坪上搭建着气球和鲜花组成的拱门，穿着学士服的毕业生们在流连拍照。

江越白扶着窗台穿好高跟鞋，从窗外收回目光，再次核对了一遍最终版节目单，提着裙摆往外走去。

她的手机被遗忘在化妆台上，屏幕还没有熄灭，上面是与寄风的对话界面。

师哥：“刚到学校，你在哪儿？”

下午五点整，数学科学学院数学与统计专业2024届毕业生毕业典礼正式开始。

平时空旷的报告厅此刻可以称得上是水泄不通，两侧互动屏上的留言目不暇接，字里行间都是城大学子对母校的眷恋和不舍。

灯光骤灭，彩色的泡泡飘满了整个舞台，刘烨和江越白一前一后走出，欢呼声响了起来。

认出女主持人是江越白的时候，台下的欢呼声更大了。

作为建模队的队长，魔方社的传说，连续四年奖学金获得者，绘画作品还被收录进校历中的风云人物，江越白是数科院的红人。

没人想得到，江越白竟然还会主持。

她其实不会主持，甚至从没有参加过语言类活动。

可今天，她有必须要挑战一下的理由。

江越白长长地呼出一口气，抬起手腕，和刘烨对视了一眼，开始了开场白。

她抬起头，努力地辨认着坐在台下的人。

坐在前排的人里面，有她最亲爱的舍友们，此时她们正朝她挥手，有特意赶来给她拍照的二夕，有建模队的学弟学妹们，还有带了她四年，充满活力的导员。

接收到了他们鼓励的目光，江越白的肌肉终于放松下来，声音也不那么紧绷了。

由于光线问题，她没有看到，在阴暗处，还有很多她认识的人此刻正在密谋着什么。

与做惯了主持，游刃有余的刘烨比起来，江越白显得生涩许多，好在稿子早就背熟，她还是顺利地完成了前半场的主持。

后台，刘烨递给江越白一瓶水润嗓子："学姐，你放松一点儿，前面走得很流畅啊，怎么突然又紧张起来了？"

江越白没有说话，唇抿成了一条线。

何紫仔细地替她整理好妆发，又掏出一支正红色的口红，认真地替她补妆，这才拍拍她的手臂："准备好了吗？"

江越白望了一眼舞台的方向，台上的节目已经接近尾声，坐在屏幕控制位的白杨朝她比了一个"OK"的手势。

她吸了一口气，在音乐停止的时候，提着裙摆走上舞台。

"学姐，你的台本忘拿啦！"

刘烨第一时间发现了问题，他刚想追上去，何紫一把拦住了他，给了他一个眼神，而后拉着他走到了另一边。

“你只管看。”

那是只属于她的，隐藏节目。

一束追光落在江越白身上，她将话筒举至嘴边：“大家好，我是江越白，很抱歉占用一点儿大家的时间，来见证我生命中的一个重要时刻。”

嘈杂的议论声渐渐弱下去。

“从四年前进入校园，城大陪伴了我四年。四年里，我遇见了亲厚的师长、热情的朋友、亲密的伙伴，城大也见证了我人生中无数个第一次。

“比如，第一次用英语做数学题。

“比如，第一次吃西瓜炒虾仁。

“再比如，第一次在学校影院看通宵场电影。”

江越白每说一句，台下的呼应声就更大一些，实时留言的互动屏上，刷出了几十条不一样的留言来。

每一个人踏入大学前的憧憬，和即将离开校园的眷恋，都是不尽相同的。

江越白要用最热烈的方式，与她的青春来一场告别。

“也比如，第一次谈恋爱。”

台下沸腾了起来，有人猜到了她接下来要做什么，口哨声和尖叫声几乎要掀翻屋顶。

“他是一个很纯粹，很优秀的人，对待数学有着非一般的热忱。当然，对我也一样。”

江越白停顿了一下，仿佛陷入了回忆，自然没有注意到，某个座位已经空了。

“有人说，年少时期的暗恋都会无疾而终，但我现在特别庆幸，在尚未了解你的时候，就已经进入了你的生命。

“一万四千公里不算远，十二个小时的时差也不算长。

“我只想要你生命中的春夏秋冬，风花雪月都和我有关罢了。

“我从来不会说什么情话，你知道的。”

她抬起头，目光落在台下的某处。

台下的观众屏住呼吸。

“寄风，你愿意——”

另一束追光落在观众席，江越白的声音戛然而止。

全场哗然。

追光落下的地方，座位上上空无一人。

同一时间，江越白头顶的追光扩大了一倍。

寄风穿着深灰色的西装跨入光圈内，正如某一日，江越白猝不及防地闯入他的世界一样。

“大家好，我是寄风——江越白第一次谈恋爱的那个寄风。”

“哇！”

“牛啊！”

“太浪漫了吧！”

尖叫声迭起。

寄风扶着江越白的肩，让她转身和自己面对面，将她的惊讶全数接纳。

“江越白同学你好，我是你的粉丝。”

江越白：“此情此景，寄学长出现在这里，更像是来砸场子的。”

寄风莞尔：“我说过，不知道怎么开口的时候，可以先问我。还不开口的话，我就要问你了哟。”

大屏上开始播放二人的剪辑 VCR，从大一到大四的江越白，从城大到哥大的寄风。

“城大确实承载了我们太多的第一次，有些事情做起来没有经验，你不要介意。”

寄风从口袋里掏出一个盒子，单膝跪地，对上江越白震惊的目光，眼神坚定又热忱："接下来的日子里，你愿意以我为圆心，以我的手臂为半径做一个圆吗？

"甜甜，Would you be my someone？"

屏幕上，视频循环播放起来，观众们这会儿不再起哄了。

但是原魔方社和建模社的人可不管这些，他们从四面八方赶来再一次聚集在城大，就是为了见证这一刻。

"答应他！"

"答应他！！"

江越白仓促地向下面投去一眼，竟然在人群中看到了宋子归和胖子，甚至还有面带微笑的陈池，她目光中传递过来的祝福，江越白收到了。

在以寄风为半径的圆里，江越白朝他走了一步，主动将手伸进他的掌中。

"是真的很没经验，竟然还要我先伸手。"她笑道，"If birds can fly."

城大的四季很美，尤其是数院楼前的紫藤萝长廊，还有四季变幻的道旁水杉树。

可如果你不在，我永远不会注意到这里的风景。

你踏风而来，如月皎洁，

至此，我的春夏秋冬，皆与你有关。

番外二 糖醋成双

楼外的橘子树绿了又黄，道旁的水杉树傲然挺立在萧瑟北风中。

温度虽然低，天气倒是极好的。

圣诞节早上的太阳，似乎都要比平时更灿烂一些。

但宫天宇不这样想。

打发走了这周第四个来打听导师排课情况的学妹，他把头埋进成山的文献堆里，余光瞄见桌角上写得满满当当的日历，认命地坐直了身子。

足足演算了三张 A3 草稿纸，公式套了十几遍，宫天宇还是毫无头绪。

可是这个节骨眼上又不能去打扰导师。

他把草稿纸揉成一团，掏出一篇硕士论文，打算从里面找点儿灵感。

随手一翻，就直接翻到了致谢：“……春晖寸草，山高海深。最后，我要感谢我的师兄以及爱人寄风。相识七年，你见证了我的成长，参与了我的喜怒哀乐。从日出到日落，从扬城至枫城，跨过国际日期变更线，从城大至哥大，是你的鼓励和支持伴我成长……”

宫天宇哑然。

他翻回到扉页，果然在论文的署名处看到了江越白的名字。

读个论文都能吃到导师和师娘的狗粮，绝对是导师夹带私货了。

他好恨！

回想起刚才几个来打听排课的学妹说的话，宫天宇挑了挑眉，真想把自家闷骚导师的真实面目揭给她们看。

“寄老师的研究生应该很难考吧，学长你有没有什么建议？”

难不难考他不知道，毕竟他是保送的。

师门传统，保送，不好意思了。

“都说喜欢穿西装的男人都比较严谨，但是寄老师看上去很温柔哎。”

温柔？等他按着你的头，逼你一天看三十篇英语文献的时候，再说他温柔也不迟，小学妹。

大约只有在面对师娘的时候，师父的那张冰山脸上才会出现几丝裂缝。

他那年轻可爱，永远明媚，擅长做糖醋排骨的师娘，到底为什么会看上他的导师！

玻璃门猛地一下被推开，穿花格子衬衫的学弟差点儿没刹住车，他双手扒着门框，才堪堪止住脚步。

“你慢——”

“师兄，快走快走，师娘生啦！听说是双胞胎呢。快拿上寄老师的换洗衣服！哎你别发呆啊，走了啊！”

“哦对，戴好口罩！”

今年的圣诞节，街上稍显冷清，校门口的超市把摆在门外的东西都收了进去，老板娘的孩子坐在会唱歌的“摇摇马”里，《铃儿响丁当》的音乐传出去很远。

宫天宇一手提着寄风的包，焦急地等待着快车接单，呼出的热气模糊了眼镜。

学弟傻乎乎地挠了挠头："嘿嘿，师娘生孩子，我们这么激动干什么？"

宫天宇看了一眼手机，不说话。

当然是因为寄老师和师娘真的是两位很好的人。

和城大绝大多数的研究生不一样，宫天宇的本科是在一所双非的师范学校就读的，专业虽然是数学，却是偏师范类的。

为了去看看更好的世界，他努力了四年，终于在城大组织的夏令营中脱颖而出，拿到了学校的保送名额。

他是寄风带的第一个研究生，因为本科不太好，他总是不太自信，尤其是当组内的人聚在一起，讨论曾大学生活以及未来的时候，宫天宇觉得自己是那么格格不入。

后来，寄老师主动邀请他去家里做客，师娘还做了一大桌子菜。那无微不至的关心，让宫天宇逐渐放开了。

其他人提及的寄老师和师娘的那些辉煌事迹，他遗憾自己只是耳闻，学校论坛上至今还在议论的那场求婚，他遗憾自己未曾目睹。

好在，他们的婚礼和生子，他都没有错过。

到了医院门口，给寄风打了个电话后，宫天宇坐在一楼的罗森便利店，等着他下来。

学弟点了两杯咖啡，坐在宫天宇身边，侧着头向他打听婚礼的细节："我的好师兄，你就说来听听嘛。"

按照计划，寄、江二人的婚礼应当是在枫城办的，但是受一些客观原因的影响，一拖再拖。直到去年才找了一个小山庄，简单地办了一场温馨又浪漫户外花园婚礼。

受邀的只有新郎、新娘的家人和要好的朋友，宫天宇也有幸受到了邀请。

他们在日落时分的花园里完成仪式，在最亲近的人的见证下拥吻，在篝火边跳舞。

那场景无比美好，宫天宇现在回想起来，依旧会感叹不已。

“偶像剧竟在我身边！”学弟叹道。

门铃声响起，一个穿着藏青色毛衣的男人走进店里，他的身形高大挺拔，脸比几年前圆了一些，头发也长了。

他步履匆匆，一脸喜悦，只是头发稍显凌乱。

宫天宇连忙把包递过去。

“老师，恭喜了。”

“师娘怎么样？”

“是一对双胞胎，母女平安。小名之前就取好了，叫糖糖和醋醋。你师娘还没醒，我要先上去了，最近学校我可能会去得少，有事情你就给我打电话。论文你再好好琢磨修改一下，明年答辩你可别指望我替你舌战群雄。”

寄风叮嘱完，又匆匆地离开了。

宫天宇拍拍学弟的肩膀：“走啦兄弟，你不是想听师父和师娘的恋爱史吗？叫我一声师兄，我就好好给你讲一讲。”

谁说理科生不善言辞，那分明是他还没有遇上意中人。

向日葵和小雏菊组成的花海里，江越白头戴轻纱，提起裙摆，身影似蝴蝶翩跹。

主持人的声音清澈又温暖。

“有人来时如风止，有人爱看月华白。

“我只想与你，看立春时节的莺飞草长，袅袅炊烟，品冬至日温好的一杯青梅酒。

“在你温柔又包容的目光里，沉溺到老。”

番外三 荷包蛋计划

我叫荷包蛋，是一只高贵的蓝白英短猫咪。

我有一双比弹珠还漂亮的眼睛，有一身光滑柔顺的毛发，还有一块软绵绵的，让人一吸就上瘾的肚皮。

可惜的是，我小时候被狗大哥围追堵截，咬断了一条腿，愚蠢又无知的人类就不愿意带我回家了，白瞎了我的美貌。

有一天，我正在糖果城堡里睡觉，睁眼的时候，看到一个圆脸的二脚兽正蹲着看我。

我慵懒地舔舔爪子，不施舍给她一个眼神。

午后的时光太适合睡觉了，我伸了个懒腰，换了个舒服的姿势，接着打盹。

过了一会儿，我隐约感受到肚子上暖融融的，细碎的舒适感顺着我的脊椎爬上来，让我忍不住发出“呼噜呼噜”的声音。

是谁?

竟敢摸本猫的肚子!

明明想要拒绝的，可实在是太……太舒服了啊……呼噜呼噜。

我蜷起爪子，踩在二脚兽的胳膊上，轻轻地叫了一声。

“妈妈，你看她好乖，好漂亮啊。”

我忍不住将头高高昂起。哼，算你有眼光。

高一些的二脚兽也蹲了下来，她摸摸“小圆脸”的头：“糖糖很喜欢它吗？”

“很喜欢！”

“是想要在这里抱抱的喜欢，还是想要带回家的那种喜欢啊？”

“带回家的那种！”另一个声音抢话道。我偏头，发现“小圆脸”的边上还站着另一个扎羊角辫的“小圆脸”，两个人长得一模一样。

“那如果我们领养了它，糖糖和醋醋就要对它负责了哟。小猫咪和你们一样，都是有生命的，也都是需要人照顾的，可是爸爸妈妈照顾糖糖、醋醋就已经很辛苦了呀。”

听到这话，我嗤之以鼻，脚掌发力，打了一个滚，脱离了“小圆脸”的手掌，迈着高傲的步子，重新找了个角落躺下。

哼，世上的二脚兽大多如此。

“妈妈，我可以照顾好它的，就像爸爸妈妈照顾我一样。”羊角辫“小圆脸”突然说道。

明明是不愿意对自己的行为负责，还偏偏要装出一副温文尔雅的知心模样，这样的人我可见过太多了。等到他们看到我的腿，肯定就会——

“糖糖也可以的。”

“妈妈，我们把它领回家吧。它的腿受伤了，需要人照顾的。”

喵？

我狐疑地睁圆了猫眼，怎么和我想象的不一样？

我重新抬起头，仔细地、认真地打量着“小圆脸”们的表情，想要在她们的脸上找到破绽，然后扑过去，狠狠挠烂。

可是我找不到。

她们的手又朝我伸过来，我下意识地弓腰躲避，脚掌张开，露出锋利的指甲，发出威胁的喵呜声。

但在“小圆脸”抱起我的时候，我还是下意识地收起了爪子。

看，和二脚兽比起来，我是多么善良啊。

最后，我还是和“小圆脸”们一起回了家。

她们给我起名叫荷包蛋，因为这是她们最爱吃的东西。

也罢，就当我收服了两个忠实的仆从吧。

我被照顾得很好。

直到有一天，在桌子下偷吃玉米粒的时候，我听到了两位“铲屎官”的对话。

“糖糖和醋醋马上要上学了，荷包蛋独自在家里会不会太孤单了啊？”声音清亮，这是我的女铲屎官。

“那就在家里装个监控。”一个声音慢条斯理的答道，那是我家男铲屎官。

“要不再给它找个伴？”

“你是想给它找个伴，还是你自己想再找个伴？”

“哎，你不要说得这么直白嘛！当年是我妈和你妈联合起来不让我们养猫，好不容易有了糖糖做挡箭牌，她们才松了口，我们尝试一下，万一能抱回来第二只了呢？”

“考虑考虑。”

“老公！”

“也不是不可以，除非——”

一声响亮的吧唧后，男铲屎官的脚踢到了我的屁股，我叼起剩下的玉米粒迅速跑走，拒绝接受二脚兽们释放出来的浓烈的信息素。

但他们刚刚说的话……

到底是一腔真心错付了！

是时候逃出这个家了。

我嚼着玉米粒，发出势在必得的喵呜声。